Le Livre de Poche Jeunesse

LES OUTREPASSEURS

Cindy Van Wilder

Cindy Van Wilder est née en 1983, en Belgique.
Traductrice de profession, elle est également auteur de romans pour la jeunesse. C'est avec *Les Héritiers*, premier tome de la série *Les Outrepasseurs* et lauréat du Prix Imaginales catégorie jeunesse 2014, qu'elle signe son premier roman.

Du même auteur

- Les Outrepasseurs – Tome 1 – Les Héritiers

Les Outrepasseurs

2. La Reine des Neiges

Cindy Van Wilder

Prologue

Il était une fois une sorcière fée, qui parvint à se faire épouser d'un souverain mortel ; ce dernier avait une fille, jeune et belle. Jalouse, la fée voulut se débarrasser de sa rivale. Elle appela donc son Chasseur, être rusé et cruel, qu'elle avait enchaîné à son service par nombre d'artifices, et lui parla en ces termes : « Entraîne-la dans la forêt et tue-la. Apporte-moi son cœur ensuite, comme preuve de ta loyauté. » La sorcière avait tout prévu, excepté deux choses : la séduction d'une jeune femme et le désir qu'il peut susciter, même dans les âmes les plus noires.

Manuscrit anonyme, fonds privé des Outrepasseurs.

Souterrains de Maupertuis,
1206

Le Chasseur pleurait. De chaudes larmes dévalaient ses joues, au même rythme que le sang qui s'écoulait de chacune de ses blessures. La lame de Niels ne l'avait pas épargné. Tailladant les chairs, elle avait creusé de profonds sillons écarlates dans la peau pâle du fé. Les paysans avaient déferlé sur le petit groupe emmené par la Tisseuse telle une vague vengeresse, emplie de rage et de colère. Le Chasseur était demeuré aussi stupide qu'une bête prise au piège, incapable de comprendre comment ces hommes avaient retrouvé leur trace. De quelle manière étaient-ils entrés dans les souterrains ? Qui leur avait fourni le mot de pouvoir, leur permettant l'accès à ce monde que nul mortel n'avait foulé depuis sa création ? À ce moment, alors que les siens, pris au dépourvu, se défendaient du mieux possible contre leurs agresseurs, le Chasseur avait croisé le regard de la Tisseuse. Cette dernière se tenait à l'écart, un rictus de satisfaction aux lèvres. Seule fée épargnée par les paysans, elle contemplait les siens se faire massacrer. Elle se vengeait, avait réalisé le Chasseur. Quand elle était prisonnière de ces hommes, elle avait sans nul doute compté les jours, espéré que ses compatriotes la délivrent. Puis leur lenteur à la faire libérer l'avait exaspérée. Les fés payaient à présent le prix de sa rancœur. Face à cette traîtrise de la part de la Tisseuse, la colère avait inondé le cœur du Chasseur. Il avait oublié Arnaut, toujours captif dans ses bras. Ne restait plus qu'une idée fixe : punir cette garce, qui les avait livrés aux coups des mortels, attraper entre ses griffes son cou gracile et le serrer jusqu'à ce qu'elle s'étouffe. Jeter son corps sans vie devant la Trois Fois Née, Trois Fois Morte et sortir vainqueur de la rivalité qui l'opposait depuis si longtemps à la Tisseuse. Il avait oublié Arnaut, sa tendre proie, et c'était là sa plus grande faute. Il n'avait pas vu venir Niels. Le poignard s'était enfoncé entre ses côtes et le Chasseur avait crié de douleur. Il s'était retourné vers son agresseur au moment où celui-ci levait à nouveau son arme.

— Non !

Trop tard. Emporté par son geste, Niels avait poignardé son fils. L'espace d'un battement de cœur, à la lueur des lanternes féeriques qui jetaient leur éclat doré sur le combat, les yeux verts d'Arnaut avaient croisé ceux de son père, pétrifié d'horreur. Le Chasseur avait hurlé. Le jeune homme avait esquissé un sourire avant qu'un spasme ne contracte son corps et qu'il ne crache du sang.

À partir de cet instant, le Chasseur ne se souvenait plus de grand-chose. Il ne lui restait que des impressions : sa volonté de se sortir de ce traquenard ; les cris de la bataille, les râles des mourants ; l'odeur métallique du sang, vite chassée par le souffle glacial des souterrains. Et ces sanglots qui soulevaient son corps, une sensation inédite, si douloureuse que le Chasseur ne pouvait que gémir, tel un animal apeuré. Il serrait contre son torse le corps inerte d'Arnaut. Arnaut, sa tendre proie, son doux trophée. Arnaut qu'il avait perdu par sa faute. Son instinct de prédateur lui hurlait de se débarrasser de ce mourant, de cette viande qui serait bientôt froide.

— Jamais, jamais, plutôt crever !

Une voix implacable railla sa faiblesse. Imbécile, lui souffla-t-elle, ne vois-tu pas qu'il meurt ? Il ne te servira plus à rien dans cet état !

— Non, marmonna le fé. Je vais le sauver, tu entends ! Et il sera à moi, pour toujours !

Il avait crié sans s'en rendre compte. Son pathétique défi résonnait dans les couloirs enténébrés, où nulle lanterne n'éclairait plus son chemin. Un silence d'outre-tombe régnait dans ces lieux. Le Chasseur releva la tête. Où se trouvait-il, à présent ? Dans sa hâte de s'éloigner de Niels et des siens, il s'était égaré dans le réseau labyrinthique des souterrains. Plusieurs d'entre eux menaient au royaume de sa maîtresse, la Trois Fois Née, Trois Fois Morte, mais où conduisaient les autres ? Le Chasseur l'ignorait. Il avait entendu parler de portes qui donnaient sur les royaumes voisins, où les Premiers-Nés dirigeaient leurs sujets d'une main de fer. Le Chasseur ne s'y était jamais intéressé. Ses semblables ne l'intéressaient pas, il ne vivait que pour sa reine. Quand elle s'absentait hors de son fief, occasion extraordinaire, le Chasseur attendait son retour. Sa maîtresse avait compris très tôt que l'emmener à sa suite, lors d'une visite de courtoisie, était une mauvaise idée. À moins qu'elle ne veuille déclencher les hostilités avec un de ses voisins.

Le fé revint à lui quand des soubresauts de plus en plus violents ébranlèrent Arnaut, poupée de chair désarticulée. Le jeune homme laissa échapper une faible plainte. Vivant, il était encore vivant ! Le Chasseur le serra de toutes ses forces contre lui. Son instinct avait tort, Arnaut guérirait et lui appartiendrait jusqu'à la fin des temps. Il devait trouver quelqu'un, quelque chose, un remède miracle. Et vite. Le temps jouait contre lui. Il se remit en route, ignorant la douleur qui le poignardait à chacune de ses inspirations. Des traînées sombres maculaient sa peau blanche. Il n'en avait cure. Tout ce qui comptait, c'était Arnaut. Mais vers qui se tourner ? Il songea à retourner vers sa maîtresse et reine. Il y renonça aussitôt : si la Tisseuse avait survécu à l'assaut des paysans et se rendait avant lui devant le trône de la Trois Fois Née, Trois Fois Morte, il n'avait pas l'ombre d'une chance. La fée se ferait une joie de dénigrer le Chasseur, de le peindre comme un lâche et un traître, puisqu'il s'était enfui sans se soucier des siens. À moins qu'elle n'excite la jalousie de leur reine à son égard. La Trois Fois Née, Trois Fois Morte n'apprécierait pas d'entendre qu'il avait dû prêter allégeance à Snezhkaïa. Quant à Arnaut… Le Chasseur serra les poings. Arnaut serait mort depuis longtemps. Non, il ne pouvait revenir en arrière, retrouver sa vie d'avant. Il devait briser les liens qui le retenaient depuis si longtemps aux côtés de la reine. Se rendre parjure des serments de fidélité et d'amour prêtés envers la Trois Fois Née, Trois Fois Morte. C'était fini. Une larme s'écoula sur la joue d'albâtre du Chasseur, s'écrasa sur le nez d'Arnaut. Il faisait tout ça pour lui. Uniquement pour lui. Parce qu'il…

Une violente émotion faillit le mettre à genoux. Elle enserra son cœur dans un étau funeste. Le Chasseur se retrouva le dos contre la paroi glacée du souterrain. Sans échappatoire.

Parce que tu l'aimes, lui susurra une petite voix.

Imbécile ! Stupide ! feula son instinct, bête enragée. Comment peux-tu croire à l'amour ? Dois-je te rappeler qui tu es ?

Le Chasseur ferma les yeux, à bout de souffle. Dans son esprit défilaient les visages de ses proies précédentes : tendres jouvencelles, fiers jeunes hommes, petits garçons… Il se souvenait de chacun d'entre eux. Peaux blanches ou brunes, cheveux blonds, châtains, roux, yeux verts, bleus, noirs. Seul point commun entre eux : leurs expressions terrifiées, leurs suppliques, leurs prières quand il les touchait.

— Ne me faites pas de mal, je vous en supplie, je vous en prie… Pitié !

Le Chasseur n'en avait connu aucune. Il recueillait du bout de la langue leurs larmes, étouffait leurs hurlements sous de féroces baisers. Il griffait ceux assez courageux qui avaient osé se rebeller contre lui, les mordait dans le cou et lapait le sang qui jaillissait. Son excitation grandissait et il finissait par prendre chez ses victimes ce qu'il était venu chercher. Que lui importait si elles étaient à demi mortes par la suite ? Il était le maître, elles étaient ses jouets.

Tu vois qui tu es ? gronda la bête qui vivait en lui. Un prédateur, un animal assoiffé de sexe et de sang, un être dominé par ses désirs. Tu ne vis que pour toi, tu n'en as rien à faire des autres. Lâche donc cet être que tu crois aimer, reviens sur tes pas. Jette-toi aux pieds de ta reine, implore son pardon. Tu sais qu'elle ne peut rien te refuser. Elle t'a tant aimé jadis, toi qui étais son sauveur. Son seul allié, quand sa belle-mère cherchait à la tuer. Reviens vers elle. Prépare ta vengeance et écrase la Tisseuse. Et l'hiver prochain…

— Nooooooooooooooooooon !

Le fauve en son for intérieur feula une dernière fois sa rage de se voir trahi, puis se tut. Le Chasseur rattrapa Arnaut, qui menaçait de tomber à terre. C'était fini. Il se sentait libre. Libre de ses obligations envers sa reine, des petits jeux de cour. Libre de l'être pervers, qui l'avait si longtemps dominé. Libre de mener sa vie comme il l'entendait. Avec Arnaut à ses côtés. Il embrassa la joue imberbe du jeune homme. Le baiser fut glacé. La peau sous ses lèvres ne possédait plus trace de vie : froide, si froide…

La panique étreignit le Chasseur. Il lui fallait sauver Arnaut, vite ! Vers qui se tourner ? Il devait trouver quelqu'un qui pourrait le guérir…

— Moi, je le peux.

Le murmure semblait venir de nulle part. Si ténu, si fragile, tel un fil prêt à se briser au moindre souffle. Le Chasseur s'y raccrocha avec l'énergie du désespoir.

— Qui me parle ? souffla-t-il.

— Par ici, approche-toi.

Le fé se hasarda dans un couloir sur sa gauche. Le froid ne pouvait l'atteindre. Cependant, au fur et à mesure qu'il progressait dans le souterrain, guidé par la voix inconnue, il sentit la température chuter. Du givre s'accrocha aux cils d'Arnaut, recouvrit ses paupières closes. Le Chasseur l'essuya d'un mouvement doux. Et pria pour que son espoir ne soit pas cruellement déçu. Après un dernier tournant, il parvint à une caverne. Ses yeux percèrent les ténèbres, distinguèrent une énorme masse posée au milieu de la pièce. Il se rapprocha, hésitant.

— Bienvenue, Chasseur. Il y a si longtemps qu'on ne m'a plus rendu visite !

Toute la fragilité de la voix qui l'avait guidé jusqu'ici disparut, fit place à une assurance légèrement moqueuse. Et le Chasseur reconnut sans peine celui qui l'avait mené auprès de lui.

Le Tombeau.

Il s'approcha de l'immense sarcophage de pierre sombre, aussi noire que la nuit éternelle qui baignait les souterrains. Impressionné malgré lui par les dimensions de l'artefact, le fé répliqua :

— Pourquoi m'as-tu amené à toi ? Tu ne peux pas m'aider.

— Ne sois pas bête, Chasseur. Ne me repousse pas alors que je t'offre la chance de garder ton jouet vivant.

Le Tombeau était ouvert : en dépit des épaisses ténèbres qui entouraient l'artefact, le Chasseur pouvait distinguer l'énorme couvercle posé sur le côté, en équilibre instable au-dessus de l'espace vide. Il frissonna.

— Je sais, reprit son interlocuteur d'un ton doux, que toi et tes semblables me considérez avec terreur. Vous ne prononcez mon nom qu'à voix basse, vous avez toujours évité ma présence.

— Et avec raison ! protesta le fé. Tu pues la mort !

Malgré toute sa force de volonté, il se sentit faiblir à l'idée de passer un instant de plus en compagnie du Tombeau. Pour lui, pour les siens qui ne connaissaient ni la vieillesse ni la maladie qui enlève aussi facilement les mortels, qui avaient arrêté de se soucier du passage du temps, l'artefact demeurait un objet d'horreur. Songer à cette prison de pierre se refermant sur l'infortuné, ainsi pris au piège… Le Chasseur secoua la tête. Il ne pouvait rester ici.

— Refuseras-tu mon aide ? Je peux sauver le pauvre jeune homme que tu berces dans tes bras.

Le fé s'arrêta net, tous ses sens aux aguets.

— Il faut cependant que tu te décides vite. Car la mort le guette déjà.

— Arnaut… gémit le Chasseur.

Il se retourna à moitié vers le sarcophage.

— Que veux-tu dire ? Comment peux-tu le sauver ?

— De la même manière dont j'ai sauvé ta reine, jadis. Pensais-tu donc qu'il avait suffi du baiser d'un homme pour la sauver ? Que la force de son amour – ou plutôt de son désir – était parvenue à la guérir ?

Le Tombeau éclata d'un rire sans joie.

— Écoute-moi donc : ta Trois Fois Née, Trois Fois Morte agonisait quand on l'a glissée en moi. Agressée par trois fois, le corps brisé en plusieurs endroits et si ce n'était pas suffisant, son sang empoisonné par le venin contenu dans cette belle pomme. Une si belle jeune fille, à la peau si blanche, à la bouche si rouge et à la chevelure noire comme l'ébène… La Trois Fois Née. En la voyant si fraîche et si pure, sa belle-mère, malade de jalousie, ne souhaita plus qu'une chose : la mener à son trépas. Et qui alla-t-elle trouver pour accomplir son sombre dessein ? Son Chasseur, bien entendu !

La voix du Tombeau se teinta d'ironie :

— Mais tu connais cette histoire mieux que moi, n'est-ce pas ? Passons donc au moment où j'ai recueilli sa pauvre dépouille. On la jeta en moi tel un tombereau d'ordures, un chien que l'on a noyé et dont on a déjà effacé le souvenir. Les sbires engagés par sa marâtre refermèrent mon couvercle et crurent que leur macabre besogne était terminée.

Le Chasseur prenait de grandes inspirations, dans le vain espoir d'atténuer son malaise. Il ne tenait guère à se souvenir de cette époque.

— Les meurtriers de cette jeune fille ignoraient cependant une chose à mon sujet : mes créateurs ne m'ont pas sculpté uniquement dans le but d'abriter les morts. Ils m'ont aussi pourvu du don de sauver ceux qui peuvent encore l'être. Ceux dont le corps peut être brisé en mille morceaux, mais dont l'esprit demeure intact. Ceux qui s'accrochent de toutes leurs forces à la vie. Un ultime pied de nez à la Messagère ! Je peux capter leur force intérieure et leur accorder la chance de revenir parmi nous.

— Joli discours ! railla le Chasseur. Me prends-tu pour un naïf, qui peut être berné par de séduisantes paroles ? Pourquoi m'aiderais-tu ? Quel est ton prix, Tombeau ?

— Toujours aussi pragmatique, à ce que je vois. J'aime ça. Je vais donc te dire la contrepartie que j'exige pour sauver ton cher Arnaut. Approche-toi, Chasseur. Ou crains-tu que je ne t'emprisonne ?

Le fé se retint de répondre et s'exécuta. Tout son être se révoltait contre sa décision, contre le froid glacial qui émanait du Tombeau. Il avait peine à croire qu'un tel artefact pouvait sauver Arnaut, mais il ne pouvait se permettre d'être difficile. Il s'arrêta à trois pas du sarcophage.

— Si tu veux sauver ton jeune homme, souffla le Tombeau, tu devras te glisser avec lui en moi.

Comme si un voile s'était enfin déchiré, le Chasseur perçut à cet instant le chant terrifiant qu'émettait la pierre sombre de l'artefact. Le Tombeau avait faim. Une faim intense, si douloureuse que le Chasseur sentit la nausée l'envahir. Depuis combien de temps n'avait-il plus mangé ? Enfoncé ses dents dans la chair palpitante de l'ennemi, avalé le sang qui dégoulinait dans sa gorge ? Oh, la joie du festin sous les étoiles, quand les entrailles fumantes exhalaient leur arôme à tout vent ! Le bonheur de s'endormir le ventre plein et l'estomac satisfait !

Viens en moi, l'invitait un murmure complice, et tu ne connaîtras plus jamais la faim…

Le Chasseur se réveilla *in extremis*, quand son talon buta sur le rebord du couvercle. Le Tombeau avait essayé de l'envoûter !

Il s'éloigna d'un bond, le cœur battant.

— Menteur, tu n'es qu'un menteur !

— J'aime ta force, Chasseur. Et je ne peux mentir, tu le sais. Aucun des objets magiques que vous appelez « artefacts » n'a le don de dissimulation. Regarde ta proie : elle agonise dans tes bras. Tu ne peux pas la sauver seul.

Le Tombeau disait vrai. Le torse d'Arnaut ne se soulevait presque plus au rythme de sa respiration. Sous les doigts du Chasseur, un faible battement subsistait encore. Son cœur allait bientôt lâcher. Et le fé se retrouverait seul. Encore et toujours.

— Non, non…

— Donne-le-moi. Confie-toi à moi, Chasseur. Je te promets de ne pas te décevoir.

Le fé secoua la tête, ses longs cheveux noirs se mêlant à ceux d'Arnaut.

— Tu ne peux aller nulle part. Aucun roi, aucune reine n'acceptera plus de te recevoir à présent que tu t'es parjuré. Tu le sais. Tu es devenu un paria à présent. Le plus misérable des Changepeaux peut t'abattre sans que personne ne lève le petit doigt pour le punir.

Le Chasseur serra les poings.

— Si j'accepte de te faire confiance… Quand t'ouvriras-tu ? Quand nous laisseras-tu sortir, moi et Arnaut ?

Le Tombeau ricana.

— Depuis quand t'intéresses-tu au temps qui passe ? Tant que je le protégerai, ton Arnaut ne vieillira pas d'un jour.

Il baissa la voix :

— Et, en plus de sa guérison, je lui accorderai le don d'Éternité. Comme je l'ai fait pour celle que tu appelais ta reine. Ce don dont vous autres, sujets de Féerie, vous montrez si fiers…

Vaincu. Il était vaincu. Le Chasseur pouvait reconnaître le goût de la défaite. Il prit une profonde inspiration.

— Dépêche-toi car sa vie de mortel s'écoule. Elle s'amenuise, il n'en restera bientôt plus rien…

— Arrête ! hurla le fé. Tu as gagné.

Le Tombeau laissa échapper un profond soupir, avant que le silence ne s'empare de la caverne. Un silence où se mêlaient l'attente, l'excitation et une satisfaction si avide que le Chasseur faillit reculer. Se parjurer à nouveau. Il avait déjà connu ce sentiment autrefois, quand, affamé de désir pour la jeune fille qu'il devait tuer, il n'avait pas obéi aux ordres qu'on lui avait donnés. Le Chasseur baissa la tête vers Arnaut, son visage exsangue, ses paupières bleuies. Il les embrassa en un geste féroce, avant de baiser sa bouche, comme s'il pouvait rendre la vie au jeune homme par ce geste et s'enfuir avec lui, loin de ce Tombeau vide, qui hurlait sa faim.

— Alors ? demanda ce dernier, impatient.

— J'arrive, répondit le fé d'une voix sourde.

À pas de plomb, il se dirigea vers le bord du sarcophage. Il enjamba la paroi, chercha de son pied le fond du Tombeau. Ne le trouva pas. L'artefact lui souffla :

— N'aie pas peur. Saute.

Le fé réalisa que tout son être tremblait de désarroi et de peur.

De prédateur, il devenait proie. Pour Arnaut, se répéta-t-il. Arnaut, qu'il aimait. Des ténèbres glaciales, insondables l'entouraient aussi, à présent.

— Saute ! ordonna le Tombeau.

— Que tu sois maudit si tu m'as trompé ! lança le Chasseur.

Il n'obtint aucune réponse. Sa malédiction resterait vaine, il le savait. Il n'avait aucun pouvoir sur cet être à l'éternelle mémoire, rompu à toutes les ruses. D'un mouvement souple, il s'assit sur la paroi du sarcophage. Prêt à plonger dans l'inconnu. Il serra son amour contre son cœur et se laissa glisser. Le Chasseur et sa proie disparurent dans la nuit éternelle. Le couvercle de pierre se referma aussitôt sur eux. Dans la caverne ne subsista plus qu'un ronronnement satisfait, semblable à celui d'un chat repu, s'endormant le ventre plein.

Chapitre 1

« […]À ce moment, Amundsen me dévisagea.

— Je vous observe depuis notre départ.

— Et qu'en avez-vous tiré comme conclusion ? demandai-je d'un ton ironique.

— Certains hommes sont motivés par la gloire, d'autres désirent marquer de leur empreinte, aussi éphémère soit-elle, ce continent vierge. Vous ne voulez ni l'un, ni l'autre. Vous fouillez du regard ces étendues glacées, désertiques, comme si vous vous apprêtiez à y trouver votre souhait le plus cher. Alors je vous le demande : qu'êtes-vous venu chercher ici ?

Son regard clair semblait fouiller mon âme quand il chuchota :

— Ou devrais-je plutôt dire : qui cherchez-vous ? »

Journal de bord de Maximilien Richard, *Maître de la Maison du Loup – expédition polaire Belgica – Hiver 1897*

Sibérie, époque actuelle

L'hiver n'avait pas encore immobilisé les eaux du fleuve Léna quand, sous l'apparence d'un énorme corbeau, Snezhkaïa se posa sur la berge. Elle se métamorphosa aussitôt. Elle portait le visage d'une vieille femme solitaire, morte de froid dans son isba[1], que personne n'avait pleurée ou même regrettée. Revêtir son apparence convenait parfaitement à sa situation actuelle, pensa la fée avec une pointe d'ironie. Elle aussi était seule. Ses fidèles emprisonnés, disparus. Son royaume violé par ceux qui la traquaient. Même les glaces cruelles ou les traîtres icebergs ne leur avaient pas fait rebrousser chemin. Elle seule demeurait hors de portée. Éternelle fugitive, qui sentait les chasseurs se rapprocher d'elle à chaque instant. Il leur avait fallu des siècles d'endurance et d'acharnement, de folie même, pour la débusquer de ses nombreux repaires et la contraindre à prendre la fuite. Mais ils y étaient arrivés. Snezhkaïa avait réalisé à ce moment-là que sa liberté touchait à sa fin. Aussi prenait-elle les devants. Personne ne la surprendrait, démunie et désarmée.

Elle leva le visage vers le ciel gris. Çà et là, quelques nuages tourmentés voguaient vers le sud. Dans l'air flottait la promesse de la glace et des flocons. L'impitoyable froid sibérien ne tarderait pas à envahir la région. Snezhkaïa poussa un soupir de contentement. Quel que soit le nom que les hommes lui aient donné – Reine des Neiges, Yuki Onna ou la Cailleach Bheur – Snezhkaïa était fille de la neige et du gel. Attachée de toute son âme à la saison morte, elle sentait ses forces lui revenir peu à peu ; ce ne

1. Maison traditionnelle russe, construite en bois.

serait pas suffisant pourtant pour lui éviter la capture et l'esclavage. Même si sa nature d'Élémentaire, les plus redoutables des Premiers-Nés, lui conférait une force supérieure, elle n'avait aucune chance seule contre les Outrepasseurs.

— Aucun masque ne te sauvera, tu sais. Ils pourront te percer à jour.

La fée retint un sourire en entendant la voix de son frère. Sans se retourner vers lui, elle répondit :

— Tu es en retard, Jul.

— Quelle importance ? Un peu plus tôt, un peu plus tard… C'est notre dernière rencontre, Snezhkaïa, et tu trouves encore le moyen de m'engueuler !

Une ombre légère se dessina sur la gauche de Snezhkaïa et elle tourna la tête. Son frère jumeau n'avait jamais été beau. Les dieux savent que ce don n'est pas accordé à tous les sujets de Féerie. Mais le poids des années, la peur des traqueurs et l'abandon des antiques traditions par les hommes n'avaient pas été charitables envers Jul. Sa peau d'un brun sombre était creusée de profonds sillons, son dos, déjà voûté à l'origine, ressemblait à celui d'un bossu. Dans ses yeux d'un noir intégral, Snezhkaïa pouvait lire l'amertume et le renoncement. Elle détourna le visage : constater de tels sentiments chez Jul lui faisait mal. Il interpréta de travers son geste – comme d'habitude, pensa-t-elle – et lança d'un ton aigre :

— Tu constates les dégâts, petite sœur ?

— Je réalise surtout que tu n'as pas pris la peine de dissimuler tes traits.

Jul haussa les épaules.

— À quoi bon ? Aucune âme qui vive, à part toi et moi, à des kilomètres à la ronde.

Il hésita et finit par lâcher :

— Quant à ceux qui nous pourchassent…

— Tu leur facilites d'autant plus la tâche. Autant faire un feu de joie gigantesque en hurlant que les deux derniers fés en liberté dans ce monde sont ici !

Snezhkaïa regretta ces paroles sitôt qu'elles quittèrent sa bouche. Elle ne voulait pas passer les derniers moments en compagnie de Jul à se disputer avec lui, même s'il s'agissait là de l'une de leurs activités préférées. Jul était l'un des seuls à avoir supporté de tout temps ses critiques aussi acérées qu'un morceau de glace. Il était le dernier, à présent.

— Tu as raison.

De surprise, la fée jeta un coup d'œil à son jumeau. Il fixait les flots gris acier de la Lena.

— Je suis lâche, poursuivit-il. Je sais qu'en ne déguisant pas mon apparence, ils me trouveront d'autant plus vite.

Il tourna la tête vers elle, le désespoir inscrit dans ses prunelles d'obsidienne.

— Je veux juste que ça s'arrête, tu comprends ? J'en ai assez d'attendre le moment où ils viendront me chercher, en tremblant de tous mes membres ! Je veux…

— Tu veux te sentir libre, l'interrompit doucement Snezhkaïa. Comme autrefois.

Le visage ravagé de Jul s'éclaira d'une joie aussi brève qu'intense.

— Comme autrefois… murmura-t-il. Te souviens-tu de nos courses éperdues dans la toundra ? Quand nous guettions les feux de joie des hommes et que nous jetions des sorts à ceux qui refusaient de nous rendre hommage ? Oh, le bon vieux temps !

Jul s'esclaffa alors que d'autres souvenirs lui revenaient en mémoire. Il parla des troupeaux de rennes que Snezhkaïa obligeait à se prosterner devant elle, du craquement des bûches que les hommes jetaient en pâture aux flammes dans la cheminée pour s'attirer les faveurs de Jul, quand la morte saison s'annonçait. La fée ne réagit pas, se contenta de sourire à son jumeau. Raviver la mémoire de tous ces moments soulignait encore plus l'injustice de leur situation actuelle, mais Snezhkaïa laissa Jul s'épancher. Il en avait bien besoin.

— Et cette tempête que tu avais créée, qui a duré des mois et des mois ! Jamais Celle-qui-avance-Voilée n'a autant festoyé cet hiver-là.

La fée secoua la tête. Elle aurait préféré que la Messagère de la Mort ne soit pas évoquée dans ces circonstances.

Surtout au vu du geste qu'elle s'apprêtait à commettre.

Jul contait avec animation un épisode de leur enfance quand un hurlement de loup leur parvint. Snezhkaïa regarda en direction du sud. Personne. Mais ils étaient là. Elle le sentait. Elle marmonna quelques jurons avant de se retourner vers son frère. Jul demeurait muet. Pétrifié sur place. Ses yeux agrandis par la terreur dévisagèrent Snezhkaïa comme s'ils ne la voyaient plus. Il lui agrippa les mains avec toute la force d'un mortel qui se noie. Elle comprit sans peine son message. Jul n'avait jamais été le plus fort dans leur duo. Il s'en remettait généralement à elle pour prendre des décisions et même s'il aimait râler, il l'avait suivie dans toutes ses aventures. Elle s'efforça de lui adresser son sourire le plus réconfortant. Elle se creusa la tête pour trouver des mots doux, qui réchauffent le cœur. Même une chanson, de celles qu'ils avaient si longtemps murmurées l'un à l'autre quand ils s'ennuyaient dans leur repaire de glace. Mais rien ne vint.

Avoir vécu aussi longtemps et être soudain démunie au moment venu… C'était d'une cruelle ironie. Un mouvement attira l'attention de la fée. Sur l'autre rive du fleuve, un renard polaire à la fourrure immaculée s'était assis et les examinait. Avec ses oreilles rondes, au bord argenté, et ses yeux noirs qui se plissaient face à la bise féroce, il aurait pu paraître inoffensif. Snezhkaïa ne se laissa pas abuser.

— C'est… C'est l'un d'entre eux, hein ? souffla Jul.

Elle ne se donna pas la peine de répondre. La fée lâcha les mains de son jumeau, qui s'exclama :

— Attends ! Que vas-tu faire ? Ne me laisse pas !

Si Snezhkaïa n'avait pas été aussi concentrée sur le renard, qui n'avait pas bougé d'un poil, elle aurait eu le cœur brisé. Penser que Jul, un des Premiers-Nés, dont un seul geste du petit doigt faisait jadis trembler les mortels dans leurs isbas, en était réduit à la supplier, tel un vieillard esseulé et sans forces, se révélait trop douloureux.

Patience, mon frère. Je vais te sauver, pensa-t-elle.

Elle serra les dents et, rejetant au loin le masque de la vieille paysanne qu'elle avait emprunté jusqu'ici, se révéla telle qu'elle était. Fille de l'Hiver, à la beauté impitoyable pour qui subissait le feu de son regard. Le renard jappa et s'en fut, la queue basse.

— Va donc, espèce de lâche ! Rapporte ça à tes maîtres ! hurla Jul.

Snezhkaïa sourit. S'il suffisait qu'elle se dévoile à leurs ennemis pour qu'ils disparaissent comme par enchantement, elle ne s'en serait pas privée. Hélas, ce misérable espion, Métamorphe ou Changepeau – après tout quelle importance ? – n'était rien comparé à ceux qui l'employaient.

Heureux de la retrouver, le vent, aussi coupant qu'une lame nue, tournoya autour d'elle, fit voler ses cheveux noirs. Quelques flocons se déposèrent sur ses joues, baisers qui restèrent accrochés à ses cils.

— Quelle leçon tu lui as donnée, petite sœur ! Ah, si je pouvais…

Jul ne termina pas sa phrase. Snezhkaïa pouvait la finir à sa place.

Si tu pouvais te montrer aussi fort que moi, acheva-t-elle intérieurement.

Se penchant vers lui, elle l'embrassa sur son front. Il la regarda d'un air perplexe, guère habitué à ce geste de tendresse de la part de sa jumelle.

— Il y a un souvenir que tu n'as pas évoqué, murmura Snezhkaïa.

— Lequel ?

— Te rappelles-tu cet énorme bonhomme au costume rouge dans cette ville d'Amérique ?

Les traits de Jul s'éclairèrent et il partit d'un rire bruyant. Profitant de sa distraction, la fée plongea la main droite dans les plis de sa tunique. Ses doigts fins y trouvèrent l'arme qui y était dissimulée.

— Oh oui, cette affreuse statue ! haleta Jul.

Les larmes lui montaient aux yeux tant il riait.

— Celle-là même, répondit Snezhkaïa.

Sa main se referma sur la poignée d'ivoire, délicatement sculptée. Elle connaissait par cœur la scène qui y était représentée : des narvals assaillaient un monstre marin. Un cadeau de Frost, maître de l'océan Arctique, après un combat qui avait duré des jours et des jours.

— Maudits mortels, qui m'ont remplacé par ce… ce…

— Ils l'appellent le Père Noël.

— Oui, c'est ça ! Tu te souviens de leurs têtes quand nous avons mis en pièces leur effigie ?

— Ainsi que le chaos que nous avons semé en laissant libre cours aux boréades[1] qui t'accompagnaient…

Jul s'esclaffa de plus belle à la pensée du carnage qui s'était ensuivi dans la ville aux si hauts buildings. La tempête n'avait pas tardé à se muer en ouragan dévastateur. Le niveau des eaux était monté si rapidement que de nombreux hommes s'étaient retrouvés coincés dans leurs voitures ou les bâtiments. Leur Noël avait été bien sombre, cette année-là.

— Nous leur avons montré qui étaient les maîtres, pas vrai !

Snezhkaïa dévisagea son jumeau, grava ses traits dans sa mémoire. Et frappa. La lame s'enfonça dans le cœur de Jul, qui émit un cri à moitié étranglé. Snezhkaïa n'en tint aucun compte. Elle commença à réciter :

— Quand le miroir se brise…

Jul tomba à genoux, des gémissements désarticulés s'échappaient de sa gorge. Snezhkaïa s'empara des cheveux qui lui restaient, lui tira la tête en arrière. Les yeux de son jumeau embués de larmes la suppliaient.

Patience, tu seras bientôt libre, lui promit-elle en silence.

Le poignard traça un sillon sanguinolent sur la peau brune de Jul.

— Quand la coupe déborde…

1. Dans la mythologie grecque, fils du vent du nord, appelé Borée.

Snezhkaïa contempla le corps agonisant de son frère. Elle avait beau savoir que le prochain coup était nécessaire, tout son être s'y refusait. D'une main qui tremblait quelque peu, elle leva le couteau.

— Quand la braise s'étiole…

Le travail de boucher s'acheva en moins de temps qu'elle ne l'avait pensé. Un coup sec et le scalp de Jul lui resta dans la main, exposant le cerveau mis à nu. Le précieux ichor s'écoulait au sol, mêlé au sang de son frère. La magie brute s'épancha sur la terre gelée. Sa présence arracha des frissons de plaisir à Snezhkaïa, en dépit de sa tâche macabre.

— Il est temps de partir, acheva la fée d'une voix sourde.

Ne pas penser à ce qu'elle venait de faire, surtout. Elle ne possédait pas le temps pour se désoler et pleurer son frère. Elle ne pouvait pas se le permettre. Ses doigts fins effleurèrent l'ichor aux reflets d'or, presque transparent sous le ciel gris. Elle traça un cercle englobant le cadavre et elle-même. Les hurlements des loups s'élevaient dans l'air gelé sans discontinuer. Un chœur bien macabre pour Jul. D'ici peu, ils flaireraient le sang.

— Pas avant que je n'en aie terminé, cependant, dit-elle à voix basse.

Quand le cercle fut bouclé, la Reine des Neiges se releva et demeura immobile, ignorant le sang qui maculait sa peau. Elle n'attendit pas longtemps avant que celle dont elle espérait la présence n'apparaisse. Comme d'habitude, la frêle silhouette était voilée de la tête aux pieds. Comme d'habitude, elle s'immobilisa quand elle aperçut la fée.

— Viens donc, vieille compagne. Je t'attendais.

Une voix, qui semblait aussi fragile que sa propriétaire, rétorqua :

— Pourquoi le mettre à l'abri dans ce cercle ? Tu sais que je ne peux pas le traverser sans ton accord !

Snezhkaïa ricana devant le ton plaintif employé par la Messagère.

— Ne t'inquiète pas, tu pourras laper son sang. C'est ton dû, gronda-t-elle avant d'ajouter avec hargne :

— Ainsi, tu absorberas les souvenirs de mon frère. Comme tu l'as toujours fait, n'est-ce pas ?

Piquée au vif, la Messagère répliqua :

— J'ai toujours respecté les termes de l'accord ! Le sang des fés ainsi que leurs souvenirs m'appartiennent. Je ne touche ni à leurs corps ni à leurs âmes.

Mais tu en as envie, songea Snezhkaïa. Du coin de l'œil, elle vit son interlocutrice toucher son poignet. Une masse sombre y était accrochée et la Reine des Neiges frissonna de dégoût. Elle n'avait jamais compris pour quelle raison la Messagère avait choisi cette forme animale pour y entreposer la mémoire des défunts, mortels comme fés.

— Je souhaite renégocier cet accord.

Les mots furent emportés par la bise, qui sifflait avec vigueur aux oreilles de Snezhkaïa, mais pas avant que Celle-qui-avance-Voilée ne les ait attrapés au vol. Elle se figea sur place. Les mains agitées d'un tremblement qu'elle s'efforçait de maîtriser – sans succès – la Reine des Neiges rejeta ses longs cheveux en arrière et dévoila son cou. Une exclamation étouffée parvint à ses oreilles et Snezhkaïa sourit : bien qu'elle l'ait accompagnée de longue date, la Messagère avait rarement eu l'opportunité de contempler le bijou qu'elle venait de dévoiler. Un collier de glace éternelle, posé à même sa peau, aux reflets éblouissants à la lumière du soleil. Un don de sa mère, symbolisant le pacte conclu entre la Mort et les anciens dieux au sujet des fés. Snezhkaïa ne l'avait jamais enlevé. Même quand elle se baignait dans les eaux glacées, même quand elle ouvrait son lit et ses cuisses pour ses amants. Le contact du collier en avait brûlé plus d'un, d'ailleurs. Elle passa un doigt sur son contour.

— Tu sais ce que ce bijou signifie ?

— Bien sûr, répliqua la Messagère d'une voix sourde. Le don d'Éternité pour toi et les tiens. Vous ne connaîtrez jamais les affres de la vieillesse ou de la maladie. Et je ne pourrai emporter vos corps, si vous tombez au combat.

— Tu as bien appris ta leçon, répondit Snezhkaïa avec un calme qu'elle était loin de ressentir.

Les hurlements des loups se rapprochaient davantage d'elle à chaque instant. Il était temps d'en finir. Ses doigts descendirent vers le chef-d'œuvre du collier, un joyau tel qu'il n'en existait plus dans ce monde : une perle immaculée, aussi grosse qu'un œuf de pigeon. Au contact de la fée, elle émit une douce lueur. Snezhkaïa ferma les yeux à l'idée des sacrifices qu'elle commettait. D'abord Jul, ensuite l'héritage de ses parents. Une bile amère lui brûla la gorge.

Tu n'as pas le choix, lui souffla une petite voix. Si tu ne vas pas jusqu'au bout, le meurtre de ton frère n'aura servi à rien.

Snezhkaïa prit une profonde inspiration. Cracha un mot de pouvoir. La perle lui resta entre les mains.

— Que fais-tu ? siffla la Messagère, estomaquée.

— Je renégocie notre pacte. J'en ai le pouvoir, je suis la dernière Élémentaire, la seule survivante des Premiers-Nés encore en liberté sur cette Terre. Je porte cette perle. Et à présent, je t'en fais don.

Elle la tendit vers la Messagère, qui n'esquissa pas le moindre mouvement.

— Prends-la ! ordonna Snezhkaïa.

L'envie d'attacher à nouveau le joyau à son collier la tenailla. Si Celle-qui-avance-Voilée ne la prenait pas maintenant…

Une main squelettique émergea de la manche de son interlocutrice, s'empara avec avidité de la perle.

— Tu n'ignores pas les conséquences de ton geste, souffla-t-elle. Me la confier équivaut à renoncer au don d'Éternité.

— Je viens de condamner Féerie tout entière, murmura Snezhkaïa. Désormais, ils seront soumis à la même loi que les mortels : tu détiendras le droit de prendre leurs corps et d'emporter leurs âmes.

— Et que ferais-je de leur magie ? Tu sais que je ne peux l'absorber.

— Alors, fais-la disparaître ! cria la fée.

Elle était à bout, réalisa-t-elle. La Messagère la contempla pendant quelques instants, puis inclina la tête.

— Qu'il en soit ainsi.

La perle disparut dans sa manche. Snezhkaïa ressentit son absence tel un coup de poignard. Il lui semblait que le vent lui-même charriait des reproches et condamnait son geste.

La Messagère s'avança vers le cadavre de Jul, la Reine des Neiges montra les dents.

— Celui-là ne t'appartient pas. Il rejoindra les Cavernes de l'Oubli.

Que ces mots lui semblaient amers dans sa bouche ! Elle devait au moins ça à Jul. Elle songea à la légende entourant ce refuge où les fés, qui trouvaient la mort – bien souvent lors des combats entre eux, quand les Outrepasseurs n'exerçaient pas encore leurs ravages dans ce monde –, trouvaient le repos dans ces grottes mythiques. Ils sommeillaient là, bienheureux, en attendant le retour des dieux et déesses d'antan, quand ceux-ci créeraient un monde plus pur, plus jeune. Plus beau. Un nouvel Éden, inaccessible aux hommes et aux abominations tels que les Changepeaux, Métamorphes ou encore les Ferreux. Snezhkaïa prit une profonde inspiration. Elle souhaitait de tout son cœur que la légende soit vraie. Au moins pour Jul. Pour elle, il était trop tard.

Sur un dernier salut, Celle-qui-avance-Voilée se retira. Snezhkaïa demeura seule.

Pour quelques instants encore, cependant. Les chasseurs se rapprochaient, elle le sentait. Et il n'était plus question seulement de misérables Métamorphes ou Changepeaux. Les Outrepasseurs les suivaient de près. La seule idée du métal honni sur sa peau arracha une plainte à la fée. Elle avait enfoui si loin en elle la peur de la prison, l'angoisse de la captivité, la terreur de l'esclavage. Confrontée à ses peurs les plus terribles, sans aucune échappatoire, Snezhkaïa tremblait telle une feuille morte livrée aux tourbillons de l'automne.

Elle apposa ses mains tremblantes sur le visage défiguré de Jul.

— Repose en paix, mon frère. Que ton âme parvienne aux Cavernes de l'Oubli et y trouve le repos.

Tu seras le dernier à les atteindre, pensa-t-elle.

Elle ne lui demanda pas pardon. Les fés ne connaissaient pas ce mot, pas plus qu'ils ne savaient le sens du mot « merci ».

Sous ses yeux, le corps de Jul disparut d'abord lentement, puis de plus en plus vite. Bientôt il ne resta plus qu'un peu d'herbe tachée de sang à sa place. Snezhkaïa se redressa. La bise lui apportait l'avidité des chasseurs, leur excitation également. Pour toute réponse, elle serra le poignard dans son poing. Il n'était écrit nulle part que la dernière fée libre devait se laisser capturer sans résister.

CHAPITRE 2

« La prise de la Bastille avait alerté Sieur Noble, suffisamment pour qu'il convoque les Outrepasseurs. Les discussions durèrent des jours et des jours. Certains refusaient l'exil alors que d'autres craignaient pour leur vie et leurs richesses. N'en pouvant plus de leurs incertitudes et autres chicaneries, Sieur Noble finit par clore le débat d'un coup de colère magistral. La rumeur veut que certains aient payé leur hésitation de leur vie, mais les archives ne font mention d'aucun corps. Le lendemain, décision était prise de quitter le sol français. Six mois plus tard, Sieur Noble et ses Outrepasseurs ployaient le genou devant le monarque britannique. La première pierre de Lion House était posée. »

Chronique officielle des Outrepasseurs – *Temps de l'exil – auteur anonyme*

Écosse, Monts Grampian
30 octobre

Soufflant sur ses doigts, Peter se promit que le premier qui lui vanterait à l'avenir les charmes de l'Écosse passerait un sale quart d'heure.

Même tarif pour ceux qui ne juraient que par le camping comme moyen idéal pour passer leurs vacances ! Il se pelotonna dans son sac de couchage, cocon douillet dont il ne désirait pas sortir pour rien au monde. Il le faudrait bientôt pourtant : les premières lueurs de l'aube éclairaient le ciel au-dehors. Le rendez-vous avec les autres avait été fixé à huit heures tapantes. Le jeune homme se contorsionna pour regarder sa montre en perdant le moins de chaleur possible : elle indiquait six heures vingt. Encore dix minutes de répit. Tapi au fond de lui, le renard dormait toujours. Peter s'étonna de sa bonne fortune. D'ordinaire, l'animal, qu'il avait surnommé « Scrooge[1] » en raison de son caractère parfois grognon, se réveillait en même temps que lui, alerté de sa présence par le lien inextricable entre eux. Hôte et compagnon soudés ensemble, deux personnalités dans un même corps, ce qui n'allait pas sans poser souci. Par exemple, quand Shirley était concernée. Peter se retourna vers sa compagne, elle aussi plongée dans un profond sommeil. Depuis leur rencontre un an auparavant, au bord de la piscine de Lion House, il ne restait plus grand-chose de la poupée Barbie qu'il avait connue. À supposer qu'elle ait existé, songea-t-il. Car, sous une apparence sereine – un comportement de « lady », comme aimait à le qualifier Hermeline – se cachait un

1. Référence au personnage principal du *Conte de Noël* de Dickens.

caractère impulsif. Peter se souviendrait toujours de l'épisode du broc d'eau posé en équilibre précaire sur la table de nuit, alors qu'ils partageaient une chambre à Madrid pour y effectuer un « stage » selon la définition de Noble. En se levant, Peter l'avait fait tomber et l'oreiller de Shirley avait été inondé. Un réveil plutôt brutal pour la jeune fille. Sa réaction ne s'était pas fait attendre : à grand renfort de hurlements, elle avait prouvé à un Peter ahuri sa grande connaissance de jurons en toutes langues. Le premier choc passé, il avait éclaté de rire. Shirley l'avait imité quelque temps plus tard, en se séchant les cheveux. Ce devait être ce jour-là qu'il avait réalisé qu'il était tombé amoureux d'elle. Un sentiment qui aurait comblé Hermeline de joie si elle l'avait su. Shirley aussi, peut-être. Hélas, rien n'était aussi simple. La situation de Peter s'était même davantage compliquée à partir de ce moment.

Il soupira.

Encore en train de penser à ta femelle, hein ?

Le renard s'était réveillé entre-temps. La fourrure fauve ébouriffée, la langue rouge pendant hors de sa gueule en un sourire, il dévisageait Peter dans la pénombre de son terrier imaginaire, qui n'existait que dans l'esprit de Peter. En revanche, le renard, quant à lui, était bien réel.

Scrooge, on avait un marché au sujet de Shirley.

Oh, si on ne peut même plus plaisanter ! répondit l'animal d'un ton goguenard. *Et puis c'est un peu ma femelle à moi aussi !*

Peter fit la grimace. Même si Scrooge avait raison, le simple fait d'y penser s'avérait très dérangeant.

Bon, qu'est-ce qu'on a comme petit déjeuner ? Des tranches de bacon, des œufs brouillés, des saucisses ?

Peter aurait bien voulu, mais aucun de ces mets n'était au programme. Perdus en pleine lande écossaise, sans âme qui vive à des kilomètres à la ronde, aucun des Héritiers participant au « stage » ne pouvait se permettre les luxes de la vie quotidienne.

Des rations de survie, ça te va ?

Comme il s'en doutait, Scrooge hurla aussitôt à la mort.

Laisse-moi sortir ! supplia-t-il. *Laisse-moi sortir, je nous ramènerai un bon lièvre bien juteux et...*

Tu veux dire que je le capturerai moi-même !

Ne chipote pas sur les mots ! Alors, c'est oui ?

Peter leva les yeux au ciel. Scrooge ressemblait parfois à un enfant surexcité, lâché au beau milieu d'une fête foraine.

Pas aujourd'hui, mon vieux.

Le cri de dépit du renard se perdit dans la sonnerie aigrelette du réveil, que Peter se hâta d'éteindre. Il était temps de revenir à la réalité.

Une heure et demie plus tard, ils arrivèrent enfin près du point de rendez-vous, situé au sommet d'une colline escarpée. De son point de vue, Peter distingua plusieurs silhouettes en contrejour. Des Héritiers se trouvaient déjà sur les lieux, mais ne les avaient pas encore repérés. Le vent, qui caressait sa face brillante de sueur, jouait en leur faveur. Il s'apprêtait à continuer l'ascension quand Shirley tira sa manche. Il se retourna vers elle.

— Attends. Arrêtons-nous ici.

En dépit de son ton affirmatif, il perçut l'hésitation dans sa voix. Comme s'il pouvait refuser l'opportunité de passer un moment supplémentaire en sa compagnie !

Peter hocha la tête. Tous deux se débarrassèrent avec bonheur de leurs sacs à dos.

— Bon sang, ce truc pèse une tonne !

— Plains-toi, tu ne portais pas la tente, répliqua Peter, qui s'assit à même le sol.

Adossée contre un rocher, Shirley lui adressa un regard amusé.

— Tu as insisté, je te rappelle, tu n'as donc aucun droit de te lamenter sur ton sort.

Elle se rapprocha, lui souffla à l'oreille :

— Peut-être que, si nous gagnons l'épreuve d'aujourd'hui, je te laisserai me persuader de t'offrir un massage…

Peter rougit, aussi bien de la proximité de la jeune fille que de l'offre contenue dans ces mots. La tentation de la prendre au mot lui brûla la langue. Mais quelque chose le retint. Comme toujours. Il détourna la tête, joua à celui qui n'avait pas compris. Du coin de l'œil, il vit la jeune fille se rembrunir, son expression chaleureuse disparaître de ses prunelles brunes. Peter se haïssait dans ces moments-là. Pourquoi ne pouvait-il être normal ? Sans animal intérieur qui observerait chacun de ses gestes, sans pression de la part de Noble, sans stage de survie ou autres bêtises du même acabit. Juste être lui-même avec la fille qu'il aimait, à admirer le paysage, qui s'avérait grandiose. Sur un ciel d'un bleu pur, les monts Grampian dressaient leur silhouette imposante, encombrée çà et là de plaques de neige. Peter se surprit à rêver qu'il trouverait enfin le courage pour se saisir de la main de Shirley et…

Un cri le sortit de ses pensées.

— Ils nous ont vus, déclara Shirley d'une voix morne.

Sans lui accorder un regard, elle se releva, reprit son sac à dos. Le cœur lourd, Peter l'imita. Les Outrepasseurs l'appelaient.

— Alors, les amoureux, on s'accordait un tête-à-tête ? Comme c'est mignon !

La voix aiguë de Félix porta d'emblée sur les nerfs de Peter. La vie était décidément mal faite, songea-t-il. Arriver à bout de souffle sur cette fichue colline, se faire accueillir de cette manière et n'avoir aucune réplique sur le bout de la langue ! Heureusement, quelqu'un d'autre s'en chargea pour lui.

— Ta gueule, le chat ! Je t'entends encore une seule fois, je te balance en bas, c'est clair ? grogna Richard.

La peau claire de Félix vira au cramoisi mais il n'osa rien répliquer. Quand le loup était de mauvais poil, personne ne désirait vraiment lui tenir tête. Léonard s'y essayait de temps en temps, plus pour se prouver qu'il pouvait le faire que par réelle intention d'en découdre. Peter adressa un regard empli de reconnaissance à Richard, qui ne le capta pas. À sa droite, Sania, sa compagne, toujours élégante même en pantalon de training, lui envoya un clin d'œil. La jeune fille d'origine pakistanaise s'était parfaitement intégrée dans le cercle des Héritiers, au grand déplaisir d'Hersent, sa future belle-mère. Le fait que Richard se soit complètement entiché de sa promise avait pesé dans la balance et la sympathie que suscitait Sania avait fait le reste. Peter se glissa auprès de Shirley. À leurs pieds, une pierre gravée d'un renard bondissant. Le jeune homme ne s'étonnait plus de sa présence, le même rituel se répétant à chaque stage : un point de rendez-vous commun où sept pierres, chacune gravée de l'animal emblématique d'une Maison, les attendaient. Sept pierres pour six couples d'Héritiers et Héritières. L'un d'entre eux manquerait toujours à l'appel désormais. Il les observa. À sa droite, leurs sacs à dos posés sur la pierre du blaireau, Jack et Jenny discutaient à voix basse. Le plus jeune de la bande, Jack, venait de fêter son seizième anniversaire. À leurs côtés, Léonard, qui bâillait à qui mieux mieux, accentuant ainsi sa ressemblance avec l'ours qui se dissimulait en lui. Sa compagne Adeline se détourna de sa vue, un air dégoûté sur son fin visage. Peter les avait entendus se disputer à chacune de leurs réunions. Venait ensuite Félix, qui se donnait des airs de rock star avec sa mèche rebelle, en grande discussion avec William, l'Héritier de la Maison du Chien. Ces deux-là s'entendaient comme larrons en foire, malgré l'inimitié entre leurs animaux Hôtes. Leurs compagnes respectives, Aimée et Keira, papotaient aussi ensemble. Le dernier couple, Richard et Sania, se tenaient un peu à l'écart, isolés du reste du monde. La tendresse présente dans chacun de leurs gestes sautait aux yeux. Peter ressentit une profonde envie à cette vue avant de se ressaisir. Inutile de se torturer davantage. Son regard accrocha la septième pierre. Gravée d'un lion rugissant, elle semblait attendre le couple Héritier, le futur Noble appelé à régner sur leur assemblée. Mais personne ne viendrait. Plus depuis l'accident de voiture qui avait coûté la vie à Glen et à Fière. Les Outrepasseurs étaient dotés de nombreux dons, celui d'échapper à la mort ne comptait pourtant pas parmi leur arsenal. Personne n'était immortel, pas même les Premiers-Nés, les plus anciens fés. Même s'ils en donnaient l'illusion, songea Peter. Une vérité que leurs professeurs leur avaient inculquée, mais qu'il était aisé d'oublier dans la force de l'âge. Peter se souvint de ce matin où il avait appris la mort de Glen. Trop imbu de lui-même, Glen ne comptait pas parmi ses amis, pourtant le jeune homme avait été choqué de cette nouvelle. À ce moment, fait inédit qui ne s'était plus reproduit depuis, il avait ressenti de la pitié envers Noble. Le Balafré venait de perdre son fils et l'avenir de sa Maison d'un seul coup. Une absence qui pesait également sur le petit groupe des Héritiers, où l'absence d'un leader provoquait des tensions. Félix, toujours le premier à se plaindre, ne tarda pas à se manifester :

— Bon, on ne va pas se geler ici toute la journée ! Quand arrive-t-il ?

Richard paraissait prêt à lui sauter dessus, mais avant qu'il puisse mettre son plan à exécution, quelqu'un l'interrompit :

— Je suis là.

Peter avait beau s'attendre à l'apparition de l'homme-panthère, il n'en éprouva pas moins un malaise instinctif à sa vue. L'envie de dévaler la colline et de fuir très loin du prédateur qu'il devinait en ce nouveau venu le tenailla. Scrooge le poussait à céder à la tentation. Les réactions des autres Héritiers ne se firent pas attendre : il entendit Jack gémir, Richard gronder et vit Félix se cacher derrière la haute stature de William. Pourtant, entre félins, songea-t-il, ils devraient bien s'entendre ! Peter ne dissimula pas son sourire quand Félix buta sur une pierre et cracha de surprise, avant de se taire. À son habitude, les bras croisés sur son torse, leur guide attendit avec patience que chacun se calme. Une lueur d'amusement dansait dans ses yeux vert clair, aux paillettes d'ambre, qui détonnaient dans son visage d'ébène. Les traits fins, emplis d'une certaine majesté, dégageaient une sérénité à toute épreuve. Pourtant, Peter ne se faisait aucune illusion : l'homme était capable de réagir avec une célérité étonnante, comme lorsque William s'était fait mordre par une vipère. Ou quand Chloé avait présumé de la solidité de la branche sur laquelle elle s'était engagée et s'était cassé le bras dans sa chute. Un ange gardien, comme certains l'avaient qualifié. Peter ne l'avait pourtant jamais imaginé avec une auréole au-dessus de sa tête, où des cheveux noirs frisés étaient disciplinés en des centaines de petites tresses. Son rôle et sa présence lors de chacun des stages obligatoires pour les Héritiers impliquaient qu'il appartenait au cercle intime du Balafré. Rien que ce fait éveillait la méfiance de Peter. Quand le regard de l'homme-panthère se posa sur lui, il dissimula au mieux l'aversion qu'il lui portait. Il ignorait si leur guide était dupe de sa manœuvre.

— Le bonjour, messieurs, mesdemoiselles.

Son salut traditionnel suscita des gloussements du côté de Chloé. Peter se retint de lever les yeux au ciel. La gourde s'était visiblement entichée de son sauveur. Ce dernier ne montra aucune réaction.

— Voici les détails de cette épreuve : la cible a été lâchée ce matin. Elle se trouve dans les limites du domaine privé où nous sommes. Vous êtes chargés de la repérer et de la neutraliser. Quand ce sera fait, manifestez-vous. Chacun d'entre vous a une oreillette et un micro ? Bien.

Peter sentit les poils de sa nuque se hérisser à ces mots. Les Outrepasseurs ne parlaient jamais explicitement de fés, par respect de la tradition du secret. Ils préféraient employer des termes neutres comme la « cible ». Il était aussi tellement plus facile d'oublier ce qu'il se cachait derrière. Peter s'efforça de ne montrer aucun signe de l'indignation qui le prenait aux tripes. Ne pas montrer ses sentiments, ne pas se trahir. C'était son mot d'ordre depuis qu'il avait été obligé de jurer fidélité au Balafré et de s'accroupir devant lui. Depuis qu'il s'était juré de provoquer sa chute et celle des Outrepasseurs. Il aperçut les yeux luisant d'excitation de Richard et de William. La traque des cibles était leur activité préférée. L'homme-panthère reprit :

— Vous trouverez des tasers[1] là-dedans. (Il désigna son sac à dos qu'il posa devant lui.) Et dernière chose : n'abîmez pas la cible plus qu'il n'est nécessaire.

Un profond silence se fit, bientôt rompu par des murmures enjoués. Léonard tenta d'en savoir plus, mais ses questions se heurtèrent à un mur de silence. Quand il avait délivré ses instructions, leur guide demeurait muet. Depuis qu'il le côtoyait, Peter ne connaissait même pas son nom. Autant l'ignorer d'ailleurs. Un hurlement de loup retentit et des ombres noires dévalèrent la colline à fond de train. Peter identifia tout de suite Richard et Sania. Ils avaient apparemment décidé de se passer de l'aide du taser, comptant sur leur flair et leurs crocs. William et Keira, métamorphosés en grands limiers au pelage feu, partirent dans une direction différente. D'autres Héritiers, plus prudents, demeurèrent sous forme humaine, comme Félix qui s'empressa de chiper un taser dans le sac de l'homme-panthère. À cet instant, Peter surprit un rictus sur les lèvres de ce dernier, avant qu'il ne reprenne son impassibilité coutumière. Une alarme résonna aussitôt dans son esprit et d'un geste,

1. Marque d'un pistolet à impulsion électrique.

il retint Shirley qui se dirigeait vers le sac contenant les armes. Elle se retourna vers lui, surprise.

— Qu'est-ce qui te prend ?

Il secoua la tête et l'entraîna vers le sentier d'où ils étaient venus. Dans leur dos, Félix lança un « taïaut, taïaut ! ». La chasse était lancée.

Chapitre 3

« […] Les Héritiers doivent faire preuve de plus de vigilance et d'ardeur quand ils traquent le gibier qui leur est destiné. La Malebeste[1] *qui leur a échappé ravage le pays. Fait plus grave, elle a attiré l'attention indésirable des autorités. On la surnomme déjà "la bête du Gévaudan". En dépit de tous nos efforts, nous ne parvenons pas à lui mettre la main dessus. »*

Extrait d'une lettre de Pierre-Émilien de Rusade, Maître de la Maison du Goupil, à Sieur Noble, datée de l'hiver 1765.

— Mais enfin, tu vas m'expliquer ce qu'on fiche ici ? On perd du temps là !

Elle a raison ! gémit Scrooge. *Laisse-moi sortir !*

Ignorant la supplique du renard, Peter se rapprocha de Shirley. Elle était furieuse, constata-t-il. Il contempla ses yeux étincelants, ses joues rouges et ses cheveux roux en bataille. L'envie de l'embrasser le démangea et il se hâta

1. Bête mythique, réputée pour s'attaquer aux troupeaux.

de repousser cette idée au loin. Sans grand succès. Shirley ouvrit la bouche, sans aucun doute pour lui adresser de nouveaux reproches, mais il la prit de vitesse.

— Tu te souviens du labyrinthe en Crète l'été passé ?

— Quoi ? Qu'est-ce que ça a…

— Tu te rappelles ce qu'on y a trouvé ?

Shirley demeura interdite. Puis son regard s'alluma et elle s'exclama :

— La pixie ! Tu penses qu'ils nous jouent le même tour ?

— Exactement.

L'été dernier, un des stages s'était déroulé dans l'île de Crète. Ce jour-là, Peter et les autres Héritiers s'étaient retrouvés au crépuscule dans les ruines d'un palais antique, semblable à celui de Knossos que des milliers de touristes visitaient chaque mois. Là aussi, il s'agissait d'un domaine privé, à l'usage exclusif des Outrepasseurs. Peter savait que les siens roulaient sur l'or, mais il existait une grande différence entre le savoir et le constater de ses propres yeux. Alors que les ombres s'allongeaient dans ce décor lugubre, où le temps lui-même semblait suspendu, les mots de leur guide leur avaient glacé le sang. Quant aux armes distribuées, on les aurait crues sorties tout droit d'un péplum : des lances à la pointe aiguisée et de lourds boucliers. Il ne manquait plus que les chars tirés par les chevaux et on aurait pu jouer le *remake* de *Ben-Hur* ! avait songé Peter. Dans ce cadre, tous avaient pensé que la proie qu'ils devaient chasser s'avérait un redoutable Premier-Né. Voire un Élémentaire, ces Premiers-Nés liés aux forces de la nature et qui s'avéraient les plus puissants sujets de Féerie. Même Félix avait oublié de faire le fanfaron ce soir-là. Peter, qui avait révisé ses mythes grecs, s'était imaginé un redoutable minotaure, monstre au corps d'homme et à la tête de taureau. Il n'en avait pas mené large, tremblant et frissonnant, jusqu'à ce qu'il découvre la pixie. Haute de cinq pouces, la fée était transie de froid. La capturer avait été un jeu d'enfant. Le jeune homme avait réalisé à ce moment qu'aucun monstre ne les attendait dans l'obscurité, à l'exception de celui qu'il avait créé de toutes pièces dans son esprit. L'épreuve avait été organisée pour tester leur résistance au stress. C'était également un avertissement : ne faire confiance à personne, hormis soi-même. La leçon était restée gravée dans l'esprit de Peter. En face de lui, Shirley passa la main dans ses cheveux, les ébouriffant un peu plus au passage.

— OK, réfléchissons. On s'attend à quel genre de cible dans ce décor ? Une créature comme un kelpie[1] ou une banshee[2] ?

— Plutôt un kelpie, vu l'emploi du taser. Ces chevaux sont difficiles à abattre et…

La jeune fille lui décocha un sourire narquois.

— Tu as encore compulsé ton encyclopédie avant de venir, avoue !

Pris la patte dans le piège ! jappa Scrooge.

Peter dissimula un sourire. Auparavant, il se serait vexé de la taquinerie, mais plus maintenant. Il en remit même une couche :

— Tiens, tu ne me traites pas de « rat de bibliothèque » aujourd'hui ?

---

1. Créature mythologique écossaise, qui se présente le plus souvent sous la forme d'un cheval.

2. Esprit de la mort en Irlande et en Écosse, qui annonce un décès récent ou à venir.

— Non, souffla Shirley.

Elle planta son regard dans le sien.

— Quoi que ce soit, c'est certainement beaucoup moins mignon que toi.

Peter demeura stupide face à cette déclaration dont il ne savait que faire. Les jappements approbateurs de Scrooge qui lui cassaient les oreilles, l'espoir mêlé d'appréhension qu'il discernait dans les yeux de la jeune fille... C'en était trop. Trop de poids à porter, trop dangereux aussi. Il se racla la gorge et assuma sa façade d'indifférence, qu'il avait perfectionnée au fil des mois. Pourtant, face à Shirley, il la sentait craquer tel un masque de cire trop longtemps exposé au soleil. Il prit une profonde inspiration : il ne devait pas perdre le contrôle. Il n'osa croiser le regard de sa compagne, certain d'y lire de la déception et même davantage. Elle devait le détester un peu plus à chaque fois qu'il se dérobait, qu'il rabrouait ses avances par son silence. Pourtant, depuis que ce manège avait commencé entre eux quelques mois auparavant, Peter ne savait quelle attitude adopter. Et quand ses propres désirs s'y mettaient aussi, son dilemme devenait intenable.

— Un Ferreux.

— Quoi ?

— Le fé qu'on s'attendrait le moins à voir dans cet environnement. Un Ferreux, non ?

Il hocha lentement la tête pour se donner une contenance. Shirley semblait calme, mais il la connaissait trop bien pour ignorer le mur qu'il voyait se dresser dans son regard. Il s'efforça de penser à l'hypothèse qu'elle venait de formuler. Elle avait raison : un Ferreux était aussi adapté à la vie en plein air dans la lande écossaise qu'un poisson échoué sur le sable d'une plage.

— Nous devrions prendre le taser, hasarda-t-il. Si ton hypothèse s'avère juste et que la cible n'a pas reçu sa dose de soma…

— Pas besoin, l'interrompit Shirley, qui tira des profondeurs de son sac à dos un casse-tête en bois.

Peter contempla avec effarement l'arme d'une quinzaine de centimètres. À son bout, une pierre aiguisée captait la lumière du jour en un reflet sinistre. Devant son expression, la jeune fille haussa les épaules.

— Hermeline m'en a fait cadeau.

Tant qu'elle ne lui offrait pas une de ses haches, songea le jeune homme, il devrait s'estimer heureux. Il craignait parfois de se la prendre en pleine tête, si Shirley mettait la main dessus.

Après une vingtaine de pas sur le sentier, Shirley se retourna vers lui. Leur dynamique lors des ces traques imposées était bien rodée : grâce à l'aide de Scrooge, Peter repérait leur proie et Shirley se chargeait de la neutraliser. D'une part, avec son mètre soixante-quinze, elle était la plus imposante de leur duo ; d'autre part, il n'avait aucune envie de se salir les mains. C'était une attitude de lâche, il en avait bien conscience, mais en dépit de ses bonnes résolutions quant à l'image qu'il devait donner aux yeux des Outrepasseurs, quelque chose en lui refusait obstinément l'idée de prendre en traître une créature à moitié affamée, privée de toutes ses ressources. D'ailleurs, si la cible s'avérait bien un Ferreux, ce dernier devait être drogué jusqu'aux yeux de soma, un liquide couleur mercure spécialement conçu pour contrôler les Ferreux. Peter ferma les yeux et évita d'y penser pour le moment. Nul besoin d'appeler Scrooge : le renard l'attendait déjà, sa queue touffue battant le sol de sa tanière.

Tu sais ce qui te reste à faire, vieux frère.

Non.

Comment ça, non ?

Peter ouvrit les yeux, contrarié. Jamais auparavant Scrooge n'avait refusé de mettre son flair à son service !

Je veux sortir d'abord !

Scrooge, on en a déjà parlé et…

Le renard se coucha par terre, le museau entre ses pattes avant, les oreilles repliées en une attitude suppliante.

Ne me fais pas ces yeux-là ! Je ne te libérerai pas !

Pourquoi ? gémit l'animal.

Parce que je ne veux pas me retrouver nu comme un ver devant Shirley par la suite, voilà pourquoi !

Il faudra bien…

Stop !

Peter l'interrompit tout de suite. Il n'avait aucune envie de recevoir les conseils d'un animal sur ce point.

— Tout va bien ? lui demanda Shirley, à la fois impatiente et amusée.

D'un geste, il lui demanda deux minutes de répit.

On discutera de ça une autre fois, si tu le veux bien. Et je te promets de te laisser quartier libre ce soir.

Bon, ronchonna Scrooge, *ce ne sera pas avec ma femelle, mais je vais m'en contenter.*

Exactement. Mets-toi au travail !

Le renard ne protesta pas plus et Peter se laissa immerger par les parfums qui lui parvenaient grâce au flair aiguisé de son Hôte. Le vent charriait des senteurs de fleurs de bruyère mêlées à de lointains relents de pollution.

Parfois, une odeur plus musquée lui parvenait, celle d'un Outrepasseur dans son apparence animale. Soudain, le renard se figea. Peter sourit. Shirley avait raison.

— Alors ? demanda cette dernière, son casse-tête serré dans son poing.

— On y va.

En suivant la piste qui menait droit à la cible, Peter se remémora ce qu'il avait lu au sujet des Ferreux. Apparus au même moment que les machines de fer et de vapeur de la Révolution industrielle, ces fés étaient longtemps passés inaperçus. Pour cause : leur potentiel magique s'avérait très faible. La plupart des sujets capturés par les Outrepasseurs de l'époque, dès que ces derniers s'étaient rendu compte de l'existence des Ferreux, obtenaient un score de 1 à 2 sur l'échelle de Glenn. En comparaison, les plus faibles des Premiers-Nés étaient évalués à 6 sur cette même échelle. En revanche, les Ferreux ne semblaient pas partager l'aversion des Premiers-Nés pour le fer. D'ailleurs, tout était gris chez eux, depuis la racine de leurs cheveux jusqu'au bout des ongles. Les Outrepasseurs les avaient donc baptisés « Ferreux ». Avec ces êtres d'un genre nouveau, qui excellaient à disparaître dans le *smog*[1] londonien tels des fantômes, Noble et sa suite s'étaient retrouvés devant un casse-tête : que faire d'eux ? Les exploiter pour leur magie, à l'exemple des Premiers-Nés, n'était pas envisageable. Quant à les laisser en liberté, les Outrepasseurs s'y refusaient. Il avait fallu l'invention d'un obscur chimiste, dont les chroniques de l'époque n'avaient

1. Mot anglais inventé au XIXe siècle pour désigner un brouillard épais, causé par la pollution.

pas retenu le nom, pour trouver la solution : le soma et la dépendance qu'il entraînait afin de forcer les Ferreux à travailler dans des ateliers clandestins en échange de leur dose quotidienne. La cible qu'ils traquaient en ce moment devait sortir d'un des essaims que les Outrepasseurs gardaient jalousement sous leur patte.

Peter força l'allure pour rattraper Shirley, qui dévalait à toute allure les pentes abruptes des vallées. Elle n'avait plus besoin de lui, à présent, sa renarde avait flairé la trace du Ferreux. Une intuition que confirma Scrooge, qui jappa de plus belle. Au détour d'un gros rocher, Shirley s'immobilisa. Peter faillit lui rentrer dedans et se rattrapa de justesse aux branches d'un des rares arbustes qui poussaient sur ce terrain aride. La jeune fille ne bougea pas d'un poil : ses prunelles dilatées, sa respiration sous contrôle, elle écoutait le moindre son. Dans ces moments, même en sachant ce qui l'attendait dans quelques instants, Peter ne pouvait détacher son regard de sa compagne. Si vivante, si radieuse, une parfaite chasseresse. L'Héritière idéale, en somme. Et elle, contrairement à lui, se conformait aux ordres. Une qualité nécessaire quand on voulait faire de vieux os dans le cercle des Outrepasseurs. Elle leva des yeux inquiets vers lui. En une rapide succession de gestes, elle lui communiqua que la proie était seule, à dix pas d'eux, mais que des intrus se trouvaient dans les parages. À sa mimique, il soupçonna aussitôt Richard et Sania. Le couple de loups était un adversaire redoutable. S'ils voulaient décrocher la victoire, ils devaient se hâter. Peter suivit Shirley sur des pattes de velours. Scrooge lui-même, pris dans la fièvre de la chasse, ne bronchait pas. Le sentier se terminait sur un petit talus. Au sommet de celui-ci était plantée une immense croix, dont la raison d'être avait disparu au fil des siècles. Ne subsistait plus que cette création de fer incongrue dans ce paysage désolé. C'est là que la Ferreuse avait cherché refuge, telle une enfant s'accrochant à son dernier repère. Une enfant qui avait arraché un morceau rouillé de la croix et le serrait dans son poing. À son regard couleur tempête, à la détermination désespérée inscrite sur son visage, Peter devina qu'elle ne se rendrait pas sans résistance. Elle ne devait pas avoir reçu sa dose ce matin, mais pour autant les effets du manque ne se manifestaient pas encore chez elle. Il se demanda vaguement de quelle manière les Ferreux pouvaient résister sans la drogue qui coulait dans leurs veines, avant de s'immobiliser. Peu impressionnée par la Ferreuse, Shirley la contourna sur la gauche jusqu'à ce que la fée agite son arme improvisée dans sa direction.

— N'approche pas, prononça-t-elle, avec un accent guttural à couper au couteau.

Shirley leva les mains en l'air.

— OK, OK !

Sa voix se durcit :

— Rends-toi et je ne serai pas obligée de te casser la tête avec ça, lui intima-t-elle en désignant l'arme qu'elle tenait à la main. De toute manière, tu ne peux pas t'échapper. Mets-toi à genoux et…

Peter sut tout de suite que ce petit discours ne fonctionnerait pas. La panique qu'il lisait dans les yeux gris se révélait bien trop forte pour que la fée puisse se comporter de manière « raisonnable », comme le lui suggérait Shirley. Celle-ci ne désarmait pas :

— Le domaine est cerné. De plus, les loups arrivent et ils n'hésiteront pas à t'attaquer. Si tu ne veux pas finir en charpie…

L'attaque survint de manière brutale. La Ferreuse se jeta sur Shirley, qui l'esquiva de justesse. Son casse-tête vola dans les airs, atterrit aux pieds de Peter. Il demeura cloué au sol, incapable d'agir.

— Peter !

Le cri d'angoisse de Shirley lui fit relever la tête. Son sang se glaça à la vue de la fée avançant sur la jeune fille, son arme brandie. Shirley lui adressa un regard suppliant. Sans réfléchir, Peter ramassa le casse-tête. La réalisation du geste qu'il s'apprêtait à faire lui souleva l'estomac.

— Peter !

Shirley. Qui le suppliait d'intervenir. Au même moment, il remarqua le tremblement qui agitait les membres de la Ferreuse, ses os saillants, sa silhouette de meurt-la-faim qui se devinait sous ses haillons. Elle ne posait pas de menace. Elle n'était qu'une victime des Outrepasseurs. Une de plus. Soudain, l'arme qu'il tenait dans sa main pesa une tonne. Où trouva-t-il la force de lancer le casse-tête en direction de la Ferreuse, il ne le sut jamais. La chance voulut que l'arme trouve son objectif. La fée poussa un cri déchirant, s'effondra au sol. Un flot de sang tacha aussitôt l'herbe à l'endroit où elle était tombée. Edwin, Maître de la Maison du Blaireau et superviseur en chef des essaims, ces ateliers clandestins où travaillaient les Ferreux nuit et jour, ne serait pas content, nota Peter. Il avait abîmé la marchandise.

— Il t'en a fallu du temps, qu'est-ce que tu…

Il ne l'écoutait plus. Le flot de bile lui noya la gorge, il s'effondra au pied de la croix et vomit.

Des haut-le-cœur violents le secouèrent, il resta prostré sur le sol froid et rocailleux. Il sentit la main de Shirley lui presser l'épaule, sa voix murmurer des mots de réconfort qu'il ne comprit pas. Rien de tout cela n'avait d'importance. Il s'était sali les mains. La culpabilité, le remords, le dégoût de soi-même enflammèrent son âme. Il s'essuya la bouche à l'aide d'un mouchoir. De son côté, Shirley sortit le micro de son sac et avertit, avec une joie à peine déguisée, les autres de leur succès. Peter aurait voulu se réjouir. Prendre sa compagne dans ses bras et lui voler un baiser. En lieu et place, il s'assit près de sa victime inanimée. Plus que jamais il devait renouveler ses efforts afin que tout cela cesse. Il s'était engagé sur cette voie, il devait continuer jusqu'au bout, au détriment des sacrifices qui meurtrissaient son cœur. Que les Outrepasseurs chutent de leur piédestal, tel était son objectif. Et pour ce faire, il ne voyait qu'une seule solution : retrouver le Chasseur. À tout prix.

Chapitre 4

Il était une fois un pauvre sabotier qui vivait à l'orée de la forêt. Sa femme mourut en mettant au monde un petit garçon. L'artisan ne savait que faire. Seul et désemparé, il mit le nourrisson dans un panier d'osier et l'abandonna à un carrefour non loin de sa cabane. Dame La Mort vint à passer par là. Repérant l'enfant, elle le prit dans ses bras et s'écria :

— Puisque ni Dieu ni Diable ne l'ont pris, je le déclare mien et je serai sa marraine !

Et il en fut ainsi. Le garçon grandit, devint un homme et un médecin dont l'habileté fut bientôt renommée. Sa marraine lui avait en effet donné une potion qui soulageait toutes les maladies, mais il ne pouvait l'employer qu'à une seule condition : si Dame la Mort se tenait au chevet du malade, ce dernier lui appartenait. Le jeune homme respecta cette consigne jusqu'à ce qu'il soit appelé pour soigner la fille du roi. À peine l'eut-il vue qu'il en tomba amoureux. Hélas ! La Mort se tenait à son chevet. L'intrépide médecin n'hésita pourtant pas à désobéir aux ordres de sa marraine et la fille du roi se rétablit. Dame la Mort avertit son filleul :

— Je tolère ton écart, mais ne le refais jamais !

Et il en fut ainsi, jusqu'à ce que le roi lui-même tombe malade. La Mort était à ses côtés quand le médecin entra dans la pièce. Voulant consoler sa fiancée, il administra la potion magique à son royal patient. Le soir même, Dame La Mort l'entraîna dans une immense caverne, où brillaient des milliers de chandelles.

— Où sommes-nous ? demanda le médecin, effrayé.

— Dans ma demeure. Et tu n'en sortiras point.

Disant ces mots, elle souffla sur une chandelle. Au même moment, son filleul tomba à ses pieds. Son cœur avait cessé de battre.

Conte de Grimm, La Mort marraine[1]

Celle-qui-avance-Voilée s'était engagée dans les souterrains de Maupertuis. La villeneuve qui avait porté ce nom avait disparu depuis longtemps. Son nom même s'était évanoui de la mémoire des hommes.

Enfin, presque tous, songea la Messagère. Ceux qui s'appelaient les Outrepasseurs ne l'avaient pas oubliée, eux.

En revanche, les couloirs froids et humides sous la surface demeuraient bel et bien présents. Malgré l'étouffante obscurité, elle y voyait comme en plein jour. Un don de plus dans un arsenal bien rempli. Les hommes l'appelaient Dame la Mort ou la Faucheuse. Ils avaient tort. Elle n'était qu'une simple Messagère créée par une des forces vitales qui parcouraient le monde. Et elle avait une promesse à remplir. Une promesse qu'elle portait dans la paume de sa

1. Version originale de ce conte des frères Grimm.

main, sphère brillante qui jetait son éclat dans les ténèbres. La perle cédée par Snezhkaïa, qui symbolisait le don d'Éternité aux fés par les dieux d'antan. Un don qu'elle s'apprêtait à sacrifier à l'appétit vorace d'un Tombeau. Rien ne serait plus jamais pareil, pensa-t-elle. Elle avait relevé son voile. Nul besoin de dissimuler son visage aux regards indiscrets en ce lieu désert, que nulle âme vivante ne hantait plus. La Messagère possédait une face ascétique, à la peau cuivrée et au nez busqué. Ses mocassins en peau de daim ne laissaient aucune trace sur le sol poussiéreux. Elle hâta le pas. Celle-qui-avance-Voilée redoutait peu de choses, mais l'atmosphère délétère qui baignait cet endroit en faisait partie. Elle n'eut aucun mal à trouver le Tombeau. L'immense sarcophage de pierre était clos. Le couvercle scellé, refermé sur sa cavité béante. Dans un frisson, la Messagère se demanda quel malheureux s'était laissé séduire par les promesses de l'artefact au point d'y pénétrer volontairement. Elle instilla assez de volonté dans sa voix pour ordonner :

— Ouvre-toi !

Le Tombeau ne bougea pas. Et pire encore pour les nerfs de la Messagère, une voix remplie de morgue résonna dans son esprit.

M'aurais-tu confondu avec un chien obéissant à son maître pour me parler sur ce ton ? Tu ne détiens aucun droit sur moi, Messagère !

En réponse, celle-ci gronda :

— Rappelle-toi que tous les tombeaux s'ouvrent devant la Mort. Malgré ta suffisance, tu ne peux te dérober à cette règle.

Mais tu n'es pas la Mort, juste sa Messagère.

— Raison de plus pour m'obéir. Tu ne voudrais pas que ma Maîtresse s'incarne et te fasse voler en éclats, n'est-ce pas ?

Un silence buté fut la seule réplique du Tombeau. Celle-qui-avance-Voilée grinça des dents. Elle détestait cet endroit et encore plus l'artefact qui y était caché. S'il n'avait tenu qu'à elle, elle l'aurait détruit depuis longtemps. Mais la Mort le lui avait interdit. Et quel meilleur endroit que ce sarcophage, dont tous ignoraient l'existence, pour y engloutir la magie ? La Messagère frissonna. Elle avait beau assister à des décès tous les jours, voir les corps déchiquetés dans des accidents ou des meurtres, contempler le chagrin des proches sans qu'une seule larme ne perle à ses cils, enterrer la magie présente dans ce monde dans les profondeurs sans fin du Tombeau lui semblait un geste sacrilège. Elle frissonna. Des souvenirs sanglants remontaient à sa mémoire, telles des bulles crevant la surface d'un lac paisible. Pour se calmer, elle frôla du doigt l'araignée-totem enroulée autour de son poignet. Ses longues pattes assuraient la stabilité de l'animal. L'arachnide demeurait immobile. Ses crocs étaient plantés dans la chair de la Messagère.

— Naste Estsan[1]… murmura celle-ci.

En réponse, une onde de chaleur pénétra son esprit. Telle une toile se déployant à l'infini, Naste Estsan ne cessait de sécréter, non pas de la soie comme ses cousines ordinaires, mais de la connaissance. Celle que les morts lui avaient transmise. Son doux murmure en toile de fond berçait chaque instant de Celle-qui-avance-Voilée, renforçait sa mémoire, l'aiguisait telle une lame. Un don autant

1. Dans la mythologie amérindienne, elle incarne la femme-araignée.

qu'une malédiction, surtout dans ces lieux où elle aurait aimé ne plus se souvenir. La Messagère s'impatienta.

— Ouvre-toi !

Le couvercle bougea de quelques centimètres, puis s'arrêta. Comme si un obstacle invisible retenait la pierre à son emplacement originel. Une main qui s'opposait à la volonté de la Messagère, un mauvais génie qui l'avait déjà vaincue, longtemps auparavant.

Pensais-tu que me vaincre serait facile ? ricana le Tombeau. *Je t'ai déjà mise en échec une fois, l'aurais-tu oublié ?*

La Messagère n'eut pas le temps de réagir face à l'attaque psychique que lui envoya l'artefact. Sa mémoire s'ouvrit, telle une fleur vénéneuse charmant sa victime. Horrifiée, Celle-qui-avance-Voilée vit les images tant redoutées danser devant ses yeux.

Les armes des fés pris par surprise résonnaient d'un faible écho dans les souterrains. Les voix de leurs ennemis, Métamorphes et Changepeaux, noyaient sous leur fureur les cris des mourants. Le sang mêlé d'ichor souillait le sol quand la Messagère, avertie par l'appel de la Trois Fois Née, Trois Fois Morte, sa filleule, découvrit la scène. Les fils et filles de Féerie avaient été trahis. Surpris en plein festin. Leur peau délicate, leurs corps gracieux, leur souplesse et leur grâce, tous ces dons ne servaient à rien face à la fureur et l'appétit de leurs ennemis. Poils et plumes volaient en tout sens, griffes et crocs s'en donnaient à cœur joie. D'ordinaire ennemis jurés, Métamorphes et Changepeaux avaient forgé une alliance et quitté l'ombre pour la lumière. À leur tête se trouvait un homme. Il se nommait Glenn l'Astucieux et la Messagère grava ses traits dans son esprit. Puis elle se lança à la recherche de celle qui avait sollicité son aide. La Trois Fois Née, Trois Fois Morte avait revêtu son armure, mais cette dernière demeurait impuissante à la protéger du fer, matière honnie entre toutes, qu'employaient les traîtres.

— Aide-moi !

Et la Messagère l'avait emmenée jusqu'au Tombeau. Un subterfuge qui avait déjà fonctionné auparavant, quand la jeune fille avait été attaquée par les sbires de sa belle-mère.

Mais cette fois-là, le Tombeau ne s'ouvrit pas. Ses ennemis trouvèrent la Trois Fois Née, Trois Fois Morte, seule et apeurée devant le grand sarcophage de pierre, hurlant :

— Tu m'avais promis, Marraine, tu m'avais promis !

— Assez ! hurla-t-elle.

L'agression prit fin, les souvenirs se délitèrent et disparurent. Le Tombeau ricanait en sourdine.

— Tu as trop abusé de ma patience, reprit-elle. Puisque tu ne veux pas m'obéir, je vais appeler celle à laquelle tu ne pourras résister…

L'incantation était longue, mais la Messagère s'en fichait. Elle se concentra. À son poignet, Naste Estsan s'agita. Un fil de sa toile sans fin s'agita, amena les mots nécessaires à l'esprit de la Messagère. Elle ouvrit la bouche…

Attends !

Plus de morgue ou d'arrogance cette fois-ci dans cet ordre, qui ressemblait davantage à une supplique. Intriguée malgré elle, Celle-qui-avance-Voilée suspendit son geste.

— Vas-tu m'écouter à présent ?

Je m'ouvrirai, je te le promets. Je dévorerai la perle d'Éternité que tu serres si fort dans ton poing. Mais en échange, tu devras me promettre…

Elle n'attendit pas que l'artefact finisse sa phrase. Elle éclata d'un rire où n'entrait aucune joie.

— Je ne te prêterai aucun serment, Tombeau ! Je connais bien trop ta perfidie pour m'y risquer.

Ce n'est pas envers moi, rétorqua-t-il, *mais envers ma création.*

— Ta création ? Dis plutôt celui ou celle que tu as emprisonné(e) avec tes ruses et tes belles paroles ! Qu'en sera-t-il cette fois-ci ? Un être que tu as torturé sans relâche et qui en a perdu l'esprit ?

Tu oublies, Messagère, que mes pouvoirs, qui te dégoûtent tant à présent, t'ont aussi rendu service par le passé. N'ai-je pas sauvé ta précieuse filleule, quand tu me l'as amenée en désespoir de cause ?

— Tu as perdu tout droit de te vanter de cette action quand tu l'as laissée mourir ici, en refusant de t'ouvrir !

La douleur comprimait le cœur de Celle-qui-avance-Voilée. Si elle n'avait pas juré à Snezhkaïa de s'assurer que la magie disparaisse de cette Terre, elle se serait enfuie. Loin de cet artefact qui l'avait trahie, à cause duquel elle avait perdu une des rares personnes dont elle s'était souciée au fil de sa longue existence.

Je comprends ta douleur, répondit le Tombeau, *mais je ne pouvais pas m'ouvrir à l'époque.*

Sa voix se gorgea d'un enthousiasme pathétique quand il poursuivit :

Ma plus belle réussite, mon plus beau chef-d'œuvre ! J'ai réussi l'impensable, l'inimaginable, le…

— Tu me rendrais malade si cela était possible, l'interrompit la Messagère. Je n'ai que faire de ta création et je t'ordonne…

Même si celle-ci te permet de te venger ?

Celle-qui-avance-Voilée se raidit. Le portrait d'un homme s'incrusta dans son esprit : de taille moyenne, les gestes lestes, les cheveux aux reflets fauves. Elle revit son regard halluciné, entendit son cri de victoire quand il planta sa lame dans le corps de La Trois Fois Née, Trois Fois Morte. L'assassin de sa filleule, qui avait donné le signal de la curée. Glenn l'Astucieux.

— Ne me dis pas que tu l'as piégé en ton sein, je ne le croirai pas !

Pas lui, non. Mais quelqu'un de bien plus précieux, qui lui est apparenté par le sang.

La Messagère fronça les sourcils. La déclaration cryptique du Tombeau ne lui inspirait aucune confiance. Et pourtant, l'envie de découvrir cette « création » dont il semblait si fier la titillait à présent. Se pourrait-il qu'il lui dise la vérité et que le prisonnier ait un lien avec ce Glenn ?

— Très bien, concéda-t-elle. Je te promets de ne pas m'en prendre à celui ou celle que tu retiens en otage. À présent, ouvre-toi !

Le Tombeau n'ajouta pas un seul mot. Son couvercle pivota, s'inclina sur le sol en un bruit de tonnerre. Aussitôt, elle lança dans les ténèbres insondables qui régnaient à l'intérieur de l'artefact la sphère brillante. Cette dernière jeta un vif éclat sur les parois de pierre et disparut aussitôt. Goutte à goutte, la magie se déverserait dans la gueule de l'insatiable sarcophage. Le sort en était jeté, comme disaient les Romains. Le silence qui s'ensuivit devint une chape de plomb, qui pesait lourd sur les épaules de Celle-qui-avance-Voilée. Quelle création allait donc sortir du Tombeau ? Par précaution, elle sortit un poignard des replis de sa tunique. Son serment ne retiendrait pas sa main si le prisonnier du Tombeau s'en prenait à elle. Elle imagina la face répugnante d'un zombie, les morceaux de chair adhérant à son squelette tordu par la souffrance et…

— Aidez-moi.

L'appel la prit au dépourvu. Aucun doute, la voix provenait du Tombeau lui-même. Elle ressemblait à celle d'un enfant perdu dans les ténèbres, qui criait depuis si longtemps sans que personne ne soit jamais venu à son secours.

— S'il vous plaît, aidez-moi.

C'était à la fois poignant et pathétique. Elle aurait dû s'en détourner – après tout, elle n'avait promis aucune aide au Tombeau envers sa « création » – mais quelque chose la retenait. Naste Estsan percevait son trouble et s'agitait sur sa peau. Elle ne prit pas garde aux impulsions envoyées par l'araignée-totem. Presque malgré elle, la Messagère s'approcha du sarcophage.

— Je vous en prie…

Cette supplique se mêla à celle de la Trois Fois Née, Trois Fois Morte, dont le spectre hantait toujours cette caverne.

« Tu m'avais promis, Marraine ! »

Elle s'approcha encore et le vit. Recroquevillé sur lui-même, il était nu et semblait flotter dans les ténèbres du sarcophage. De stature mince et élancée, sa peau blanche éclairait l'intérieur de l'artefact, comme un phare dans la nuit la plus épaisse. Celle-qui-avance-Voilée avait beau se douter qu'il s'agissait là d'une illusion, elle ne put retenir un petit cri à cette vue. L'enfant releva la tête. Sauf qu'il ne s'agissait pas d'un enfant. C'était un jeune homme, aux yeux d'un vert perçant et aux cheveux noirs. Il semblait mortel et pourtant… Une ombre dansait sur son visage, une ombre remplie de malice et de cruauté. Il la dévisagea sans mot dire. Il semblait sain et sauf. Prise d'un malaise, Celle-qui-avance-Voilée voulut reculer. Aussi vif qu'une anguille, le prisonnier attrapa sa manche. Emprisonna sa main dans la sienne. La Messagère hurla. Elle qui ne connaissait pas la peur ni le chagrin fut submergée d'émotions étrangères, aussi implacables qu'un molosse tenant sa proie entre ses mâchoires. Elle comprit enfin pourquoi le Tombeau semblait si fier de sa création. J'ai réalisé l'impensable, s'était-il vanté. Il avait raison.

Elle vit la victime et le criminel, Arnaut et le Chasseur. Ils avaient basculé dans l'ombre sans fin du Tombeau. Le jeune homme était mourant, le fé voulait le sauver. L'artefact avait trouvé la solution idéale selon lui : les mêler en un seul corps, une seule âme. Une âme aussi fracturée qu'un miroir mis en pièces, dont les morceaux ne s'accorderaient plus jamais les uns avec les autres. Des émotions humaines se heurtaient aux sentiments du fé. Une prison éternelle pour la victime, la certitude pour le prédateur que son amour ne le quitterait plus jamais. L'artefact avait joué sur cette obsession. Tel un Créateur impie, un savant fou, il avait modelé la chair et l'esprit de ses captifs.

Et au-delà de cet être, elle sentait une bête fauve, un gigantesque félin qui désirait par-dessus tout s'évader…

La Messagère brisa le contact et se heurta à la paroi de la caverne, haletante. Quand elle rouvrit les yeux, le jeune homme la fixait toujours.

— Aidez-moi.

Le Tombeau n'avait pas menti non plus sur un autre point : son prisonnier partageait bel et bien le même sang que Glenn L'Astucieux, le meurtrier de sa filleule. Elle avait senti le lion dans son âme, la malédiction qui courait dans ses veines. L'ironie de la situation n'échappait pas à la Messagère. Elle en savait assez sur ceux qui se faisaient appeler les Outrepasseurs pour en reconnaître un quand elle le voyait. Et dire que ce dernier était également celui qui pouvait les libérer de la malédiction originelle…

Elle éclata d'un rire sauvage. À ce son, le jeune homme changea d'apparence. Il grandit, sa peau devint presque translucide, ses canines s'allongèrent. Le Chasseur revenait à la surface. La Messagère sourit face à cette créature impossible, ce mélange irréalisable que le Tombeau avait pourtant réussi. Quel beau cadeau à envoyer aux descendants de Glenn l'Astucieux ! Elle n'hésita pas cette fois-ci et tendit la main au prisonnier.

— Je t'aiderai, répondit-elle. Et puisque personne ne te réclame, je te réclame comme mien. Je serai ta Marraine.

Arnaut lui sourit, une langue bifide courant sur ses crocs. En discernant l'éclat vert dans ses yeux, cette lueur d'humanité qui refusait de s'éteindre, la Messagère sentit les battements de son cœur, si paisible d'ordinaire, s'accélérer. Un pari sur l'avenir, une graine bousculée par la brise, un être à la croisée des chemins, voilà ce que représentait Arnaut. Elle se demanda qui aurait finalement le dessus, créature aux multiples visages.

— Comment vas-tu m'aider ? murmura-t-il.

Pour seule réponse, elle caressa l'araignée accrochée à son poignet.

— Je t'aiderai par trois fois.

Chapitre 5

« […] Cet imbécile m'a demandé, la bouche en cœur :

— Mais papa, pourquoi n'avons-nous jamais cherché à savoir ce qu'est devenu le Chasseur ?

— Et pourquoi l'aurions-nous fait ? ai-je répliqué. Oh, je sais ce que tu as dû entendre : malédiction, mauvais sort, et tout le blabla habituel ! Réfléchis un peu, fiston : si nous avions retrouvé le Chasseur et si effectivement il avait accepté de retirer le sort qu'il nous a jeté, que serions-nous devenus ? Des gens ordinaires, avec une vie ordinaire et crevant de manière ordinaire.

Je me suis approché de lui et je lui ai soufflé en plein visage :

— Je ne sais pas toi, mais je préfère être le roi de ce putain de monde !

Il est parti en pleurs, en me traitant de « monstre ». Je vous le dis, Fière, nous n'aurions jamais dû faire chambre à part après votre accouchement ! »

Lettre de Sir Noble à son épouse, mai 1913.

Aéroport d'Inverness, Écosse
30 octobre

Le jet privé décolla en douceur et après quelques instants, les lumières enjoignant les passagers de boucler leur ceinture s'éteignirent. Non pas que certains Héritiers aient attendu ce signal pour voyager à leur guise dans l'appareil, songea Peter avec ironie. Les places de Félix, William et Léonard étaient vides. Ils se trouvaient sans nul doute dans la cabine des hôtesses pour leur faire du charme et piller les réserves des minibouteilles d'alcool. Dans les fauteuils de cuir blanc, seuls Richard et Sania n'avaient pas bougé. Des écouteurs vissés sur les oreilles, les tourtereaux profitaient du film sur l'écran placé en face d'eux. Deux rangées plus loin, Jack s'escrimait sur sa console de jeux alors que de la rangée du fond, montaient des rires entrecoupés de murmures. Un club féminin que Peter se gardait bien d'approcher. D'ordinaire, Shirley y participait, mais cette fois-ci, elle s'était à peine lovée dans son siège que le sommeil l'avait prise. Avec délicatesse, le jeune homme écarta une mèche rousse qui retombait dans les yeux de sa compagne avant de fixer son attention sur son téléphone portable. Un modèle dernière génération que les Outrepasseurs distribuaient à leurs rejetons, telles des confiseries offertes à des gosses. Hermeline lui en avait fait présent le mois dernier, sans qu'elle se doute de l'usage qui en serait fait. Peter frissonna à cette idée. Sa mère, pas plus que Shirley, ne devait rien savoir à ce sujet. Il risquait sa peau tout seul, inutile d'entraîner les autres dans son entreprise. Il prit une profonde inspiration et entreprit de se détendre. Dans son esprit se forma l'image d'une île au milieu d'un lac aux eaux cristallines. Un cadre serein et idyllique, où Peter aimait se retirer quand il voulait être seul. Même Scrooge, terrifié par l'eau, n'y avait pas accès. C'était bien là le seul bénéfice qu'il avait retiré des cours de méditation et de *self-control* obligatoires lors de sa première année chez les Outrepasseurs. Il vérifia une dernière fois que Scrooge ne le surveillait pas : aucun souci à avoir de ce côté-là. Le renard, qui ne supportait pas les voyages en avion, était roulé en boule sur lui-même et ne pipait mot.

Il était temps d'explorer les archives stockées en secret dans la mémoire du téléphone. Peter entra les mots de passe successifs et commença à lire. Une dizaine de minutes plus tard, l'inventaire sans fin des prisonniers capturés par les Outrepasseurs lors de la guerre d'Indépendance des États-Unis en 1777 lui donnait le tournis et menaçait de lui coller une solide migraine. Il tenta un autre document.

« Les Ferreux démontrent une étonnante docilité quand ils sont soumis à l'influence du soma, leur obéissance aux ordres donnés et leur aptitude au travail à la chaîne s'améliorent visiblement. Les effets de la dépendance, quand ils ne reçoivent pas assez vite leur dose, prennent la forme de tremblements compulsifs, à tel point que… »

Le jeune homme s'arrêta sur ce passage. Bizarre, la cible de ce matin n'avait présenté aucun de ces signes. Et pourtant, elle n'avait pas reçu de soma avant d'être larguée au fin fond de l'Écosse, il en était certain. De toute manière, songea-t-il en fermant la fenêtre, chercher le Chasseur parmi les Ferreux serait une aberration : les Premiers-Nés considéraient ces derniers comme des monstres, des abominations. Penser que Féerie avait représenté une nation unie était faux. Peter s'en était rendu compte lors de ses recherches. L'appellation « fés » recouvrait un large panel d'espèces différentes, depuis les redoutables Élémentaires, liés aux forces de la nature, jusqu'aux Ferreux, apparus lors de la Révolution industrielle. Dans cette multitude de peuples, les causes de leurs haines comme de leurs amitiés restaient soigneusement consignées dans leur mémoire immémoriale : par exemple, les Métamorphes et Changepeaux, en dépit de leurs similitudes, se haïssaient pour une simple différence de naissance. Les Métamorphes possédaient un don inné pour se transformer en animaux, souvent le même d'ailleurs, alors que les Changepeaux devaient d'abord acquérir la peau de cet animal et la nouer autour d'eux pour enclencher leur métamorphose. Une peccadille aux yeux de Peter, mais une différence énorme aux yeux de ces fés, dont les uns jalousaient les autres. Ce n'était que lors de l'alliance forgée avec Glenn l'Astucieux que Métamorphes et Changepeaux avaient cessé leurs incessantes querelles. Des rancœurs couvaient encore maintenant.

Peter se détourna, admira d'un œil absent le ciel bleu régnant au-dessus de la solide couverture nuageuse qui avait envahi le Royaume-Uni. Un rayon de soleil le frôla, l'invita à la détente.

Éteins donc ton portable, semblait-il lui dire. Pourquoi ne pas t'allonger aux côtés de Shirley ?

Peter étouffa un bâillement, il avait vraiment mal dormi la nuit précédente, piégé dans cette fichue tente ! Il serait si facile d'oublier pendant un instant la tâche colossale qu'il avait entreprise en secret, cette mission suicide qui n'avait presque aucune chance d'aboutir…

Puis il pensa à la prisonnière reléguée dans la soute à bagages et qui devait claquer des dents. D'après les cours reçus à leur sujet, les Ferreux étaient beaucoup plus sensibles à leur environnement ambiant que les autres fés. Il revit le visage ensanglanté de sa victime. Il entendit de nouveau sa plainte quand l'homme-panthère l'avait catapultée dans la Jeep, afin de l'emmener à l'aéroport. Peter serra les dents. Il ne pouvait pas l'ignorer, pas plus qu'il ne pouvait oublier les autres fés capturés lors des missions précédentes. Et il y en aurait d'autres, toujours plus en un cycle continu. À moins que Peter n'y mette un terme en retrouvant le Chasseur et en l'obligeant à retirer la malédiction originelle.

S'il existait bien une loi féerique, à laquelle les Outrepasseurs s'étaient frottés plus que quiconque, c'était celle qui reliait un sort, bon ou mauvais, au fé qui l'avait jeté. En cas de surprise désagréable, la victime ne possédait qu'un seul recours : obtenir de son ennemi qu'il annule sa malédiction. Peter avait vu des centaines d'histoires de ce genre défiler dans les archives que tenaient les Outrepasseurs. C'est ce qui aurait dû se passer pour les Outrepasseurs originels, pour les paysans médiévaux qui s'étaient réfugiés dans les souterrains pour retrouver le Chasseur. Ils l'auraient acculé dans une impasse et forcé à retirer sa malédiction. Tout en serait resté là. C'était la suite logique de l'histoire.

Mais Peter l'avait appris à ses dépens, rien n'était logique en ce qui concernait les Outrepasseurs. Au lieu d'un *happy end*, où tout le monde, hommes comme fés, y aurait gagné, Niels et sa bande avaient engendré une société secrète, une cohésion formidable de sept familles qui exploitaient une richesse connue d'eux seuls. Pire encore, ils avaient maintenu le secret pendant huit siècles. Si le prix à payer ne s'était pas révélé aussi atroce, Peter aurait applaudi des deux mains face à une telle entreprise. Une partie de lui-même conservait d'ailleurs une profonde admiration pour tout ce que ses ancêtres avaient réussi à bâtir : un gigantesque empire, aussi florissant que caché aux yeux des hommes. En comparaison, les complots dévoilés dans les blockbusters *made in* Hollywood pouvaient aller se rhabiller.

Et pourtant, une autre partie de Peter aurait aimé mettre un terme définitif aux Outrepasseurs et à leur royaume sans fin. Un royaume bâti dans le sang, l'esclavage, l'exploitation. Un royaume qui avalait, tel le tonneau des Danaïdes[1], la chair et la magie des fés, sans en être jamais rassasié.

Le seul moyen d'enlever la puissance des Outrepasseurs de manière radicale, sans qu'un retour en arrière ne soit possible, était donc de retrouver le Chasseur. La quête aurait dû être facile. Un si grand ennemi des Outrepasseurs originels, un fé si redoutable, si cruel serait certainement mentionné dans les documents. Il aurait aisément gagné sa place dans une grande saga épique, un récit de bataille et de fureur, dont les Outrepasseurs étaient si friands. Du moins Peter l'avait-il cru, quand, n'en pouvant plus de la tutelle de Noble, il avait cherché la meilleure façon de le détruire. De lui enlever sa sacro-sainte puissance.

Au lieu de ça, il n'avait trouvé que le silence. Aucune mention du Chasseur, même dans les notes de bas de page,

1. Dans la mythologie grecque, il incarne le châtiment des Danaïdes, filles du roi Danaos. Ces dernières doivent emplir le tonneau en permanence, car son fond est percé.

même dans les appendices poussiéreux que personne ne consultait plus. Il avait cherché avec entêtement d'abord, avec frénésie ensuite, le nom de celui qui pourrait l'aider. Le sauver de lui-même et de l'avenir tout tracé qui s'ouvrait devant lui. Mais rien. Nada. Que dalle. Le Chasseur s'était volatilisé et avait emporté son ombre avec lui. Le même silence recouvrait le début des Outrepasseurs. Que s'était-il passé au juste, après que Niels et les siens eurent pénétré dans les souterrains ? Avaient-ils retrouvé le petit groupe de fés qui retenait Arnaut prisonnier ? En fait, jusqu'à ce que Glenn l'Astucieux et ses alliés, autant hommes que Changepeaux et Métamorphes, fassent irruption au beau milieu du XVIe siècle, sans autre atout que des richesses d'origine féerique, les Outrepasseurs avaient disparu de l'Histoire. Personne n'avait parlé de cette période trouble. Ou du moins, si un compagnon de Glenn l'Astucieux s'était confié à ce sujet, nul n'avait écrit un seul mot à ce sujet. Le black-out complet. Peter avait pris en grippe le glorieux ancêtre auquel Noble aimait se référer. Car Glenn n'avait pas perdu de temps après son retour à la surface. Il s'était adjoint le soutien des Guise – Peter devinait qu'il avait dû servir pots-de-vin et flatteries en égale mesure – une des familles les plus puissantes du royaume de France à cette époque, et les avait fidèlement servis. Le plus bel exemple de sa loyauté ? Le massacre de la Saint-Barthélemy, perpétré en 1572. Peter avait été écœuré de voir qu'en récompense de son aide dans les tueries qui sévissaient à cette époque entre catholiques et protestants, Glenn et ses complices avaient récolté terres et titres de noblesse. Dès lors, les Outrepasseurs avaient été étroitement associés au pouvoir royal, jusqu'à ce que le déclin de ce dernier précipite leur exil vers le Royaume-Uni. Une longue ascension vers le pouvoir, auraient dit certains. Qui n'avaient visiblement pas accès aux archives privées et confidentielles des Maisons. Qu'ils deviennent simples comptables, nobles se contentant de vivre de leurs rentes, traqueurs de monstres ou explorateurs à la recherche d'une contrée inconnue et de ses fés, les Outrepasseurs n'avaient plus jamais manqué de rien. Ils se trouvaient toujours du bon côté, dans l'ombre, prêts à foncer et profiter des opportunités. Et en secret, ils continuaient à exploiter les fés, leur unique trésor, jalousement gardé par le secret imposé aux générations d'Héritiers et d'Héritières.

Peter soupira, fixant l'inventaire qui défilait sur son écran. Il avait la sensation de se perdre dans des tonnes et des tonnes de documents poussiéreux, dont aucun ne contenait un seul indice susceptible de l'aider. La nuit, les mêmes questions le hantaient sans cesse : où se trouvait le Chasseur ? Comment avait-il pu disparaître de manière aussi soudaine ? Pourquoi les Outrepasseurs, si prompts à consigner leurs exploits par écrit, ne l'avaient-ils jamais mentionné ? Le jeune homme s'était imaginé des tas de scénarios possibles : le fé était tombé au combat ; il avait été assassiné par un soudard qui ne l'avait pas reconnu ; un ancêtre l'avait affronté sans connaître son identité.

Si c'est le cas, songea-t-il, je peux aussi bien me faire *harakiri* dès ma descente d'avion !

Si le Chasseur était mort, nul espoir ne subsistait plus pour lui. Il n'aurait plus le choix qu'entre se résoudre à devenir Outrepasseur ou à se suicider.

Brillante perspective ! ricana-t-il en silence.

Il préférait en rire plutôt que de laisser le désespoir si familier le miner. Aussi ne cessait-il de chercher, de prendre des risques pour avoir accès à des documents qui lui coûteraient cher si ses ruses étaient éventées. Plutôt risquer sa peau que de renoncer. De se laisser forcer dans le moule où Noble l'avait plongé, un an auparavant. Il résistait. Pour le moment. Il jeta un coup d'œil à Shirley, toujours endormie. La bouche légèrement entrouverte, qui dévoilait une dentition immaculée, elle semblait si innocente. Si normale. À sa vue, la résolution de Peter flanchait. Là résidait la tentation, l'envie de céder aux élans de son cœur et de la prendre dans ses bras. S'il le faisait maintenant, il ne pourrait plus continuer sa quête. Il serait un Outrepasseur, aussi sûrement que s'il s'agenouillait devant Noble et lui jurait à nouveau fidélité. Il était si difficile de s'empêcher de profiter de sa jeunesse, parfois, de plonger tête baissée dans ce luxe et cet argent qui brûlaient les doigts des Outrepasseurs ! Pourquoi ne pouvait-il pas s'étourdir dans les plaisirs à sa portée, comme Félix, ou répondre à l'amour de sa compagne, comme Richard ? Pourquoi ne pouvait-il pas juste accepter son sort ?

Non. Il ne le pouvait pas. Pas en songeant aux fés. Aux mains sales. Aux liasses de papier qui citaient, nom après nom, toutes les victimes des Outrepasseurs.

Un murmure tira Peter de ses pensées.

— Encore le nez dans tes archives ? bougonna Shirley.

Elle s'étira, bombant sa poitrine, et le jeune homme détourna la tête.

— Hermeline m'a demandé de les trier pour savoir si on les numérisait, en fin de compte.

Son excuse favorite. Son meilleur alibi également, car sa mère l'avait bel et bien chargé de cette tâche. Bien sûr, elle n'avait pas inclus dans sa demande tous les documents des Maisons, surtout les plus confidentiels. Le soin quasi obsessionnel des Outrepasseurs envers leurs archives avait bien aidé Peter dans sa recherche.

Le meilleur mensonge contient toujours un grain de vérité, pensa-t-il, alors que Shirley se calait contre son épaule pour profiter de la fin du film, qui défilait sur l'écran placé en face d'eux.

Peter s'efforça de tirer du réconfort de sa proximité avec la jeune fille et d'oublier son malaise. Cette sensation qu'un mensonge sortait chaque fois qu'il ouvrait la bouche. Il devenait trop doué à ce jeu-là.

Deux heures plus tard, l'avion atterrit enfin sur le tarmac d'Heathrow, un des aéroports de Londres. En sortant de l'appareil, Peter fronça les sourcils. Hermeline l'attendait quelques pas plus loin, s'appuyant sur la carrosserie de sa Bentley. Un geste inhabituel de sa part, qui éveilla sa méfiance. Il dévala les quelques escaliers et fonça vers sa mère. Hermeline n'avait pas changé, toujours aussi élégante et sûre d'elle-même. Elle s'avança vers lui, le sourire aux lèvres et voulut l'embrasser, il détourna la tête.

— Que fais-tu ici ?

— À part accueillir un ingrat dans ton genre, tu veux dire ?

Il poussa un long soupir et déposa un baiser furtif sur la joue poudrée de sa mère.

— Bonjour, Hermeline.

Celle-ci se raidit d'instinct. Peter ressentit l'irritation familière, celle qui la gagnait chaque fois qu'il oubliait l'emprise du prénom sur sa mère. Depuis que Monseigneur avait ordonné aux Héritiers mâles d'utiliser les vrais prénoms des Maîtresses de Maisons – même si celles-ci étaient leurs mères – Peter avait essayé de contourner cette règle débile. Il n'y songeait pas toujours, cependant. Il se hâta de répéter :

— Que fais-tu ici ?

Hermeline leva les yeux au ciel. Nul doute qu'un sermon sur son attitude irrespectueuse était prévu au programme de la soirée, songea Peter.

— Je voulais vous informer, toi et Shirley… Oh hello, très chère !

Elle accueillit avec un plaisir non dissimulé la jeune fille, qui venait de les rejoindre.

— Mon fils s'est bien conduit envers toi, j'espère ?

Peter se retint de grogner. Il détestait ce petit jeu qu'entretenait Hermeline avec sa future belle-fille. Cette dernière lui décocha un coup d'œil taquin avant de répondre :

— Pas plus pire que d'habitude.

Hermeline eut une moue de désapprobation et fixa Peter d'un regard désappointé.

Un deuxième sermon sur sa relation avec Shirley était en vue, songea-t-il avec résignation.

— Bon, on y va ? Je meurs de faim !

Il espérait détourner la conversation en montant dans la voiture, mais Hermeline le retint par sa manche.

— Pas si vite, estomac sur pattes. Comme je te le disais, j'ai une nouvelle importante à vous communiquer.

Il retint de justesse un juron. Bon sang, allait-elle cracher le morceau ? Comme si elle avait senti son impatience, Hermeline indiqua un avion cargo à l'arrêt à quelques centaines de mètres du jet qui les avait ramenés. Des ouvriers se pressaient de décharger son contenu et de l'entreposer dans un hangar.

— Fascinant spectacle.

— Surtout quand on sait ce qui se trouve à l'intérieur de cette caisse.

Pris d'un doute, Peter examina Hermeline, dont les traits exprimaient une intense satisfaction. Dès lors, son instinct se confirma. Ce fut Shirley qui posa la question :

— Et que contient-elle ?

— La dernière fée, qui se trouvait encore en liberté. J'ai nommé Snezhkaïa, la Reine des Neiges.

Shirley hoqueta de surprise, un sourire carnassier se dessina sur les lèvres rouge sang d'Hermeline. Peter demeura immobile. Ainsi donc, ils l'avaient attrapée. Enfin.

— Pour célébrer ceci, Noble organise une grande fête demain soir à la Banqueting House !

— J'ai faim, répéta sourdement Peter alors que rien n'était plus éloigné de la vérité.

Il n'entendit pas les moqueries d'Hermeline le concernant pas plus que les cris de joie de Shirley. Il fixa l'immense caisse où reposait la fée, pieds et poings liés. Il se sentait aussi impuissant qu'elle.

Chapitre 6

Please allow me to introduce myself
I'm a man of wealth and taste
I've been around for a long, long year
Stole many a man's soul and faith
Sympathy for the Devil – *The Rolling Stones*

Laissez-moi me présenter
Je suis un homme de goût
L'argent me brûle les doigts
J'ai traîné pas mal de temps ici
Voleur d'âmes et de foi…
Compassion pour le Diable

— Combien de temps ?

Le petit homme déglutit avec difficulté. Dans un effort pour paraître plus digne de la blouse blanche qu'il portait, il se redressa de toute sa taille, à savoir à peine un mètre soixante-dix. Ce qui ne pesait guère lourd face à la haute stature de Noble. Pour le moment, ce dernier se souciait comme d'une guigne des états d'âme du professeur. Il gronda :

— Je vous ai posé une question !

— Oui, oui, je vous ai bien entendu, *Sir* Noble ! Laissez-moi…

Il n'acheva pas sa phrase, soudain conscient de son mouvement d'humeur. Noble se contint *in extremis*. Tuer l'idiot en blouse blanche ne l'avancerait à rien. Sommité médicale, dont le nom s'étalait dans nombre de revues professionnelles, il avait accepté le défi que représentait le cas de sa patiente. Un défi devant lequel il était en train d'échouer. Noble serra les poings. Et se rappela que le petit homme constituait la seule chance de Fière. Aussi rongeait-il son impatience.

— Je dirais… Trois mois. Au mieux.

Ses doigts couraient tels des cloportes effarés sur la peau de Fière. Noble réprima avec peine l'envie d'arracher avec ses dents cette main qui se permettait de toucher sa compagne. Sa lionne. Heureusement, celle-ci ne pouvait rien ressentir. Plongée dans un coma artificiel, telle une Belle au bois dormant oubliée de son prince. Fière avait toujours été mince, mais la maladie avait pris son dû de chair et de sang. Contre les draps blancs, son visage semblait exsangue. Une poupée de porcelaine, sans aucun rond vermeil pour décorer ses joues, aux membres frêles et à la peau aussi rêche que du papier de verre, malgré les soins de ses infirmières. Une peau que Noble caressait avec douceur, du bout de l'index, comme s'il craignait, par ce simple contact, de la blesser davantage que le cancer qui la rongeait.

— Trois mois ? C'est tout ce que vous pouvez me donner ?

— *Sir* Noble, je ne décide malheureusement pas de ces choses-là…

— Vous me vantiez pourtant, il y a deux semaines, les mérites de votre traitement expérimental. L'ichor mélangé à la thérapie classique, afin de doper les effets de celle-ci, si je me souviens bien de vos explications ?

Noble se rendit compte que le lion en lui se manifestait de plus en plus énergiquement. Ce qu'avait réalisé le professeur, qui, de l'autre côté du lit de la malade, n'en menait pas large. Il triturait avec nervosité ses boutons de manchette, un geste qui irritait Noble depuis l'entrée du petit homme dans la pièce.

— C'est… vrai, *Sir* Noble, et je pensais que votre épouse s'adapterait au traitement. Mais justement…

— Quoi ?

— Elle s'y adapte trop bien. Son corps s'accoutume déjà aux effets de l'ichor, je le vois dans les dernières analyses pratiquées. Et le cancer…

Noble résista à la tentation de se boucher les oreilles, de ne pas entendre les mots ignobles qui sortiraient de la bouche du professeur.

— Son évolution se poursuit. Les métastases…

Noble savait ce qui suivrait. Il n'avait pas besoin de l'entendre. Aussi étouffa-t-il dans l'œuf le verdict sans appel de la sommité médicale.

— Et en augmentant la dose d'ichor, pensez-vous que les résultats seraient positifs ?

Le petit homme haussa les épaules d'un geste désolé.

— Nous pouvons le tenter, bien entendu, mais rien…

— Allez-y.

Incapable de se retenir davantage face au professeur, Noble sortit de la chambre. Il devait fuir cette pièce étouffante, s'éloigner de ce professeur exaspérant, qui ne cessait de s'excuser de son impuissance. Fuir la maladie qu'il devinait tapie dans le corps de sa Fière, telle une bête malfaisante et inaccessible. Cette même bête qui avait réduit au silence sa lionne. Le fauve s'était tu depuis longtemps. Depuis si longtemps que le lion tapi en Noble avait oublié sa compagne et montrait les dents face à cette gisante entre les draps, qu'il ne reconnaissait plus.

Noble, quarante-quatrième du nom, entra dans son bureau en trombe. Il ne jeta pas le coup d'œil habituel qu'il réservait au tableau au-dessus de l'imposante cheminée, où Glenn l'Astucieux était immortalisé dans sa victoire sur la Trois Fois Née, Trois Fois Morte. Pas une seule miette d'attention non plus pour les dossiers qui s'accumulaient sur son bureau. À de nombreuses reprises, Edwin, Maître de la Maison du Blaireau et son fidèle adjoint, l'avait déjà prié de se mettre au goût du jour et de délaisser le papier pour le numérique.

« Il faut vivre avec son temps ! »

Cependant, Noble restait de la vieille école. Il aimait manipuler les documents, les parapher de sa signature. Il aimait les vieux meubles, l'éclat du bois verni sous les feux des lustres en cristal. Et s'il possédait bien entendu un téléphone portable, contrainte technologique dont il se serait bien passé, il oubliait souvent de l'ouvrir, au grand dam d'Edwin qui lui reprochait ensuite d'être injoignable. Il ouvrit le luxueux cabinet à liqueur, où reposaient les précieuses bouteilles de whisky en provenance directe des Highlands écossais. Le breuvage préféré de Noble, qui s'en servit une généreuse rasade. Le liquide ambré lui brûla la gorge, il savoura cette sensation les yeux fermés. Même si l'alcool ne risquait pas de l'enivrer – privilège ou malédiction des Outrepasseurs, grâce à leur hôte animal – il appréciait le goût charpenté du whisky. Il rouvrit les paupières, accrocha du regard le tableau de Glenn l'Astucieux. Le brillant ancêtre, légendaire même par ses exploits, qui avait porté le premier l'estocade contre les royaumes féeriques et avait fini par en triompher. Le portrait le représentait dans une pose avantageuse de combattant : le pied sur le cadavre de la Trois Fois Née, Trois Fois Morte, la tête décapitée de l'ennemie dans sa main. Un léger sourire flottait sur son visage. Même en peinture, il semblait vibrer d'une énergie à peine contenue. Noble le contempla en se demandant quelle part de vérité contenait ce tableau. Ou n'était-ce là que pure propagande ? Comme celle qu'il s'apprêtait à faire le soir même, lors du dîner donné à la Banqueting House. Il leva son verre vers son ancêtre.

— À ta santé, cher vieil escroc !

Glenn l'Astucieux n'aurait pas apprécié le sacrilège.

On s'en fiche, il est mort ! songea Noble, en vidant son verre. Il se demanda si l'ancêtre aurait trouvé une solution face à la maladie de Fière. Ou s'en serait-il détourné, l'aurait-il emprisonnée dans une chambre quelconque, en priant pour que la mort l'en débarrasse au plus vite ? Noble poussa un profond soupir. Trois mois. Si peu de temps. Et dire qu'il ne pourrait même pas faire ses adieux à son épouse, endormie pour ne point subir de douleurs trop atroces. Par réflexe, il se concentra sur le lien qui l'unissait à Fière. Ses battements de cœur constants, douce musique à son oreille, le rassérénèrent. Imaginer qu'il pourrait ne plus les entendre bientôt le mettait à la torture. Au même moment, le lion en lui rugit. Sans même se retourner, Noble déclara :

— Entrez, Hersent.

Une invitation qui ne passa pas inaperçue pour l'ouïe fine de la louve. L'instant d'après, le parfum épicé d'Hersent titilla l'odorat du lion. Une odeur réconfortante, tout comme la présence de la louve.

Éblouissante dans un ensemble rouge sang, qui soulignait sa silhouette svelte, Hersent lui décocha un sourire à l'éclat carnassier. Ses yeux fardés pétillaient d'une joie non contenue. Ce soir, Hersent était la reine du dîner et elle entendait bien le faire savoir. Une attitude qui aurait agacé Noble s'il n'avait pas autant apprécié l'audace de la louve. Sans lui demander son avis, d'un geste instinctif, il tendit un verre à demi rempli à Hersent, qui l'accepta d'un geste gracieux de la tête. Ils savourèrent en silence le breuvage ambré. Un moment de complicité si rare et d'autant plus précieux aux yeux du lion. Contrairement aux autres Outrepasseurs, qui se mettaient à plat ventre devant lui et clabaudaient ensuite dans son dos, Hersent n'hésitait jamais à dire son avis et à mettre les pieds dans le plat. Quitte à blesser l'ego de son interlocuteur. Aussi Noble se montra-t-il surpris et reconnaissant quand Hersent lui demanda d'un voix douce, qui contrastait avec son attitude habituelle :

— Des nouvelles pour Fière ?

La louve n'avait jamais été proche d'elle. Noble n'ignorait pas qu'Hersent l'interrogeait sur la santé de son épouse juste parce que cette situation le touchait, lui. Il haussa des épaules massives.

— Mauvaises, comme d'habitude.

Hersent haussa un sourcil parfaitement dessiné.

— Le professeur ne vous avait-il pas parlé d'un nouveau traitement ?

— Oh oui, et il l'a aussitôt appliqué.

Il se sentit las tout à coup. Vieux. Comme si son énergie coutumière l'avait déserté, ne laissant derrière elle qu'une coquille vide, couturée de cicatrices. Il poussa un profond soupir, et le fauve qui dormait en lui gronda son mécontentement. L'animal n'appréciait pas cette marque de faiblesse en la présence de la louve. Noble s'en fichait bien. Hersent lui était loyale, il n'en doutait pas. Il musela sans peine le fauve et continua :

— Fière s'y adapte trop bien. Le cancer…

Sa gorge était nouée. Hersent le frôla de son épaule, en un geste discret de soutien.

— Désirez-vous que je… motive ce cher professeur ?

Noble faillit éclater de rire. Il se contenta d'un sourire, où transparaissait la férocité du lion.

— Et le faire mourir de peur ?

— Oh, rétorqua Hersent en examinant ses ongles laqués, je n'utilise pas toujours la peur pour manipuler les gens, vous le savez bien.

Cette fois-ci, Noble laissa le rire s'échapper de sa gorge. Qu'elle utilise les armes de la séduction ou de la menace, voilée ou non, Hersent parvenait toujours à ses fins.

— Je vous laisserai *motiver* le professeur si ce dernier me crée des difficultés.

Il doutait fort que l'illustre médecin ose désobéir à ses ordres, mais il aimait réserver ce plaisir à Hersent. Celle-ci ne l'ignorait d'ailleurs pas, à en juger par la lueur de convoitise qui illumina son regard.

— Attendez-vous encore quelqu'un ou pouvons-nous nous rendre à la Banqueting House ?

— Pressée de faire votre entrée, très chère Hersent ? répondit Noble d'un ton amusé.

— Bien sûr. J'ai hâte de voir toutes ces Maîtresses et Maîtres de Maison pâlir d'envie et de jalousie quand ils apprendront que je me suis chargée moi-même de la capture de Snezhkaïa.

Noble secoua la tête.

— Vous aurez votre moment de gloire, je vous le garantis. Cependant, je dois encore vous faire patienter. Je vous laisse seule pendant quelques moments, très chère.

Il ne se laissa pas fléchir par la moue de son invitée et passa dans un cabinet privé, à côté du bureau. Ici, nulle peinture d'un glorieux ancêtre, nul meuble de prix. Seule une demi-pénombre décorait l'étroite pièce. Une obscurité que la vue du lion n'eut aucun mal à percer. Son invité l'attendait déjà. Droit comme un i, l'homme-panthère salua Noble d'un hochement de tête. S'il était vexé que Noble le reçoive dans un tel lieu, au lieu de l'accueillir dans son luxueux bureau, son visage calme n'en laissa rien paraître.

— Monseigneur.

— Stephen. Quelles nouvelles d'Écosse ?

Envers ses subalternes, Noble se contentait d'une politesse élémentaire. Il allait droit au but et guettait le moindre changement d'attitude de son interlocuteur, le moindre signe de malaise ou d'embarras. Peine perdue avec Stephen. L'homme-panthère ressemblait à un roc : froid, minéral, inébranlable. Une attitude qui mettait les nerfs du lion à rude épreuve.

— Aucun problème à souligner, Monseigneur. Les Héritiers et Héritières ont respecté les consignes de l'exercice. Nul n'a contrevenu à vos ordres.

— Bien. Et qui a trouvé en premier la proie ?

— Peter et Shirley, Monseigneur. Richard et Sania sont arrivés en deuxième.

Noble se contenta de remarquer :

— Hersent sera déçue.

Cependant, il ressentit un profond agacement face à la victoire de Peter et de Shirley. Encore eux, toujours eux ! Le couple d'Héritiers volait de victoire en victoire, aussi bien dans les exercices pratiques que dans les études plus théoriques, dispensées par des enseignants triés sur le volet ou par certains Outrepasseurs. Edwin adorait ce genre d'exercices, d'ailleurs, nonobstant le fait que sa voix produisait le plus souvent la somnolence de ses étudiants. Noble aurait dû se réjouir d'un tel zèle des jeunes gens. Et pourtant, chaque mention de Peter lui laissait un goût amer dans la bouche. Une sonnette d'alarme retentissait dans son esprit quand le jeune homme était mentionné. Et surtout, le lion le détestait. S'il avait cerné Shirley depuis longtemps – une jeune fille énergique et ambitieuse, qui promettait de devenir une parfaite Maîtresse de Maison – Peter, quant à lui, demeurait plus énigmatique. Comme si, sous son apparence d'élève modèle, il dissimulait un secret. Et s'il y avait bien une chose que Noble ne pouvait souffrir, c'est qu'on lui cache quelque chose.

Un raclement de gorge discret le fit revenir à la réalité. Il n'était pas seul. Furieux de sa négligence, il attaqua d'un ton rude :

— Et pour l'autre affaire dont je vous ai chargé ? Avez-vous progressé ou devez-vous de nouveau m'avouer votre échec ?

Face à la hargne du lion, la panthère n'eut aucune réaction. Stephen dit d'une voix neutre :

— Comme vous l'avez deviné, Monseigneur, j'ai de nouveau fait chou blanc dans mes recherches. La piste que je vous avais signalée la semaine dernière s'est avérée un vulgaire canular. Le jeune homme n'était même pas un Changepeau. Juste un adolescent perturbé, avec des désillusions de grandeur.

— J'espère que vous vous êtes chargé de lui et des siens.

— Vous n'en entendrez plus parler, je vous l'assure.

Le « gong » de départ d'une horloge toute proche le fit tressaillir. Ce son lui en rappela un autre, qu'il n'avait pas entendu mais imaginé mille fois : le crash d'une Jaguar contre le tronc d'un chêne bicentenaire. Un choc terrible et pourtant si banal. Un accident de voiture comme les autres. Et s'il y avait des victimes, à savoir le conducteur et sa passagère, c'était certes triste mais une fois de plus, tellement courant. Un simple fait divers. Qui avait chamboulé la vie du vieux lion. Car ces victimes emprisonnées dans une carcasse fumante de tôle puant l'essence et l'huile, c'étaient son fils unique, Glen, et sa fiancée. Ses Héritiers. Ceux auxquels il aurait dû céder le flambeau avant de profiter de sa retraite. L'accident s'était produit tard dans la nuit, Noble en avait été averti au petit matin. Quand il était arrivé sur le lieu de l'accident, il lui sembla que le destin l'avait frappé à dessein. Car la route lisse comme un ruban ne comportait qu'un seul virage considéré comme dangereux et dans cette boucle infernale où

Glen avait perdu le contrôle, se dressait un arbre solitaire. Tel un signe de la Fortune capricieuse qui avait abaissé le pouce. Noble avait contemplé cette scène chaotique, muet de souffrance et d'incrédulité. Il avait alors remarqué cette main ensanglantée, brisée. Dont les doigts ne se terminaient pas par des ongles, mais par des griffes. La peau devenue charpie était recouverte d'une fine toison dorée. Dans ses derniers moments, Glen avait essayé de sauver sa peau en se transformant. En vain. Le chêne était une curiosité de l'endroit, repris dans plusieurs guides touristiques. Noble l'avait fait raser, puis empoisonner les racines. L'arbre ne repousserait plus jamais. Que les idiots qui venaient visiter les lieux aillent donc le chercher en enfer. Ou ailleurs.

— Monseigneur ?

Il se sentit de nouveau vieux. Fatigué. Las. Une épouse mourante, plus d'Héritier à qui transmettre sa charge, plus personne autour de lui. Après avoir tant guerroyé, tant accompli pour que les siens soient fiers de lui, était-il donc destiné à finir seul ? Aurait-il été en présence de ses vassaux, derrière son bureau, dans son rôle de maître, jamais il ne se serait allé ainsi. Mais cette pénombre, ce lieu réduit, cette horloge égrenant ses coups, tout conspirait pour que des souvenirs funèbres lui empoisonnent l'esprit et le cœur.

— Monseigneur ?

Il fit un geste las de la main.

— Tenez-moi au courant de vos recherches. Trouvez celui qui me succédera. Trouvez-le, vous entendez ?

Il n'entendit pas l'assentiment de Stephen, pas plus que le bruit discret de la porte se refermant sur lui. Dans ses oreilles résonnait le crash d'une voiture contre le tronc d'un arbre. Et la voix de ce fichu professeur :

« Trois mois. Au mieux. »

Il devait trouver un Héritier. Dame la Chance, cette salope sans cœur qui lui avait enlevé son fils, lui devait bien ça. Et s'il devait la forcer pour obtenir enfin celui qu'il appelait de tous ses vœux lors de ses nuits blanches, il n'hésiterait pas.

CHAPITRE 7

« […]Quand vous faites la cour, rappelez-vous que les dames aiment toujours les cadeaux. Prenez cependant grand soin dans le choix du présent, ne vous contentez pas du premier objet venu. Nul doute que l'élue de votre cœur appréciera l'attention ! Enfin, ne vous laissez pas guider par l'instinct de votre Hôte : présenter à votre fiancée un animal ensanglanté et dépecé est généralement considéré comme un faux pas. »

Petit traité à l'attention des Héritiers *(édition de 1900) – Chapitre 3, Comment attirer l'attention féminine.*

Tu es en retard, ta femelle ne va pas apprécier…

La ferme, Scrooge !

Peter frotta ses yeux rougis par l'insomnie de la nuit dernière. Même avec la fatigue accumulée ces derniers jours, il n'avait pas pu s'endormir la veille. Le caisson que l'on débarquait de l'avion cargo, la satisfaction d'Hermeline quand elle leur avait appris l'identité de la prisonnière repassaient en boucle dans son esprit.

« La dernière fée en liberté… Snezhkaïa, la Reine des Neiges. »

Peter déglutit avec difficulté. Était-ce donc vrai ? Les Premiers-Nés se trouvaient-ils tous sous le contrôle des Outrepasseurs, bouclés à double tour dans les centres de prélèvement dont ses professeurs lui avaient tant parlé ? Et que devenait le Chasseur dans cette histoire ?

Il avait envie de hurler son absence des archives, de demander des comptes quant à la disparition du fé. Pourquoi n'était-il jamais mentionné ?

Il avait tourné et retourné le problème dans sa tête jusqu'aux petites heures du matin, jusqu'à ce que le sommeil daigne enfin s'emparer de lui. Il ne s'était réveillé que vers quatre heures de l'après-midi, dans la maison silencieuse. Hermeline avait été sollicitée en urgence, il ne la verrait qu'au banquet de ce soir, lui avait-elle annoncé. Et au lieu de se préparer, il avait compulsé de manière frénétique les archives stockées illégalement sur son portable. Cherchant la moindre mention du Chasseur, déchiffrant les notes de bas de page jusqu'à ce que les lettres dansent devant ses yeux et qu'il ne puisse plus rien comprendre. Quand il s'était sorti de sa transe, l'horloge sonnait sept coups. L'heure de son rendez-vous avec Shirley, pour venir la chercher avant le dîner.

Il avait étouffé un juron et s'était préparé en quatrième vitesse. Plus d'une demi-heure de retard. La jeune fille allait l'écorcher vif. Et pourtant, au fond de lui-même, Peter n'y accordait pas grande importance. Pourquoi se soucier encore des ultimatums du Balafré, de ses éternelles mises en scène et de ses jeux de pouvoir ? Nul doute que le discours de ce soir célébrerait la victoire définitive des Outrepasseurs sur leurs éternels ennemis. Rien qu'à y penser, Peter en avait la nausée. Il ne serait jamais l'un d'entre eux. S'il avait pu jouer la comédie jusque-là, récoltant des notes éclatantes et triomphant lors des stages de survie, c'est parce que l'espoir de se débarrasser un jour des Outrepasseurs l'avait soutenu, telle une flamme qui refusait de s'éteindre.

Cependant, à présent, tout avait changé. Si tous les fés étaient emprisonnés, que ce soit dans leurs ateliers clandestins pour les Ferreux ou dans les centres de prélèvement pour les Premiers-Nés… Quel espoir demeurait-il ? Aucun. La flamme était soufflée. Ne restait plus que les ténèbres, où il s'abîmait un peu plus chaque jour. Peter courait après des chimères. Et entre-temps, il se salissait les mains. Dégradait son âme. Heurtait Shirley par son refus obstiné à considérer ses sentiments. Il se dégoûtait.

L'espace d'un instant, il faillit demander au chauffeur de la Bentley de faire demi-tour. De l'emmener loin d'ici. À l'aéroport d'Heathrow, par exemple. Il ficherait le camp, on ne le reverrait plus. Il vivrait libre et…

Mais à quoi penses-tu donc ? lui demanda Scrooge, curieux.

Si le renard ne pouvait percevoir ses pensées, en revanche, il ressentait l'agitation du jeune homme.

Pour toute réponse, ce dernier éclata d'un rire rauque, qui lui blessait la gorge. Il surprit le coup d'œil interloqué du chauffeur dans le rétroviseur.

Regarde donc, songea-t-il, regarde l'Héritier modèle !

Peter ?

Va te faire voir, Scrooge.

Il ne serait jamais libre. Pas tant que son Hôte vivrait en symbiose avec lui. Pas tant que le Chasseur ne lèverait pas sa malédiction.

Vexé, le renard montra les dents.

Qu'est-ce qu'il te prend, à la fin ? Tu refuses de communiquer, tu deviens inaccessible ! Tu n'as même pas tenu ta promesse de la veille de me laisser sortir, tu te souviens ?

Peter haussa les épaules. Une indifférence qui excita davantage la colère de son Hôte.

Dois-je te rappeler les termes de notre marché ? Nous soutenir mutuellement ? Pourquoi ne veux-tu plus m'écouter ?

Sous le ton furieux de Scrooge, Peter entendit sa détresse. Le renard disait vrai : soit il le négligeait, soit il le rabrouait à la première parole de sa part. S'il continuait sur sa lancée, il ne tiendrait pas longtemps. D'autant plus que Scrooge pouvait, lui aussi, exercer des représailles. Peter n'avait pas oublié de quelle manière le renard l'avait forcé à se soumettre à Noble. Il avait craint de rester seul, à la merci des fés qui avaient tenté de l'assassiner.

Le jeune homme sentit le rire hystérique monter à nouveau de ses entrailles.

Que craignait-il à présent ! Tous les fés étaient emprisonnés, aucun ne demeurait plus en liberté ! Il pourrait s'enfuir, se la couler douce dans un trou perdu, oublier qu'un jour, il avait appartenu à cette clique de paranoïaques assoiffés de pouvoir.

— Monsieur, nous sommes arrivés.

L'annonce discrète du chauffeur interrompit le cours de ses pensées. Peter ne répondit pas et sortit du véhicule. Une autre épreuve l'attendait.

— C'est à cette heure-ci que tu te pointes ? Noble va nous écharper vifs !

Incrédule, Shirley dévisageait Peter. Dire qu'elle s'était même inquiétée à ce sujet, imaginant le pire : un accident ou un attentat, à l'exemple de celui qu'il avait subi avant qu'elle ne fasse sa connaissance. Et voilà que monsieur arrivait, sans un mot d'excuse, sans aucune justification, avec cette absence dans son regard. Comme s'il n'était pas vraiment là. Sa colère le disputait à l'anxiété. De plus, la certitude que le vieux lion n'apprécierait pas le retard au banquet se cristallisait un peu plus à chaque instant de perdu. La jeune fille frissonna à cette perspective. Elle demanda d'un ton radouci :

— Tu te sens bien ?

Peter, qui jusque-là se tenait tête basse, immobile, adossé contre le mur, se redressa. Il répliqua, ironique :

— Et pourquoi n'irais-je pas bien ?

Shirley sursauta face à cette voix mordante, qu'elle ne lui connaissait pas. Elle soutint son regard pendant quelques secondes, avant de détourner la tête.

D'ordinaire, songea-t-elle, c'était le contraire. Elle recherchait son contact, il imitait l'autruche, enfouissant sa tête dans le sable. Ou il changeait de sujet avec cette mine embarrassée, qu'elle avait appris à détester. La moutarde commença à lui monter au nez. Ah, il avait bien choisi son moment pour changer d'attitude et éveiller sa curiosité ! pensa la jeune fille. Durant les prochaines heures, ils seraient bloqués à ce dîner, où aucune conversation privée n'était possible, autant par peur que l'ouïe fine de leurs voisins surprenne leur discussion que par respect du décorum. Shirley grinça des dents. Tant pis, elle percerait ce mystère plus tard. Pour le moment, ils devaient filer et vite !

— Bon, si tout va bien, allons-y ! Je me demande ce que…

— Non.

La réponse la surprit tellement qu'elle en demeura bouche bée. Un silence de plomb envahit le vestibule où ils se trouvaient. Aux murs recouverts de teintes pastel étaient suspendues des photos de famille. Shirley évitait en général de les regarder : elle n'était présente sur aucune de ces images. Une absence qui la blessait au quotidien, en dépit de la carapace qu'elle avait endossée vis-à-vis de sa famille.

Quelle famille ? songea-t-elle. Elle n'en avait plus. Et celle qu'elle avait voulu se créer avec Peter se refusait à elle.

— Comment ça, « non » ? Que veux-tu dire ?

— Il me semble que c'est assez clair, non ?

Il désigna la porte et fit une révérence ironique.

— Vas-y, toi. Moi, je reste ici. Ou ailleurs.

Il haussa les épaules, comme si cela ne le concernait pas vraiment. La panique pétrifia Shirley, en même temps qu'une fureur si soudaine, qu'elle en trembla de tous ses membres. Il n'avait aucun droit de la planter là de cette manière ! Elle laissa libre cours à son indignation :

— Tu ne resteras pas ici ! Tu vas m'accompagner. Je te signale que notre présence est obligatoire !

Elle criait, à présent. Sa rage se heurta au silence de Peter. Sur ses traits était inscrit un dédain, un mépris qui coupa le souffle à la jeune fille. Bon sang, que lui arrivait-il ? Elle ne l'avait jamais vu dans cet état. Et cette vue amplifia le sentiment de trahison qu'elle ressentait à son égard. Dire qu'elle lui avait fait confiance, qu'elle était même tombée… Non. Shirley secoua la tête pour chasser cette pensée. Ils se dévisageaient en chiens de faïence, en ennemis entre lesquels un gouffre vient de se créer. Presque malgré elle, elle murmura :

— Mais qu'est-ce qu'il te prend ?

Sa voix était suppliante, s'aperçut-elle avec horreur. L'espace d'un battement de cœur, le masque qu'avait endossé Peter se fissura. La jeune fille eut le temps de distinguer sa détresse, sa douleur également, avant qu'il ne se reprenne et ne revête cette façade d'indifférence.

— Je n'irai pas. Présente n'importe quelle excuse au Balafré, je m'en fiche. Je…

Il n'acheva pas.

— Tu me laisses tomber, donc.

Le désir de le frapper, de le secouer jusqu'à ce qu'il change d'avis la tenailla. Si seulement c'était aussi facile… Tant pis. Elle irait sans lui et croiserait les doigts pour qu'elle et Hermeline puissent présenter un prétexte valable à Noble. Au fond, elle savait déjà que leur tentative rencontrerait l'échec. Elle dissimula ses mains tremblantes en rectifiant une boucle de cheveux, un nœud de sa robe. Quelques secondes d'attente, d'espoir aussi. Il ne pouvait pas la laisser tomber de cette manière, il savait aussi bien qu'elle le risque insensé qu'il courait de cette manière. Noble le détruirait. Il les détruirait tous les deux d'ailleurs. Mais aucune parole ne vint de la part de Peter. Il demeurait immobile, le regard perdu. Shirley aurait voulu savoir ce qu'il voyait. Elle aurait peut-être pu comprendre cet éclat qui ne lui ressemblait pas. Tenter d'établir une connexion. Elle étouffa un ricanement. Depuis qu'ils s'étaient rencontrés, il ne l'avait jamais laissée approcher. Ce n'était pas maintenant, avec ce mur érigé tout autour de lui, qu'il allait changer.

— Tu n'es qu'un lâche, murmura-t-elle. Un lâche et un égoïste.

Elle se rapprocha de lui, jusqu'à lui cracher au visage :

— Tu es verrouillé à double tour sur toi-même. Amuse-toi bien dans ta tour d'ivoire. Moi, je ne t'attendrai pas.

Elle le vit flancher et en tira une mince satisfaction, avant de sortir et de claquer la porte à la volée.

Mais rattrape-la ! Ne demeure pas planté comme une bûche ! Tu es devenu fou, ma parole !

Le renard devenait enragé. Il ne comprenait pas et à vrai dire, Peter n'était pas certain de comprendre également ce qu'il venait de se passer. Les dernières paroles de Shirley, avec leur lot de venin, tournaient en boucle dans son esprit. Elle avait raison sur sa lâcheté et son égoïsme, reconnut-il. Mais ce qu'il avait été incapable d'expliquer à la jeune fille, préférant se retrancher derrière un masque d'indifférence, c'était son refus absolu d'assister à la victoire du Balafré ce soir. Jamais il n'aurait supporté son discours puant de suffisance, célébrant son orgueil autant que la capture de Snezhkaïa. Il le voyait déjà, dans la splendide salle de la Banqueting House, déclarer de sa voix rauque tous les soi-disant bienfaits que les Outrepasseurs, par leur lutte acharnée contre les fés, avaient apportés à l'humanité, sans que celle-ci en soit consciente.

Non, il n'aurait jamais pu rester sur son siège, en petit toutou sage et admiratif devant le vieux lion.

Mais qu'est-ce que tu fais ?

Le cri désespéré de Scrooge retentit dans son esprit.

Désolé, vieux frère, lui adressa Peter avant de couper la connexion entre eux. Les cours de méditation imposés aux Héritiers avaient du bon parfois. Il s'imagina de nouveau l'île verdoyante au beau milieu d'un lac aux eaux limpides. La voix de Scrooge s'affaiblit de plus en plus, jusqu'à ce que Peter ne l'entende plus. Dans ce refuge, le renard ne pourrait plus le toucher. Bien entendu, ce n'était qu'une mesure provisoire. Nul Héritier ne pouvait couper définitivement les ponts avec son Hôte. Pas s'il voulait conserver sa santé mentale, du moins. En attendant, il profiterait du calme. Peter se prit à rêver qu'un lieu semblable puisse exister dans ce monde réel. L'envie de le découvrir le tenailla. Plus rien ne le retenait ici, après tout. N'avait-il pas brisé tous les ponts quand il avait refusé d'accompagner Shirley ? Comme il s'y attendait, il fut gagné par une féroce culpabilité en pensant à la jeune fille. Pourquoi ne lui avait-il pas expliqué ses raisons ?

Parce qu'au fond de toi-même, tu ne lui fais pas confiance, lui souffla une petite voix. Tu crains qu'elle ne te dénonce à Noble si tu lui déclares que tu n'as jamais voulu appartenir aux Outrepasseurs. N'est-ce pas vrai ?

Peter baissa la tête. Il ne pouvait pas le nier. Au fond, il aurait dû le lui avouer. Noble se serait vengé uniquement sur lui et aurait sans doute laissé Hermeline ainsi que Shirley tranquilles. Elles auraient pu jouer les parfaites Maîtresses de Maison. L'oublier. Alors que, dans les circonstances actuelles, le Balafré ferait peser son courroux sur lui mais aussi sur ses proches. Il regarda l'horloge. Le banquet avait commencé depuis dix minutes. Il demeura hésitant face à la décision à prendre. Que faire, à présent ?

Sa main se posa sur la poignée de la porte. La tourna. Il se trouvait à la croisée des chemins.

« Fuis ! » lui souffla son instinct de survie.

Peter n'hésita plus. Et se précipita dans le cœur de la vaste cité.

Chapitre 8

« Bâtie à l'origine pour abriter les fêtes et les dîners des monarques, la Banqueting House doit sa splendeur actuelle au roi Charles Ier. Ce dernier commandita à Rubens les tableaux célébrant la gloire de la royauté anglaise, qui ornent actuellement le plafond de la salle d'apparat. Il est ironique de penser que des années plus tard, Charles Ier passa sa dernière nuit en ces lieux avant de rencontrer la hache du bourreau. »

Petite histoire de la Banqueting House.

Une patte griffue s'abat sur lui. Les gueules de l'hydre poussent un rugissement, assez puissant pour faire éclater les tympans de son adversaire. Noble n'en a cure. Il suit son instinct, se précipite sur le côté, atterrit dans l'eau peu profonde du marais où il a traqué le monstre. Furieuse de voir sa proie lui échapper, l'hydre gronde de plus belle et se précipite sur lui. En dépit de sa taille et de sa silhouette disproportionnée, la bête est rapide. Le serpent géant balance au bout d'un corps souple et robuste ses neuf têtes, chacune dotée d'une paire de crochets venimeux. Les serpents venimeux sont réputés plus faibles que leurs cousins constricteurs, mais cette loi ne s'applique pas à l'adversaire de Noble. Dans les profondeurs de la jungle du Gabon, les cris du monstre réduisent les habitants de la forêt à un silence terrifié. Même les singes hurleurs, réfugiés dans les branches de la canopée, n'osent plus émettre un seul son. Tous sont terrés, immobiles, le souffle à peine perceptible, dans l'attente de l'issue du duel. Qui l'emportera, du serpent millénaire, maître des lieux, ou de l'homme assez fou pour vouloir l'accrocher à son tableau de chasse ? Mais Noble n'a pas compté seulement sur sa vaillance pour gagner. Avant même que l'hydre ne repère sa présence, il a déversé dans les eaux paresseuses qui alimentent les marais, domaine de la bête, une potion mortelle pour les habitants du fleuve. Des cadavres de poissons, le ventre à l'air, et de petits reptiles y flottent depuis plusieurs jours. Même les crocodiles n'y ont pas survécu. Le trépas de l'hydre n'est qu'une question de temps. D'autant plus que le serpent s'épuise dans ce combat. Absolument certain de sa prochaine victoire, Noble ne prête pas assez attention à la tactique de son opposant. Il devrait cependant, car l'hydre est rusée et connaît assez le cœur des hommes pour savoir que la vieille stratégie de la diversion fonctionne toujours. Elle balance donc huit de ses têtes sur la droite, certaine que l'homme va se jeter dans le piège qu'elle lui a réservé. Elle sent ses forces décroître, elle soupçonne le poison qui attaque sa peau depuis son réveil plusieurs jours auparavant. Elle sait qu'elle va mourir en solitaire, comme elle a toujours vécu, sauf lors de la brève saison de l'accouplement où elle se donnait à ses partenaires avant de les dévorer. Peu importe : elle ne s'en ira pas sans avoir livré bataille.

Noble feinte l'attaque avec une souplesse et une grâce extraordinaires chez un simple être humain. Ce qu'il n'est pas : elle a reconnu l'odeur du lion sur lui dès l'instant où leurs regards se sont croisés. Il virevolte dans l'eau empuantie, échappe à ses attaques. Mais il perd de vue la neuvième tête qui, dans l'ombre des grands arbres, s'avance peu à peu à sa rencontre. L'hydre le tient occupé, sur ses gardes, joue avec ses nerfs. Jusqu'au moment où la neuvième tête frappe et où ses crochets s'enfoncent dans la chair tendre de son adversaire, lui arrachant un hurlement animal…

Noble s'éveilla au moment où le lion en lui rugissait de colère. Un coup de klaxon le ramena à la réalité. Il s'était endormi sur la banquette en cuir de sa voiture, une chose qui ne lui était plus arrivée depuis la mort de Glen. Il passa une main tremblante sur son visage. Décidément, ses nuits blanches au chevet de Fière l'épuisaient plus qu'il ne voulait bien l'admettre. Le flux de véhicules empêchait toute progression, en dépit des coups de volant de son chauffeur. Il ne se trouvait plus très loin pourtant de la Banqueting House, réalisa Noble. De son siège, il pouvait distinguer l'écurie des Horse Guards, située en face du lieu où se tenait le dîner des Outrepasseurs. Il secoua la tête pour chasser les dernières miettes de son rêve. Toujours ce rêve, ce même rêve, celui de son échec face à l'hydre. Échec temporaire, puisque le monstre avait fini par crever, à la fois sous ses coups de machette et grâce à l'action du poison. Trop tard cependant pour que Noble puisse conserver son physique avenant. Les crocs du monstre l'avaient défiguré, rendu méconnaissable même pour ses proches. Il était trop tard pour pleurer sur le jeune homme charismatique qu'il avait été. Noble était devenu un sujet d'expériences, au même titre que la créature de ce cher Frankenstein. Il avait guéri par miracle, son lion l'aidant de toute sa colère et de toute sa force à se rétablir. Il avait léché ses blessures dans le plus grand secret, refusé de voir sa famille, sa fiancée. Il avait pansé ses blessures et affronté ensuite le regard des autres. Là où il avait l'habitude de voir de l'admiration, de l'envie, de la jalousie, du désir également, il n'y avait plus que de la pitié, de la compassion, du dégoût, de la haine même pour ce qu'il était devenu. Un monstre. Au même titre que l'hydre dont il avait rapporté les neuf têtes décapitées, jetées aux pieds de son paternel.

Le lion grognait toujours. Sans doute énervé par la circulation bruyante autour d'eux. Noble se ressaisit avant d'ouvrir sa portière et de sortir en pleine rue. Sans tenir compte des cris de son chauffeur – il aurait dû être habitué, depuis le temps – ni des klaxons furieux qui retentissaient autour de lui. Il était le maître. Et ses sujets l'attendaient.

Il grimpa seul l'imposant escalier qui menait à la salle d'apparat. Son ouïe fine captait des murmures de conversations, le tintement des verres de cristal, le glissement des semelles sur le parquet. Un environnement familier, qui aurait dû rassurer le fauve en lui, le faire taire. Et pourtant le lion demeurait sur le qui-vive, ses sens aux aguets, seul à percevoir une menace que Noble ne captait pas. Agacé, il bondit sur le palier du premier étage et arracha un cri de surprise à une des serveuses. Il ne la regarda même pas. Seuls les siens comptaient. Sept tables pour sept Maisons.

Maîtres dans leur smoking, Maîtresses dans leur plus belle robe. Héritiers et Héritières, un peu en retrait par respect envers leurs aînés. Reflets des lustres sur le sol ciré, sur les couverts d'argent, les nappes immaculées. Et tout au fond, le trône en velours rouge qui avait jadis accueilli les rois d'Angleterre. Noble s'en détourna avec un rictus de dédain. Pauvres petits souverains, qui n'avaient reçu que des miettes de pouvoir ! Noble, lui, connaissait l'ivresse des sommets, seul sur sa montagne d'or, monarque inaccessible et intouchable. Le lion demeurait insatisfait. Noble faillit s'énerver, lui demander ce qu'il lui prenait à la fin. Hersent, arrivée avant lui, radieuse dans son fourreau couleur sang, lui décocha un sourire éblouissant. Un geste qui fit verdir d'envie les visages féminins autour d'elle et grimper la température interne de certains mâles. Noble surprit quelques-uns essayer en vain de desserrer leur nœud de cravate. Il salua Cairn, Maître de la Maison du Chien, qui se faisait houspiller par son épouse, l'intraitable Clothilde. Ian, Maître de la Maison du Chat, qui couvait d'un regard possessif sa Chloé. Il découvrit soudain la cause de l'irritation de son fauve : à la table du Goupil, Hermeline se tenait seule. Nulle trace des Héritiers. Noble dévisagea son unique convive. Qui normalement auraient dû être trois. Où se trouvaient Shirley et Peter ? Étaient-ils souffrants ?

Non, se dit-il. Avertie de sa présence, Hermeline se tourna vers lui. Le visage pâle, où ressortaient d'autant plus ses taches de rousseur, elle balbutia :

— Monseigneur…

Il réalisa qu'elle ignorait autant que lui-même les causes de l'absence des deux Héritiers. Une ignorance qui provoqua son courroux.

— Ne vous fatiguez pas, Hermeline. Vos mensonges ne m'intéressent pas. Seules comptent votre négligence ainsi que la désobéissance de votre fils et de votre future belle-fille à mes ordres.

Les convives ne manquaient pas une miette du spectacle, la curiosité ardente dans leurs regards. Hersent triomphait. À la table du Chat, Félix riait tout haut alors qu'à celle du Blaireau, Aude piquait du nez. Traditionnelle alliée d'Hermeline, elle ne désirait cependant pas être emportée dans la tempête qui visait la Maîtresse de la Maison du Goupil. Cette dernière blêmit.

— Je réglerai votre cas plus tard, déclara Noble d'un ton négligent.

Cependant, il ne trompa personne. Hermeline s'apprêtait à vivre un très mauvais quart d'heure.

Noble progressa jusqu'à sa table, près de laquelle l'attendait Hersent. Fidèle Hersent, qui l'empêchait de penser aux trois places vides autour de la table immaculée.

— Retrouvez-moi ces deux inconscients. Je les veux dans cette salle d'ici la fin du banquet.

— Bien, Monseigneur.

Il observa la louve s'éloigner vers les gardes Métamorphes, qui surveillaient l'entrée de la salle. Noble se détourna. Dans son cœur un chant funèbre égrena les prénoms des absents. Glen. Anne. Et Fière, qui bientôt ne serait plus. La douleur ressurgit, prête à l'inonder, à l'étrangler dans ses anneaux perfides. Au dernier moment, Noble se reprit. Il ne pouvait pas faire preuve de faiblesse, surtout devant ses vassaux. Rester droit. Inébranlable. Un vrai roc, même dans l'adversité. Il se dirigea vers le podium, où l'attendait le micro. Dans son dos, les portes de la salle se refermèrent en un bruit mat. Les Outrepasseurs restaient entre eux. Plus d'étrangers, plus de serveurs, d'yeux indiscrets. Le lion ronronna de satisfaction. Ils étaient seuls.

Le micro cracha à quelques reprises avant d'être apprivoisé. Les Outrepasseurs grimacèrent face aux larsen. Du coin de l'œil, Noble vit Shirley se glisser dans la salle.

Trop tard, petite colombe, pensa-t-il.

Il se lança. Sa voix profonde et grave résonnait sans effort sous le haut plafond de la salle :

— Mes chers sujets…

Il avait beau le dire et le penser depuis plus de vingt ans, le déclarer à voix haute lui arrachait toujours un frisson de satisfaction. Le vieux lion ronronna de plus belle.

— Dans les temps anciens, l'on célébrait cette nuit la fête de Samhain[1]. Les païens pensaient qu'à ce moment, un passage s'ouvrait entre deux mondes : le nôtre et celui des Sidhes[2]. Des êtres venus d'ailleurs, des créatures magiques.

Son auditoire était suspendu à ses lèvres. Même Hersent, en bas du podium, le dévisageait d'un regard luisant à la fois d'excitation et d'admiration. Une vue qui l'aurait ébranlé plus jeune de manière plaisante. Il se détourna des pensées charnelles qui agitaient son esprit. Il était trop vieux pour ces jeux-là. Son lion ne cherchait

1. Fête religieuse dans la civilisation celtique, célébrant le début de la saison sombre.

2. Désignait à l'origine un peuple surnaturel dans la mythologique celtique. Par extension, s'applique aussi aux fées.

plus de compagne, mais un Héritier. Un pincement au cœur le fit tressaillir, aussi poursuivit-il :

— Vous savez tous qui se cachait sous ce nom.

Un frisson collectif parcourut les Outrepasseurs. Des bouches s'entrouvrirent, des crocs éclatants de blancheur apparurent.

— Des fés.

L'hostilité des Hôtes envers l'ennemi ancestral se manifesta. Cairn grogna, Ian feula. Même Hermeline montra les dents. Quant à Hersent… Ses prunelles se chargeaient d'un feu carnassier, aux reflets vert émeraude. Noble ne se donna pas la peine de dompter le fauve en lui. Un rugissement perça dans sa voix :

— Pendant la nuit de Samhain, ils sortaient de leurs royaumes et se glissaient parmi les mortels. Aujourd'hui, en notre époque qui se veut rationnelle, les hommes n'ont plus peur. Ils jouent les « saint Thomas[1] », ils se moquent des craintes de leurs aïeux. Ils ont oublié ce que représentait cette nuit[2]. Ils déguisent leurs enfants, les accompagnent quand ils vont de maison en maison chercher des bonbons. Ils regardent des films d'horreur et jouent à se faire peur. Ils ont oublié que les monstres ne se trouvaient jamais très loin quand les douze coups de minuit résonnent et que les portes entre les mondes s'ouvrent…

Les ombres projetées par les lustres semblèrent s'épaissir, gagner en volume. Elles coururent le long des murs, frôlèrent les jambes des convives, s'infiltrèrent dans

---

1. Désigne quelqu'un d'incrédule, qui ne croit que ce qu'il voit, en référence à l'apôtre Thomas, qui refusa de croire à la résurrection du Christ avant que ce dernier n'apparaisse devant lui.

2. Référence ici à la nuit d'Halloween.

leurs esprits. Au nom de « Samhain », la magie se réveillait. Elle prenait corps. Noble sourit. La magie pouvait se manifester, les fés, eux, demeureraient absents de la fête. Et pour cause ! Il tonna :

— Ils ont oublié que le « Trick or treat[1] » de leurs chérubins était à l'origine une formule pour se protéger du mauvais œil. Ils ont oublié que les déguisements servaient également aux adultes pour se dissimuler à la vue de leurs ennemis. Ils ont oublié que cette nuit pouvait être mortelle pour l'infortuné, l'inconscient ou l'imbécile, qui ignorait ces simples précautions.

Un rictus tordit les traits grossiers de Noble.

— Et à qui doivent-ils cet oubli, me direz-vous ? La réponse se trouve devant moi.

Il prit son verre et l'éleva vers son public.

— Ils le doivent à nous. Vous connaissez tous l'histoire de nos origines, je ne vous ferais pas l'insulte de vous la rappeler. En cette nuit, je voudrais saluer le courage de nos ancêtres, de ces générations qui, année après année, ont éloigné la peur. Ils ont vaincu les ombres, triomphé de nos ennemis. Levons nos verres, mes amis, et souvenons-nous de leurs sacrifices !

Les Outrepasseurs se levèrent tous de table, en une harmonie gracieuse, impossible à accomplir pour le simple mortel. Tous levèrent leurs verres vers Noble.

— Nous nous souvenons !

Et dans leurs voix perçaient les hurlements du loup, les grondements de l'ours, les feulements du chat.

---

1. Littéralement « farce ou friandise », en référence aux cris des enfants qui vont demander des bonbons aux maisons du voisinage lors de la nuit d'Halloween.

— Souvenons-nous du chemin parcouru, cria Noble, car en ce jour, le mal est vaincu !

— Nous nous souvenons !

Une ferveur, aussi soudaine qu'une poussée de fièvre, animait l'assemblée. Même les Héritiers n'y échappaient pas. Les masques humains se fendillaient, se craquelaient, laissant la bête apparaître sous les costumes hors de prix et les robes de soie.

— En ce jour, le mal est vaincu ! Nous les tenons tous !

— Tous ! hurlèrent les Outrepasseurs en écho.

En un geste, Noble saisit Hersent par la taille, l'attira jusqu'à lui. La louve frémit à ce contact. Noble pouvait sentir son ventre plat sous sa main, ses muscles se contracter sous leur enveloppe de chair. Une caresse qui lui plut alors que le parfum d'Hersent grisait ses sens. Était-il vraiment trop vieux pour… ?

Il secoua la tête. Non. Le lion et la louve ne partageraient ni couche ni proie. C'était mieux ainsi. Cette pensée n'empêcha pas l'incendie de ravager ses sens. Ni son esprit de s'enivrer de la douceur de ce moment. Comme il le lui avait promis, il laissa à Hersent l'honneur de narrer la capture de Snezhkaïa, la dernière fée. Il se gorgea de ces mots, de cette victoire suprême.

« Nous les tenons tous ! »

Jamais n'avait-il entendu musique plus douce à ses oreilles.

Plus tard, quand le banquet toucha à sa fin, Noble observa les convives partir un à un, chacun lui payant ses respects. Cairn et Clothilde, tous deux enivrés et qui s'apprêtaient à une réconciliation sur l'oreiller. Ian, qui serrait avec possession Chloé contre lui. Richard et Sania, toujours éblouissante dans son sari. Un à un, chacun inclina la tête, lui dévoila sa nuque en signe de soumission. Noble les congédia sans mot dire. Hersent en profita pour lui glisser à l'oreille :

— Le renardeau a été appréhendé, conformément à vos ordres. (Le dédain perça dans sa voix.) Il s'apprêtait à monter dans l'express rejoignant la gare de Paddington à l'aéroport d'Heathrow.

Noble serra le poing.

— Amenez-le-moi.

Chapitre 9

« La Nuit où Féerie est morte… C'est ainsi que mon peuple désigne le jour du grand massacre, dans l'obscurité éternelle des souterrains. J'y étais. Je me souviens de tout : le sang des souverains Premiers-Nés souillant le sol, les piaillements victorieux des Changepeaux et Métamorphes, immondes monstres, et les exclamations de ces mortels, si aptes à manier le fer. Ces hommes qui nous avaient tous dupés, menés par celui qu'ils appelaient Glenn l'Astucieux. J'ai réchappé de justesse à la tuerie, je me suis enfui. Tel un lâche, un couard, un gibier qui a perdu toute fierté et ne pense plus qu'à sauver sa peau. C'est en partie pour me racheter que je livre ce récit. Le récit de Féerie. Car s'il est bien une chose que ces maudits mortels n'ont jamais comprise, c'est qu'il ne s'agissait pas seulement d'un nom. C'était le berceau de tous les fés. Notre patrie. Notre cœur. »

Extrait rescapé d'un manuscrit ayant brûlé lors du Grand Incendie de Londres, en 1666. Auteur inconnu.

Clic clic. Cliquetis des chaînes. Bam. Porte de métal renforcé se refermant sur elle. Pom pom. Pas pressés se dirigeant vers la sortie. Snezhkaïa demeura immobile. Cours, petit humain, songea-t-elle. Cours. Je finirai bien par te rattraper.

Mais pour cela, il fallait que son plan marche. Que la Messagère tienne sa promesse et que le don d'Éternité disparaisse à tout jamais. Que les fés meurent, comme de simples mortels, rattrapés par l'impitoyable loi de la vieillesse, eux qui avaient vécu si longtemps. Que la magie s'évanouisse avec eux. Que Samhain, fête des morts, réveil des revenants et des spectres, retrouve son nom originel, quand Halloween et son folklore commercial n'existaient pas encore. La Reine des Neiges ferma les yeux. Ils l'avaient dépouillée de tout : son poignard, son collier, ses vêtements. On avait rasé ses cheveux, si précieux dépositaires de sa magie, et collé un numéro sur la porte de sa cellule. Elle repoussa ses pensées et se concentra sur les sensations qui caressaient ses sens. La magie glissait dans l'air. Elle avait le goût de la chair putride, du souffle empuanti des décédés de fraîche date. Une musique funèbre, mélange des pleurs des familles, du grouillement des vers sur les carcasses, de la bise de novembre, emplissait sa prison. Snezhkaïa demeura immobile. Elle attendait, yeux clos et cœur frémissant. L'image même de la patience et de l'espoir. Alors que la nuit au-dehors recouvrait de son voile noir la métropole enfiévrée, que minuit s'approchait avec une insupportable lenteur, elle se surprit à avoir peur. Peur que ses projets tombent à l'eau, peur que la Messagère ne tienne pas ses engagements. Peur d'avoir commis tant de sacrifices – Jul, l'héritage de ses parents, le don accordé aux siens – pour rien. Peur d'être la dernière à pénétrer dans ce lieu pire qu'un tombeau, où même la mort leur était refusée. Autour d'elle, malgré les chaînes de fer, en dépit de l'épaisseur des murs, elle pouvait sentir les souffrances des siens. Des Élémentaires à son image, des êtres si redoutables autrefois. Et qu'étaient-ils à présent ? Des créatures brisées, des oiseaux dont on avait arraché les ailes et qu'on laissait pourrir. Ils ne souhaitaient plus que le trépas, en ces ténèbres où la magie des morts venait les narguer. Snezhkaïa frémit. Non, elle ne resterait pas ici ! Elle redeviendrait libre, Reine des Neiges jusqu'à la fin et non pas prisonnière, captive, de la chair dans cette boîte de métal, une réserve de magie inépuisable qu'exploiteraient sans fin ces maudits Outrepasseurs. Un gémissement franchit ces lèvres, vite réprimé. Au-dehors, à l'horloge d'une église, les douze coups sonnèrent enfin. Snezhkaïa n'eut pas besoin de les compter. Chaque son trouvait un écho dans son cœur, dans son âme indomptée. Et quand le dernier gong se tut, elle ouvrit les yeux. Elle appela de tous ses vœux le signe que la magie se retirait enfin de ce monde. Elle espéra. Le silence. Épais, profond, tel un linceul immobile depuis des siècles. Et soudain, le bruit d'un tissu qu'on déchire, une bulle qui éclate, un verre qui se rompt. Le sentiment d'une perte inestimable qui fit hurler la Reine des Neiges en secret. Elle se mordit la joue jusqu'au sang. Des larmes de joie perlaient à ses yeux en même temps. Enfin ! La magie gémit, telle une bête frappée à mort et qui se demande encore ce qui lui arrive. Et se tut. Un bruit de siphon qui aspire, un goutte-à-goutte qui se déverse dans un lieu inconnu. Inaccessible, désormais. Snezhkaïa s'effondra au sol, vaincue à la fois par la douleur et par un intense soulagement. Elle entendit les plaintes des Élémentaires autour d'elle, ignorants de ce qui était en train de se passer. Tous pouvaient le sentir néanmoins : en cette nuit, quelque chose avait irrémédiablement changé. Une disparition, un vide insondable en leurs cœurs. Qui bientôt, ne battraient plus. Perdue dans son délire, la fée perçut à peine la danse de la magie disparaissant de ce monde. La musique s'étiolait, faiblissait, s'arrêta sur une dernière note. Celle de la richesse, qui désormais, s'écoulerait hors des doigts des Outrepasseurs. La Reine des Neiges sourit. Bientôt, ses ennemis connaîtraient l'échec.

Elle songea aux flocons d'hiver s'étalant sur une terre stérile, où la magie serait absente. Perdue.

— L'hiver vient, murmura-t-elle. Et je vous aurai tous.

Dès la disparition de la Messagère, Arnaut fuit le Tombeau. Enfin libre, il tourna le dos au sarcophage de pierre, qui, même dompté continuait à l'appeler, et foula la terre des souterrains. Accrochée à son poignet, l'immense araignée demeurait silencieuse. Elle n'avait eu aucun mouvement de recul quand la Messagère l'avait enlevée de son bras pour la placer sur celui d'Arnaut. Il avait senti la légère morsure de ses crocs sur son épiderme, n'avait pas bronché. Il avait subi bien d'autres souffrances. Il s'arrêta à la croisée de plusieurs sentiers. Un lieu froid, vide et noir. Si l'obscurité ne lui faisait pas peur – il distinguait les moindres contours des lieux autour de lui – être enfermé dans cet endroit lui arracha une plainte. Où aller ? Vers qui, vers quoi se diriger ? Celle qui l'avait tiré du Tombeau ne lui avait donné aucun conseil. Mis à part l'arachnide qui enserrait son avant-bras – comment l'avait-elle appelée déjà ? Naste Estsan ? – elle ne lui avait rien donné de plus.

« Qui suis-je ? »

Une question lancinante. Aucune réponse, sauf pour ces images qui défilaient dans son esprit…

Des êtres sauvages réunis sous la lumière de la lune, des traînées de sang sur leurs peaux blanches. Le dernier brame d'un cerf qu'on égorge. Une jeune fille qui lui sourit timidement. La gueule d'une bête immense qui se referme sur lui…

— Nooooon !

Il ne serait plus jamais un prisonnier. Il était libre, à présent. Et il devait sortir d'ici, de cet endroit qui puait la mort. Il leva la tête, inspira profondément dans l'espoir de sentir de l'air frais, de dénicher une issue. En vain. Perdu, livré à lui-même, il s'engagea au hasard dans une direction. Parce que l'inactivité était pire que tout et qu'enfin, il pouvait aller où bon lui semblait.

Il marcha jusqu'à ce que les muscles de ses jambes demandent grâce. Il se laissa tomber à terre et se rendit compte qu'il laissait des empreintes rouges sur le sol. Ses talons saignaient. Il examina, fasciné, ces taches rouges, où se mêlaient des reflets dorés. Des souvenirs déferlèrent dans sa mémoire, des images si rapides qu'elles lui donnaient le tournis. La réponse se trouvait là, il le pressentait, et pourtant…

De quoi as-tu peur ?

De tout. De se perdre dans le labyrinthe de sa mémoire, de se laisser dominer par les démons qu'il devinait tapis dans son âme, de se laisser tromper. Encore une fois. Combien de temps avait-il passé à la merci du Tombeau ? Combien de temps était-il resté le jouet de cet esprit pervers, psychopathe, qui ne songeait qu'à son propre amusement ? Combien de temps avait-il crié pour qu'on le libère, sans que personne ne l'entende ? Combien de temps l'insupportable douleur l'avait-elle tenu éveillé ? Les os qui craquent, les peaux qui se mêlent, qui demeurent soudées l'une à l'autre ; les esprits qui se confondent dans le noir, qui deviennent jumeaux pour ne plus former qu'un. Le Tombeau l'avait appelé sa plus grande création. Arnaut savait ce qu'il en était : un monstre. Un être impossible, contraire aux lois de la nature, amalgame de la proie et de son prédateur. Soudain, un reflet attira son œil. Était-il possible qu'il ait enfin trouvé le chemin de la sortie ? Mais quand il s'approcha, il vit que ce n'était qu'un morceau de verre, auquel s'accrochait encore une étincelle de magie. La magie qu'il sentait dériver sur sa peau, tel un courant chaud, une brise accueillante et qui allait se perdre dans le Tombeau… Non, il devait arrêter d'y penser ! Il n'y retournerait plus jamais. Il voulait vivre. Explorer le vaste monde. Retrouver la lumière… De nouveau, le reflet l'arrêta. Il s'accroupit devant le morceau de verre, releva le nez. Et se trouva face à lui-même. Il leva la main. Ses doigts caressèrent une surface glacée, lisse.

Un miroir, lui souffla Naste Estsan.

Il s'approcha encore, jusqu'à ce que sa respiration dessine un voile éphémère sur la glace. La petite voix de l'araignée tissant sa toile dans son esprit lui murmurait à l'oreille ; Arnaut n'y prêtait pas attention. Il examina la créature qui se dévoilait à ses yeux. L'apparence d'un jeune homme, une peau lisse. Des cheveux noirs indisciplinés, des traits fins.

— Arnaut, chuchota-t-il.

Des images du jeune homme lui parvinrent. Arnaut à la forge, Arnaut heureux jouant avec son petit frère, Glenn, Arnaut subissant les foudres de son père, Niels. Arnaut malade, délirant sur sa couche, Fière agenouillée à ses côtés, les mains jointes.

— Non, non !

Mais ses souvenirs continuèrent à affluer, en une vague implacable. L'être qui l'avait tant terrifié émergea à la surface. Ce prénom-là, il ne le prononça pas à haute voix. Il n'osait même pas se l'avouer à lui-même.

Car, dans le miroir qu'il fixait toujours, son reflet changea. Ses traits s'affinèrent encore. Sa peau devint plus blanche. Ses cheveux se transformèrent : de crinière indisciplinée, ils devinrent un flot de ténèbres. Ses pupilles se dilatèrent jusqu'à absorber l'iris tout entier. Un portrait qui perdait ses couleurs, devint noir et blanc. Et une voix qui fit frémir Arnaut de tout son être.

— Mon amour, susurra le Chasseur. Ma tendre proie, qui m'est enfin rendue.

Arnaut rejeta le miroir loin de lui. Plaqua ses mains contre ses oreilles. Il ne voulait plus voir ni entendre. Devenir sourd au murmure qui se lovait en lui, dans son esprit. Et être conscient qu'une partie de lui-même accueillait le Chasseur avec soulagement.

— Non, non, non !

— Pourquoi me rejettes-tu ?

La voix si tendre, si douce. Et si trompeuse également.

— Reviens-moi. Nous ne formons plus qu'un. Réunis pour toujours.

— Non, non, non !

Il ne pouvait gagner ce combat, il le savait. Il mettrait un point d'honneur à résister le plus longtemps possible, cependant. Empêcher la possession de son esprit, comme il était trop tard pour celle de son corps.

— Arnaut…

Le Chasseur l'appelait, tel un petit garçon désemparé. Un amant, qui voit son amour lui échapper. Une âme sœur, qui tend les bras vers son autre moitié. Arnaut se figea, horrifié. Le fé l'aimait. Et cette réalisation lui retourna l'estomac aussi bien que l'âme. Il n'avait jamais voulu de ce lien !

— Oh vraiment ? (La voix sifflante du fé se teignit d'ironie.) Quand tu rêvais de moi, ne ressentais-tu donc aucun plaisir ? Quand j'explorais ton corps…

— Arrête ! cria Arnaut.

Il ne voulait plus se souvenir de ces moments. La sensualité l'avait noyé sous ses assauts et il s'était perdu en elle, oubliant ce qui était le plus important : lui-même. Il secoua la tête.

Un silence de bête blessée envahit le souterrain où il se trouvait. Les mots se déversèrent sur la langue d'Arnaut sans même qu'il y prenne garde :

— Tu m'as trompé. Tu m'as séquestré. Tu as… abusé de moi. Et tu prétends m'aimer ? Jamais ! Jamais, entends-tu ! Je ne t'appartiens pas !

— Réfléchis, petite âme. Tu ne me veux pas pour ennemi, gronda le Chasseur.

Et au-delà de la menace pointait le désarroi d'un être qui avait oublié ce que signifiait l'amour. Il ressentait le désir et agissait en conséquence. Que pouvait-on lui reprocher ? Il cherchait des réponses et n'en trouvait point.

Arnaut secoua la tête.

— Ne m'approche plus. J'ai retrouvé ma liberté.

— La mienne aussi ! cracha le fé. C'est mon corps à présent et tu ne me retiendras pas prisonnier !

— Je le peux et je le veux.

Le Chasseur ricana.

— C'est ce que nous allons voir, petite âme.

Avec autant de facilité qu'il en avait employée pour capturer ses proies au fil des siècles, le Premier-Né tira sur les liens qui avaient fusionné son esprit à celui d'Arnaut. Le jeune homme se débattit, tenta de repousser la main du fé, qui se rapprochait de lui. En vain. Au moment où il sentit son indépendance prête à se rompre, tout ce qui constituait son être – ses souvenirs, la conscience de ce qu'il était – sur le point d'être broyés par le Chasseur, ce dernier s'arrêta. L'espace d'un battement de cœur, leurs regards se croisèrent. Arnaut rêvait-il ou une étincelle de douleur avait-elle lui dans les prunelles de nuit du fé ? Entretenait-il des regrets, des remords ? Mais les paroles qui suivirent balayèrent ses doutes :

— N'oublie jamais ce que tu es devenu. Je suis toi. Tu es moi. Un seul corps et une seule âme.

Arnaut souffla un « non » vite réprimé.

— Je t'ai sauvé, grogna le Chasseur, et à présent, j'exige mon dû !

À ce moment, l'araignée se manifesta.

— Délivre-le !

Il fronça les sourcils. De qui parlait-elle ?

— Tu as trois visages, lui répondit-elle. Celui d'Arnaut, celui du Chasseur et…

Le reste se perdit dans l'écho d'une voix rauque. Celle d'une bête fauve, trop longtemps privée de liberté.

— Tu ne me feras plus aucun mal, répondit-il au Chasseur.

Et il chuchota en même temps dans son esprit.

— Viens.

Le lion bondit.

— Non ! hurla le fé.

Il tenta de résister, de se débattre contre la métamorphose qui dominait son corps. Peine perdue. Le fauve n'en fit qu'une bouchée. Il contempla la fourrure sombre, dense, qui recouvrait soudain sa peau nue. Son corps s'arqua, ses os craquèrent, ses membres s'allongèrent. Bizarrement, lui qui craignait la douleur n'en ressentit aucune. Juste un intense sentiment de libération. Quand il releva la tête, il contempla, dans son reflet, une bête formidable, extraordinaire, unique en son genre, telle qu'il n'en existait pas sur Terre. Un lion noir, qui rugit à son adresse. Ses yeux verts perçants jetaient la seule tache de couleur dans sa gueule de démon, un animal droit sorti de l'enfer. Ou des ténèbres qui régnaient ici. Arnaut ferma les yeux. Le lion le protégeait. Lui saurait retrouver son chemin parmi ce dédale infernal. Hors du cœur mort de Féerie.

CHAPITRE 10

« On l'appelle le lien de Morgane, du nom de la fée qui, dit-on, en échange de la vie sauve, apprit aux Outrepasseurs comment le tisser. Depuis, il est devenu le privilège absolu de la Maison du Lion et l'arme la plus redoutable des Noble, au même titre que leur connaissance du véritable prénom des Maîtres et Maîtresses de Maison. »

Chronique des Outrepasseurs – *Les plus célèbres combats contre les Premiers-Nés, annexe 1 – auteur anonyme.*

Les pas de Monseigneur résonnaient sur le plancher ciré. Le seul bruit qui osait interrompre le silence pesant dans la salle. Agenouillée sur le sol, Shirley n'osait lever la tête. La seule fois où elle avait esquissé un mouvement, le lion avait grondé. Et la perspective d'un fauve de 200 kilos la terrassant au sol n'était pas franchement réjouissante. Elle essaya d'oublier son inconfort physique, sa nuque qui demandait grâce à force d'être courbée, ses cuisses qui tremblaient sous l'effort. À sa gauche, Hermeline demeurait immobile. Elle semblait ne ressentir aucune douleur, ne souffrir d'aucune blessure d'amour-propre. La jeune fille se doutait qu'elle donnait le change de manière particulièrement convaincante. Contrairement à elle, d'ailleurs. Dans son dos, elle pouvait entendre le pas régulier de Monseigneur, presque mécanique dans son rythme, sur le parquet verni. Où se trouvait Peter, en ce moment ? Shirley avait bloqué ses pensées à son sujet, d'abord car elle demeurait furieuse envers lui, ensuite par souci de jouer son rôle d'Héritière modèle.

Cela n'avait guère servi, songea-t-elle, amère.

Dès que les autres Outrepasseurs étaient sortis, elle et Hermeline avaient été encerclées par les gardes Métamorphes, sous l'œil goguenard de Noble.

— Estimez-vous heureuse, Hermeline, que je ne vous aie pas réservé ceci en public. Vous savez à quel point ce spectacle ravirait Hersent. Et les autres.

Shirley pouvait l'envisager sans aucun souci. Même si elle s'entendait bien avec le reste des Héritières, elle ne se leurrait pas sur la nature de leurs relations : nulle amitié n'entrait en ligne de jeu. Seul comptait le pouvoir. Avec nostalgie, elle se souvint de ce qu'elle avait aperçu, plongée dans la piscine de Lion House un an auparavant, quand elle avait assisté à la naissance des Outrepasseurs. Cette solidarité entre les familles originelles, l'affection qu'ils se réservaient entre eux, l'attention portée aux enfants… Des sentiments qui n'avaient plus aucune place dans la cour de Noble. La jeune fille soupira : certes, tout n'était pas parfait au Moyen Âge, loin de là. La haine de Niels envers Arnaut l'avait dégoûtée, par exemple. Mais ce contrôle absolu par Monseigneur, cette paranoïa ambiante où chacun s'épiait… Si elle n'avait pas été obligée d'appartenir aux Outrepasseurs – comme si sa renarde lui donnait le choix ! – elle ne les aurait pas choisis. Peut-être était-ce là exactement ce que Peter avait voulu dire plus tôt, en refusant de l'accompagner ?

Espèce de sombre idiot, pensa-t-elle. Et elle se trouvait doublement idiote de s'inquiéter davantage pour lui.

Peine perdue. Elle ne pouvait guère lutter contre les élans de son cœur.

Un claquement de porte, une plainte aiguë et l'arrêt soudain des pas de Monseigneur attirèrent son attention. Shirley abaissa la tête, la tournant légèrement. Elle essayait de voir ce qui provoquait un tel tumulte, elle ne fut pas déçue. Les portes de la salle furent catapultées en avant et quelque chose atterrit en même temps sur le parquet ciré de la salle. Shirley se mordit la joue jusqu'au sang en constatant qu'il s'agissait de Peter. Il poussa un cri pitoyable, qui fit se retourner Hermeline. Cette dernière poussa une exclamation. Elle se ravisa sous le regard meurtrier de Noble. Monseigneur se rapprocha du jeune homme et, lui écrasant les doigts de la main droite sous son talon, déclara :

— Monsieur Peter. C'est tellement aimable de votre part de vous joindre à notre petit comité !

Peter se releva avec difficulté. Se faire alpaguer par les sbires d'Hersent sur le quai de la gare avait provoqué en lui autant de désespoir que d'exaltation. Désespoir de ne pas être allé jusqu'au bout de sa résolution, exaltation car, en dépit des hurlements de Scrooge, il serait bientôt confronté à Noble. Il ne put cependant masquer sa douleur quand le Balafré lui écrasa la main. Il la plaqua contre son abdomen, afin de la protéger, et fit face à Monseigneur.

— Dites-moi, monsieur Peter, auriez-vous pensé par hasard que votre serment de fidélité envers ma personne arrivait bientôt à expiration, tel un contrat auquel il suffit de mettre fin en le résiliant ? Si c'est le cas, navré de vous décevoir. À mon service, il n'existe aucune durée déterminée.

Le Balafré s'amusait avec ses nerfs. Peter voulut répliquer, mais son attention fut distraite par les silhouettes agenouillées à l'autre bout de la salle, en face du trône royal. Il sentit son sang se glacer en reconnaissant Shirley ainsi qu'Hermeline. Il aurait dû suivre son plan depuis le début et tout avouer à la jeune fille. Il aurait payé le prix de son insolence seul, sans que les deux femmes ne soient impliquées. Il tenta de diriger toute l'ire du Balafré sur sa personne.

— Vous n'obtiendrez aucune excuse.

— Mon cœur saigne de désappointement, ironisa Noble, avant d'ajouter : je n'en attendais pas moins de votre part. Si vous n'avez pas encore compris que les excuses à mes yeux ne sont que du vent et servent seulement à être employées, vous n'avez guère votre place au sein des Outrepasseurs.

— Ça tombe bien, je n'en veux pas ! répliqua Peter.

Pour le coup, toute l'attention du Balafré était focalisée sur sa personne. L'œil unique flamboya de colère. Il entendit tout autour de lui des hoquets de stupeur et une lamentation entrecoupée de sanglots. Hermeline, devina-t-il. Dire qu'il ne pourrait même pas s'excuser auprès d'elle. Lui expliquer pourquoi il agissait de cette manière. Il aurait tant voulu… Trop tard. Un étau se referma sur sa gorge et le souleva de terre. Peter se sentit aussi insignifiant qu'un fétu d'herbe emporté par la tempête. Il enfonça ses ongles dans la peau granuleuse de Noble, qui l'étranglait. Autant essayer de desserrer à mains nues un verrou. Le vieux lion le considérait avec un mélange fascinant de colère et de mépris sur ses traits déformés.

— Vraiment, monsieur Peter ? Ce n'est pas ce que vous m'avez dit quand vous m'avez prêté serment de fidélité et de loyauté.

Comme si j'avais eu le choix ! voulut répliquer Peter, qui s'étouffait un peu plus à chaque mouvement. Et bien sûr, dans ces moments, il ne fallait pas compter sur l'aide de Scrooge. Terrifié par le lion, le renard s'était pelotonné dans son terrier et ne bougeait plus.

Quand Noble finit par le lâcher, le jeune homme s'effondra tel un pantin sur le parquet. Il ouvrit grand la bouche, imita la carpe en prenant de profondes inspirations. Il devait avoir l'air ridicule, mais tant pis. À ce moment, il croisa le regard de Shirley, clairement épouvantée. Pas seulement pour lui, mais aussi pour elle. Les remords pouvaient-ils tuer ? se demanda-t-il. Force était de reconnaître qu'il s'était conduit comme un véritable idiot. Non seulement son plan d'évasion avait lamentablement échoué, mais en plus il avait mis la vie de ses proches en danger. La pensée de son père, mort depuis longtemps, et de ce que son géniteur aurait pu faire s'il avait été placé dans cette même situation, lui traversa l'esprit. Puis il la chassa : personne d'autre n'était à sa place et ne lui offrirait de conseil. C'était à lui, et à lui seul, de régler cette situation. Ou plutôt de la manœuvrer jusqu'à atteindre son but. D'une voix rauque, presque douloureuse, il rétorqua :

— C'est tout ce que vous savez faire, hein ? Contraindre, forcer, obliger les autres à vous lécher les pompes ! Un vrai leader se comporterait d'une autre manière. Mais je suppose que vous en ignorez tout, persuadé d'être le plus fort, pas vrai ?

La tentation de lui jeter le Chasseur en pleine figure du Balafré était grande et il ne s'en serait pas privé si ce dernier ne l'avait interrompu à ce moment :

— Oh, vous allez peut-être me donner des leçons en ce domaine, monsieur Peter ? Vous figurez-vous que parce que vous êtes bon élève, vous détenez les secrets de l'univers ?

Il secoua la tête d'un air faussement attristé.

— Désolé de vous décevoir sur ce point, mais il vous reste encore beaucoup à apprendre.

— De votre part, cela m'étonnerait ! J'ai vu tout ce que vous aviez à donner comme enseignement et ce n'est vraiment pas brillant.

Ils se tournaient autour, tels deux chiens essayant de deviner le geste de l'autre, afin de mieux lui sauter à la gorge.

— Vous vous êtes engagé envers moi, déclara Noble, et je n'ai pas l'intention de vous délier de votre promesse.

— Un serment arraché par la force, vous voulez dire, et vous le savez ! cria Peter. Jamais je n'aurais accepté de vous servir de mon plein gré.

En cet instant, il lui sembla qu'un fil de fer se resserrait autour de son cœur. En comparaison, l'étau de Noble, qu'il avait subi quelques instants plus tôt, s'avérait une douce caresse. Peter tomba à terre. Il se roulait sur le parquet, son poing crispé sur son torse. Son rythme cardiaque s'affola. Son cœur était pris dans un piège infernal, telles des mâchoires d'acier se refermant sur lui. Il entendit vaguement des cris, des suppliques.

— Non, Hermeline, je ne pense pas le délivrer. Votre fils semble avoir de sérieuses lacunes en discipline. Croyez-moi, si je m'en étais aperçu plus tôt, j'aurais remédié à cette solution depuis longtemps.

Le Balafré s'agenouilla à ses côtés. Au travers des larmes qui noyaient son regard, Peter le vit sourire.

— Le lien de Morgane, murmura ce dernier. Une bien belle invention, n'est-ce pas, monsieur Peter ? Et encore, je ne l'exerce pas au maximum de ma force. Sinon, votre cœur aurait déjà éclaté.

Mais vas-y ! voulut lui hurler Peter. Tue-moi !

Comme s'il lisait dans ses pensées, le Balafré émit un ricanement.

— Oh non, n'y songez même pas. Je ne vous donnerai pas l'opportunité de devenir un martyr.

La torture s'arrêta aussi soudainement qu'elle avait commencé. Épuisé, haletant tel un poisson échoué sur la berge d'un fleuve, Peter demeura immobile. Il écouta le battement affolé de son cœur, qui peu à peu, se calma. Il se sentit heureux d'être en vie à ce moment, même s'il le devait à une personne aussi détestable que le Balafré.

— Je vais vous poser une devinette, monsieur Peter, et avec la mémoire que vous semblez détenir – je ne parlerai pas de votre intelligence, qui vous fait singulièrement défaut en cette soirée – vous pourrez sans aucun doute me donner la réponse.

Noble fit semblant de réfléchir. Faute de pouvoir parler, Peter lui décocha un regard, qui contenait toute la haine qu'il réservait au Balafré. Ce dernier émit un petit rire.

— Vous avez sans nul doute entendu parler de Thomas le harpiste, j'imagine ? Aussi connu comme Thomas le Rimeur ou le Ménestrel.

Peter se contenta de hocher la tête, incapable d'articuler le moindre mot. Bon sang, que le lien de Morgane pouvait s'avérer traître ! Il tremblait encore de tous ses membres.

— Bien ! Vous connaissez la légende à son propos, je suppose ? Pour avoir accepté un baiser de la reine des fées, il se retrouva lié à elle pendant sept ans.

Le Balafré baissa la voix.

— Vous imaginez être emprisonné durant tout ce temps au service d'une seule et même personne ? Incapable de vous mouvoir, de parler sans qu'elle ne vous en ait donné la permission au préalable. Un pantin libre de corps, mais dont l'esprit est…

Il eut une moue de satisfaction.

— … verrouillé à double tour. Et la seule personne qui détienne la clé est aussi celle qui peut vous faire commettre n'importe quel acte. Un pouvoir terrifiant, pas vrai ?

Horrifié, Peter ne put que le dévisager. Il sentit son corps entier se glacer et cette fois-ci, le lien de Morgane n'y était pour rien.

— Dites-moi, monsieur Peter, reprit Noble, avez-vous appris dans vos manuels qu'une potion, qui détient exactement les mêmes pouvoirs que le sort dont a été victime Thomas le Rimeur, a été créée ? Et que bien sûr, je suis le seul à en détenir la formule ?

Non, il n'avait rien appris de tel, sinon il s'en serait souvenu. Il tourna la tête vers Shirley et Hermeline, que les gardes Métamorphes surveillaient de près. Le Balafré suivit son regard.

— Je vois que nous nous comprenons. Une seule insolence de votre part, un seul écart de conduite et je n'hésiterai pas à administrer cette potion à une de vos proches. Je choisirai d'abord Hermeline, qui de toute manière, devra bientôt céder la place en tant que Maîtresse de Maison. Elle fera une jolie potiche, n'est-ce pas ?

— Vous… Vous n'oseriez pas ! souffla Peter.

Noble partit d'un éclat de rire.

— Je n'oserai pas ? Et pourquoi donc ? Pensez-vous que la potion de Thomas le Rimeur n'a jamais été utilisée sur un Maître de Maison ?

Le sourire du Balafré se transforma en rictus carnassier.

— Est-ce que tu t'es cru le seul quand tu as agi comme un pauvre idiot, en essayant de t'enfuir ? Tu penses vraiment que personne n'a essayé avant toi ?

Plus que le soudain tutoiement, ce furent les paroles suivantes qui terrifièrent Peter :

— J'aurai toujours une longueur d'avance sur toi. Quoi que tu fasses, quel que soit le plan que tu élabores pour me vaincre, je triompherai toujours. Souviens-toi de ça quand ta mère ne sera plus qu'un légume, une poupée entre mes mains. Et si cela ne te suffit pas, c'est ta chère Shirley qui y passera. Tu t'es entiché d'elle, même si tu ne veux pas le montrer. Comment crois-tu que tu pourras continuer à vivre, en sachant que les personnes qui te sont les plus chères au monde souffrent par ta faute ? Car je ferai en sorte qu'elles se rappellent tout.

Le Balafré poussa un soupir de satisfaction.

— La légende n'a jamais précisé de quelle manière Thomas le Rimeur avait terminé sa vie quand la reine des fées s'est lassée de lui et l'a libéré de son sort.

D'un air de propriétaire, Noble posa sa main mutilée, où il ne restait plus que deux doigts, sur le torse de Peter.

— Réfléchis bien à ce que je viens de te dire quand tu voudras encore me signifier que tu ne désires plus appartenir aux Outrepasseurs.

Le jeune homme n'osa souffler mot. Les paroles venimeuses du Balafré tournaient sans cesse dans son esprit. Et la terreur que, par sa faute, Shirley et Hermeline puissent se retrouver transformées en esclaves de Noble, l'empêchait de faire un seul geste.

— Hermeline, relevez-vous. J'espère qu'à l'avenir, vous ferez plus attention à la conduite de vos Héritiers. Entre-temps, rentrez chez vous, je vous ai assez vue.

Peter vit sa mère se lever en chancelant. Elle marqua un temps d'arrêt quand elle parvint à sa hauteur. Dans le regard noisette, il put lire autant de détresse que lui-même en ressentait.

Fiche le camp, Maman, obéis ! pensa-t-il. Il fut soulagé quand elle disparut de la salle.

— Quant à vous deux, continua le Balafré, suivez-moi. La nuit est loin d'être terminée.

La Bentley naviguait avec aisance dans le trafic de cette fin de soirée, tel un fauve se frayant un chemin dans les hautes herbes de la savane. Adossé à de moelleux coussins, Peter n'osait cependant se laisser aller contre ceux-ci. Sur l'autre siège passager, situé en face des adolescents, Monseigneur guettait la moindre de leurs réactions. Avec ses larges épaules, qui crevaient presque son costume de luxe, il semblait aspirer tout l'oxygène présent dans l'habitacle. Peter avait la sensation d'étouffer, petit Poucet qui tentait futilement d'échapper à l'ogre. Il se demanda si Shirley éprouvait les mêmes sensations. Elle devait lui en vouloir à mort de l'avoir plongée dans cette situation.

La culpabilité s'ajouta à son anxiété. Dire que s'il n'avait pas joué les rebelles… Peter se détourna de ces pensées inutiles. Ce qui était fait était fait, il ne pourrait plus revenir en arrière. Monseigneur le fixait avec un petit sourire inscrit sur ses lèvres mutilées. L'affrontait du regard en silence.

« J'aurai toujours une longueur d'avance sur toi », lui avait-il dit.

En dépit des menaces proférées, de l'inquiétude qui le rongeait concernant Hermeline et Shirley, le jeune homme brûlait de le mettre au défi. La voiture s'arrêta soudain.

— Descendez.

En face d'eux s'élevait la Tour de Londres, dont les hautes murailles étaient éclairées par de puissants projecteurs. Était-ce donc là, dans ces vieilles pierres qui avaient assisté à tant d'exécutions et de tortures, que Monseigneur voulait les emmener ? L'attente de Peter fut déçue. Noble les guida vers un bâtiment bien plus moderne, non loin de là. Alors qu'il marchait sur l'avenue, pris en sandwich entre Monseigneur et ses sbires, Peter ne put s'empêcher de se rapprocher de Shirley. L'espace d'un instant, leurs peaux se frôlèrent. La jeune fille s'écarta comme s'il l'avait brûlée. Souillée par ce simple contact.

Et à quoi t'attendais-tu donc ? le railla une petite voix. Tu n'as que ce que tu mérites.

Peter regarda droit devant lui, l'humiliation lui chauffant les joues.

Une foule nombreuse se pressait dans les environs. Un déluge d'odeurs et de parfums noya l'odorat du jeune homme. Pas assez, cependant, pour qu'il ne repère pas les dizaines de Métamorphes et de Changepeaux. Parsemés dans la foule de ce vendredi soir, leurs yeux brillants à la lueur des néons, les alliés historiques des Outrepasseurs surveillaient les lieux. Pourquoi se trouvaient-ils ici ? Pourquoi avoir réuni tant de castes différentes, qui s'entendaient d'ordinaire aussi bien que l'eau et l'huile, en un espace aussi réduit ? La large silhouette de Monseigneur s'engouffra dans l'entrée d'un immeuble. À l'intérieur, des hommes-panthères armés jusqu'aux dents les attendaient. Ils s'inclinèrent presque jusqu'à terre face au Balafré. Au même moment, Peter vit des lignes noires se dessiner sur sa peau. Son tatouage-bouclier anti-fés s'était activé. Bon sang, où se trouvait-il ? Il croisa le même regard, rempli d'incompréhension, chez Shirley avant que celle-ci ne se détourne.

— Montez, grogna Noble en leur indiquant l'ascenseur.

Quand la cabine descendit au lieu de monter, la terreur s'empara de Peter. Encore un souterrain. Quelle créature l'attendait dans celui-ci ? Quelle épreuve ? Les portes s'ouvrirent, Peter sursauta quand un homme grand et sec, à l'apparence de héron, surgit de nulle part. Derrière ses lunettes, ses yeux exprimaient la plus grande stupéfaction. Il bredouilla :

— Sir Noble, j'ignorais que vous veniez…

— Forcément.

Sans plus prêter d'attention à son employé éberlué, Noble ordonna :

— Avancez.

Une double porte vitrée s'ouvrit devant eux. Loin de l'univers de torture médiéval qu'il s'était imaginé, Peter pénétra dans un laboratoire. Au travers de larges baies vitrées, il pouvait apercevoir des salles d'un blanc stérile, où des employés, au visage dissimulé par des masques chirurgicaux, se penchaient sur des microscopes ou actionnaient des centrifugeuses. Sur les écrans d'ordinateur, des séquences de chiffres défilaient. L'enfilade de pièces était séparée par un couloir central, revêtu de béton, où se trouvait Peter. Plus loin, le tunnel semblait s'enfoncer encore dans les profondeurs de la terre. Pas besoin de demander où il se trouvait. Il s'agissait d'un centre de prélèvement féerique. Le cœur du pouvoir des Outrepasseurs.

Le tatouage-bouclier de Peter réapparut et cette fois-ci, demeura. Les arabesques d'encre tranchaient sur sa peau pâle. Des fés se trouvaient ici.

Chapitre 11

« Je sais que Père n'y croirait pas si je le lui annonçais. Je ne m'en donnerai pas cette peine. Je continuerai à jouer le rôle d'un étudiant modèle le jour et je poursuivrai mes expériences pendant la nuit. La lande qui entoure Édimbourg regorge de créatures propices à mes objectifs. La connaissance, c'est le pouvoir, m'a souvent dit Père. Quand je rentrerai à Londres, je lui montrerai à quel point c'est vrai. »

Extrait du journal intime de Glenn Curran O'Connell, Héritier de la Maison du Lion (1850) & inventeur du Sleeping Beauty[1].

Monseigneur avait ordonné à ses sbires de l'attendre près de l'ascenseur. Il adressa un seul geste à Peter et Shirley, qui le suivirent aussitôt. Tel un chasseur à ses chiens, songea le jeune homme avec ressentiment. S'il survivait à cette nuit, se promit-il, il trouverait le moyen de faire payer le Balafré pour ce qu'il leur faisait subir.

1. Nom anglophone de la Belle au bois dormant.

Avec les intérêts.

En attendant, il n'avait pas d'autre choix que d'obéir. L'employé au cou de héron, Edward White, semblait avoir repris un peu d'aplomb depuis sa discussion avec le Balafré à l'ascenseur et brisa en premier le silence :

— Sir Noble, puis-je me permettre…

— Si c'est pour me demander ce que ces jeunes gens font ici, vous n'allez pas tarder à le savoir, le rembarra Monseigneur.

Une odeur d'humidité, mêlée à des remugles de vase, confirmèrent à Peter qu'ils ne se trouvaient guère loin de la Tamise. Il jeta un coup d'œil à Shirley. Ses tatouages n'avaient pas disparu, formant d'étranges dessins sur son visage.

— Je ne comptais pas leur accorder ce privilège, mais tant que nous y sommes, monsieur White, enseignez donc à ces idiots…

Peter sursauta quand Noble les désigna de cette manière.

— … le fonctionnement d'un centre de prélèvement. Cela leur mettra sans doute un peu de plomb dans la cervelle !

Si monsieur White se montra surpris de cet ordre, il n'en laissa rien paraître.

— Vous les amenez donc aux dortoirs ?

Noble ricana.

— Non, ce serait trop doux pour ce que j'ai en tête. Ils effectueront leur punition dans la zone réservée aux Élémentaires.

Peter stoppa net. S'il ignorait effectivement ce qui se tramait dans ce lieu souterrain, en revanche, les leçons des Outrepasseurs l'avaient instruit sur les Élémentaires.

Les plus puissants des Premiers-Nés, ces fés détenaient un lien spécial avec les forces de la nature. Redoutables lors des combats qui les avaient opposés aux ancêtres de Peter, ils étaient responsables de bien des morts dans les rangs des Outrepasseurs. Ce n'est qu'avec l'invention de chaînes spéciales, appelées chaînes de Fenrir[1], que les Élémentaires avaient enfin pu être asservis. Sans se retourner, Noble l'avertit :

— Ne me faites pas perdre mon temps, monsieur Peter.

Shirley lui lança un regard empli de hargne. La mort dans l'âme, il se dépêcha de les rejoindre. Soudain, le mur de béton s'interrompit. Un flot de lumière crue se déversa dans le couloir.

— Nous voici arrivés au premier dortoir, ronronna Noble, dont les cicatrices ressortaient crûment sous la lueur des néons. Ouvrez grand les yeux, jeunes gens, vous ne verrez pas ça tous les jours.

Méfiant, Peter s'approcha. À travers la vitre qui les séparait de l'immense salle, il distingua d'abord des dizaines et des dizaines de lits, tout droit sortis d'un des hôpitaux londoniens. Il plissa les yeux. Qu'avait donc cet endroit de si spécial ? Puis son regard accrocha l'un des occupants des lits. Et son souffle se bloqua dans sa poitrine. Des fés. À perte de vue. Tous immobiles, gisant sur ces draps d'un blanc clinique. Piqués dans leur bras – et parfois ailleurs, quand le fé n'avait pas forme humaine – au moyen d'aiguilles, des tuyaux les reliaient à des machines

1. Dans la mythologie nordique, loup gigantesque, un des principaux acteurs dans la bataille de Ragnarök, opposant les dieux aux géants et à leurs alliés.

posées au pied du lit, lesquelles émettaient un bourdonnement continu.

— Des trieuses, déclara monsieur White, dont la voix s'anima d'un enthousiasme juvénile. Elles pompent le sang des patients, séparent l'ichor, que vous voyez ici…

Un liquide pâle, aux mouchetures dorées, circulait dans un autre tuyau qui s'éloignait du fé.

— … et s'en vont alimenter notre banque de données. Bien sûr, tous nos patients sont sous l'influence du *Sleeping Beauty*, cela va de soi.

Autrement dit, songea Peter, qui ne pouvait détacher son regard des fés, drogués jusqu'aux yeux, plongés dans un coma et vampirisés vingt-quatre heures sur vingt-quatre. Tel un homme en plein cauchemar et qui tarde à se réveiller, il suivit des yeux l'ichor volé aux fés, cette magie pure, intacte, que les Outrepasseurs dérobaient sans vergogne. Des esclavagistes doublés d'exploiteurs, voilà ce qu'ils étaient. Peter se sentit sale.

— Et qu'en faites-vous après ? demanda Shirley, dont la fascination s'inscrivait sur le visage.

— Nous nettoyons l'ichor et nous l'intégrons dans plusieurs composants électroniques, produits par les partenaires industriels, répondit monsieur White. Ces derniers constatent en général une hausse de 20 % dans leurs ventes dès l'incorporation de ces composants dans leur gamme…

Peter ne l'écouta plus. Forcément que les sociétés plaçant leur confiance dans les produits des Outrepasseurs voyaient leur chiffre d'affaires décoller ! L'une des premières choses inculquées aux Héritiers concernait l'attrait inconscient que l'ichor exerçait sur les mortels. Ces derniers ne soupçonnaient pas son existence, mais ils étaient attirés par la magie des fés aussi sûrement que le fer par un aimant. Monsieur White ouvrit la bouche pour divulguer plus d'informations, Noble le prit de court :

— En voilà assez.

L'écho de leurs pas troublait le silence lugubre des tunnels. Les dortoirs-prisons continuèrent à défiler. Peter pouvait déchiffrer certains noms inscrits sur des documents placés au bout des lits. Obéron, Titania, Mab, Morgane, Herne… Ces personnages de légende, ces figures mythiques se retrouvaient toutes ici, pitoyables marionnettes aux mains de leurs geôliers. Cheveux rasés. Membres dénudés. Côtes saillantes. Visages émaciés, joues creuses, yeux grands ouverts et pourtant aveugles. Des corps étiquetés. Numérotés. Catalogués et classés dans un dossier. Plus que jamais, Peter se sentit complice de cette infamie. Même sans le savoir, il avait joui de toute cette richesse, tout ce luxe acheté grâce à l'ichor des fés. La nausée étreignit son estomac. Il se fit violence pour ne pas vomir son dîner sur le sol de béton. La pensée que le Chasseur se trouvait peut-être ici, parmi ces captifs, sous l'influence du *Sleeping Beauty*, lui traversa l'esprit. Même dans ce cas, son espoir était mort. Car, si le Chasseur était bel et bien emprisonné dans ce lieu, Peter ne pourrait jamais le réveiller. Une envie de rire hystérique le secoua. Le couloir se termina soudain devant une porte d'acier renforcé, commandée par un digicode. Monsieur White s'empressa de l'ouvrir. Derrière, une pièce étroite baignait dans une semi-obscurité. Peter réalisa qu'il s'agissait d'un sas. Et il se souvint soudain du motif de leur présence en ces lieux. La punition de Noble. Les Élémentaires. Son sang se glaça dans ses veines. Rester dans ce centre était déjà assez horrible, qu'envisageait donc le Balafré comme punition ? Il dévisagea Shirley. Manifestement, elle conservait toute son hostilité à son égard. Ils paieraient cher son insolence envers Noble.

— Sir Noble, vous êtes certain…

— Oseriez-vous contester mes décisions, monsieur White ?

— Non, non ! s'écria ce dernier. Mais… nul ne pénètre dans cette zone sans certaines… précautions.

Il désigna de la main une grande armoire, fermée à double tour, qui constituait le seul mobilier de la pièce. Peter suivait le dialogue, la terreur au ventre. L'angoisse le prenait à la gorge, le menaçait de l'asphyxier comme lors du trajet précédent en voiture. Monsieur White sortit deux casques d'une étagère. Semblables à ceux qu'employaient les cyclistes, ils paraissaient cependant beaucoup plus légers. Le film gris de leur coque uniforme brillait d'un éclat mat.

— Ils n'en auront pas besoin, affirma Noble.

Le responsable du centre blêmit.

— Mais…

Noble le fixa. Edward White se tut.

— Qu'attendez-vous de nous, Monseigneur ? souffla Shirley.

Transie dans sa robe blanche, elle se frottait les avant-bras en un vain espoir de se réchauffer. Peter combattit l'envie de lui déposer sa veste sur les épaules. Il se doutait que la jeune fille n'apprécierait pas son geste.

— Considérez donc ce qui va suivre comme un stage de survie, rétorqua le Balafré. Il paraît que vous y excellez ensemble, ajouta-t-il, ironique.

Sans plus mot dire, il actionna la lourde porte blindée qui séparait le sas de la zone des Élémentaires.

La zone des Élémentaires ressemblait à un immense hangar. Avec, pour seul contenu, des coffres-forts. Des caissons de métal, bardés de chaînes plus épaisses que son bras, estima Shirley. Hormis le bourdonnement des néons et le souffle continu de l'air conditionné, rien ne filtrait. La jeune fille essaya de ne plus claquer des dents. Peine perdue. Elle avait la chair de poule depuis qu'elle était entrée dans les souterrains. Elle ignora la présence de Peter qui se trouvait à quelques pas d'elle.

— Prends ma veste, offrit celui-ci d'un murmure.

— Hors de question !

Que croyait-il ? Qu'il obtiendrait son pardon avec ce simple geste ? C'était trop facile ! Ils se trouvaient ici par sa faute et elle n'entendait pas l'oublier. Le soupir du jeune homme lui parvint.

— Shirley…

Il n'eut pas l'occasion d'en dire plus. L'extinction des lumières les prit par surprise. Les ténèbres soudaines arrachèrent un cri de surprise à Shirley, qui maudit aussitôt ce réflexe.

Tu parles d'un stage de survie ! Aucune arme, aucun superviseur pour leur désigner la cible et en plus, opérer dans l'obscurité la plus complète.

La panique la saisit d'autant plus férocement qu'elle l'avait repoussée de manière impitoyable jusqu'ici. Même si elle redoutait le vieux lion et son imagination aussi perverse que tortueuse, elle n'avait jamais cru qu'il pourrait les exposer à un véritable danger. N'étaient-ils pas les Héritiers, destinés à reprendre bientôt les rênes de la Maison du Goupil ? Shirley s'obligea à prendre de profondes inspirations. Elle ne risquait rien ici. Les

Élémentaires, aussi puissants soient-ils, étaient emprisonnés. Leur lien avec les forces de la Nature, qui les avaient rendus invincibles jusqu'à l'invention des chaînes de Fenrir, brisé. Comme les Premiers-Nés plongés dans le coma grâce au *Sleeping Beauty*, ils n'étaient plus que l'ombre d'eux-mêmes.

Quelque chose la frôla et Shirley retint de justesse un second cri.

— Du calme, ce n'est que moi, chuchota Peter.

Et en plus, il paraissait amusé !

— Ne me touche pas ! gronda Shirley.

— Tu vas m'en vouloir encore longtemps ? Je te signale que nous sommes tous les deux sur le même radeau. Autant essayer de s'entraider, non ?

Shirley réalisa qu'une part d'elle-même aurait bien voulu retrouver leur ancienne dynamique, celle qu'ils avaient l'habitude d'adopter lors des stages de survie. Ou quand ils échangeaient quelques mots juste après les cours reçus à domicile via la connexion Internet, quand leurs professeurs avaient enfin fini de dispenser leur enseignement. Toujours seuls, coupés du monde extérieur, celui des hommes où des choses aussi simples et précieuses que la famille, les amis existaient. Shirley avait tout perdu de ce côté. Et, sans qu'elle le sache avec certitude, elle devinait que Peter ne se trouvait pas dans une meilleure situation qu'elle. Elle frissonna. Elle aurait tant voulu se raccrocher à la seule présence humaine. Puis elle se rappela de quelle manière il l'avait envoyée seule au banquet.

— S'entraider ? Comme tu m'as accompagnée pour ce fichu dîner, tu veux dire ? Tout est de ta faute ! cria-t-elle.

Sa vue s'habituait peu à peu à la pénombre ambiante. Elle distingua plus loin, sur sa gauche, près du premier caisson, de minuscules lumières vertes qui clignotaient avec régularité. Cela la réconforta. Ce devaient être les trieuses aménagées spécialement pour les Élémentaires, songea-t-elle. Ces derniers ne pouvaient être plongés dans le coma artificiel causé par l'ingestion du *Sleeping Beauty*, à l'exemple des Premiers-Nés, l'extraction de leur magie devait donc être réalisée par d'autres moyens. La jeune fille essaya de se rappeler ce qu'on lui avait appris sur le sujet : les Élémentaires influaient sur leur environnement grâce aux ondes qu'ils émettaient. Ces trieuses pouvaient capter ses ondes et capturer ainsi leur magie.

— Je sais, souffla Peter si bas qu'elle faillit ne pas l'entendre. Je suis désolé. Je ne voulais pas que ça se passe ainsi.

Elle ricana. Elle tâcha de se convaincre qu'elle se fichait de ses excuses pitoyables. Trop tard, mon bonhomme ! pensa-t-elle. Si seulement son destin n'était pas lié à celui de Peter ! Elle songea soudain à Hermeline, qui ne parlait jamais de son époux disparu et dont la gestion de sa Maison retombait sur ses seules épaules. Elle se souvint de Maxence, l'ignoble Homme-Bête enfermé dans son château des Ardennes belges, unique occupant d'un vaste domaine. Des solitudes bien différentes, mais réelles. Un sentiment que Shirley combattait de tout son être. Elle ne voulait pas se retrouver dans cette situation.

— Bon, que devons-nous faire ? chuchota-t-elle, davantage pour rompre le silence oppressant que pour demander l'avis de Peter. On ne va pas…

Un moustique bourdonna à son oreille. Elle leva la main en un geste instinctif, chassant l'insecte. Mais ce dernier ne se laissait pas faire. Le bruit redoubla. Agacée, la jeune fille essaya de le localiser. Si l'épreuve du jour consistait à abattre le nuisible sans qu'elle puisse le distinguer dans cette nuit artificielle, elle finirait bien par le tuer ! Elle frappa dans ses mains.

— Qu'est-ce que tu fous ? grogna Peter.

Forcément, il n'entendait rien, lui ! Elle voulut le lui expliquer, puis renonça.

Puis le son changea. D'irritant, il se mua en intrigant. Il changea de fréquence également. Shirley oublia toute idée du moustique. Perplexe, elle se figea sur place, tâchant d'identifier…

Des rires d'enfant. Une jolie fillette, aux fossettes creusées dans ses joues rebondies et aux cheveux roux.

— Maman, maman ! l'appelle-t-elle.

Shirley s'entend répondre :

— J'arrive, ma chérie.

Elle se lève, quitte la terrasse. Le jardin est encombré de jeux d'enfant : un toboggan, une balançoire qui émet un discret grincement à chaque mouvement de la petite fille.

— Plus haut, maman, plus haut !

Shirley rit de concert en s'exécutant. Elle sursaute quand des bras enlacent sa taille. Une voix chaude, familière. Celle de Peter qui lui murmure :

— Tu es heureuse ?

Bien sûr qu'elle l'est ! Elle a une famille. C'est le plus important.

— Shirley, bordel, réponds-moi !

Que faisait-elle, allongée par terre ? Et pourquoi Peter la secouait-il tel un prunier ? Furieuse, elle le repoussa.

— Mais qu'est-ce que tu fiches ? rétorqua-t-elle.

— C'est à toi qu'il faut poser la question !

Les lumières clignotantes des trieuses perçaient suffisamment la pénombre pour qu'elle distingue vaguement son visage. Il paraissait aussi désemparé que furieux. Elle l'entendit jurer entre ses dents :

— Maudit Balafré !

— Ce n'est pas lui qui nous a mis dans ce pétrin !

— Ah oui ? Tu as vu où tu te trouves ?

Adossée à un caisson de métal. La prison d'un Élémentaire. Shirley s'en éloigna au plus vite.

— Tu t'es mise soudain à rire, comme si tu voyais quelqu'un…

La petite fille, réalisa Shirley. Elle ressentit sa perte comme s'il s'agissait de quelqu'un de vivant, une personne qu'elle avait connue et qui lui avait été brusquement dérobée. Les larmes lui montèrent aux yeux et elle se traita d'idiote. D'autant plus quand elle se souvint de la question d'un Peter imaginaire.

« Tu es heureuse ? »

À sa grande horreur, elle réalisa que, pendant cet instant, elle l'avait été.

Que s'était-il donc passé ?

— Je ne comprends pas, bredouilla-t-elle.

Un rire rauque résonna soudain dans le hangar.

— Libère-moi et j'exaucerai tous tes vœux, chuchota une voix.

Bientôt suivie d'une dizaine d'autres.

Chapitre 12

« […] Viens, petit Kay. Viens avec moi et je te montrerai des choses à nulle autre pareilles. La Reine des Neiges lui sourit.

— Ou as-tu envie de demeurer ici avec cette ennuyante petite Gerda ?

L'enfant lui tendit la main, la fée la saisit et ensemble, ils partirent dans son traîneau tiré par six rennes. »

Extrait du conte La Reine des Neiges – *Bibliothèque personnelle des Outrepasseurs.*

Des hallucinations, songea Peter. Il recula en hâte en direction du mur, essayant de mettre le plus de distance entre lui et les Élémentaires, qui se riaient de ses pitoyables efforts. Il entraîna Shirley avec lui, tâtonnant dans les ténèbres. Le souffle court, l'adrénaline dans ses veines, la panique dans son âme. L'enfer s'ouvrait sous ses pieds. Il courait à présent…

… sur le campus de l'université. Son sac sur l'épaule, il se dépêche de rejoindre l'amphithéâtre. Les résultats seraient affichés dans cinq minutes, pas question de les rater ! Il se fraie un chemin parmi la foule d'étudiants qui a envahi le hall d'entrée. Son cœur bat à tout rompre alors qu'il examine la liste d'affichage. Il cherche son nom avec fébrilité. Il le trouve. Un nom devant lequel il distingue « A réussi avec mention. ». Il jette un cri qui se noie dans le tumulte ambiant. L'avenir s'ouvre à lui, empli de possibilités. Il est libre.

La gifle lui renversa la tête en arrière.

— Reste avec moi ! lui cria Shirley.

Il pouvait percevoir les sanglots dans sa voix. Sans y réfléchir, il l'attira contre lui. La serra dans ses bras. Il se moqua que Shirley ne lui rende pas son étreinte, il tira du réconfort dans le battement affolé de son cœur. Une chose tangible, réelle dans ces ténèbres, où les murmures des Élémentaires redoublaient d'ardeur. Des visions dansaient devant ses yeux grands ouverts sur cette nuit impénétrable. Des choses dont il rêvait depuis si longtemps, qui se trouvaient soudain à sa portée. S'il tendait la main, peut-être arriverait-il à les saisir.

— Viens à moi.

— Libère-moi.

— Délivre-moi.

Shirley tremblait contre lui. Qu'avait-elle vu exactement ? Il songea à le lui demander, puis se ravisa. Inutile de se torturer davantage avec ces rêves impossibles. Il la serra plus fort contre lui. Avec un soupir, elle se laissa aller, entoura son cou de ses bras. La chaleur de sa peau, la légère trace de son parfum derrière son oreille, la caresse de ses cheveux contre sa joue étourdirent Peter.

Shirley se recule, il peut distinguer son visage.

— Que…

Il n'a pas le temps d'achever. La jeune fille presse ses lèvres contre les siennes, si douces, si chaudes… Il succombe à la tentation et…

— Non, gémit-il, non !

— Bougeons, lui souffla Shirley. Peut-être qu'en s'éloignant…

Peter se raccrocha à cette promesse avec l'énergie du désespoir. Abandonner derrière eux l'influence toxique des Élémentaires, ces désirs qui semblent si proches et cette prière incessante, vrillant leur esprit tel un insecte forant son trou.

— Je te donnerai ce que tu désires, ce que tu espères. Même ce dont tu n'as pas encore rêvé.

Mensonges. Des promesses illusoires auxquelles il était si facile de croire. Dans le domaine de la manipulation mentale, les Élémentaires s'avéraient des experts. Tels des naufragés sur un radeau de fortune, perdus dans un océan déchaîné, la peur au ventre, les deux jeunes gens suivirent le rempart de béton. Un repère bienvenu dans cet univers qui basculait sous ses pieds. Peter ne s'aperçut pas que des larmes dévalaient ses joues, qu'il murmurait en permanence un « non » pathétique face aux mirages qui se moquaient de ses efforts. Il était prêt à renoncer, malgré le soutien de Shirley, à se laisser glisser au sol et à rejoindre le monde promis par les Élémentaires. Quelques heures de rêve, et qu'importait après tout s'il se traînait jusqu'à un de ces caissons ? Peut-être qu'effectivement les fés emprisonnés détenaient-ils le pouvoir de l'aider ?

— Ne lâche pas ce mur ou je t'en colle une autre ! chuchota Shirley dans son cou.

En dépit de la menace, sa voix semblait prête à se rompre.

Peter hoqueta face à une vision de la jeune fille. Elle lui souriait avec tant d'affection, son regard illuminé de joie.

— Enfin seuls, murmure-t-elle.

La bretelle de son soutien-gorge glisse, dévoile une épaule tendre…

Peter se mordit l'intérieur de la joue jusqu'au sang. La douleur le rendit à lui-même, lui donna un peu de courage pour continuer. Progresser le long de ce mur, qui l'emprisonnait dans la même zone que les plus redoutables manipulateurs que le monde ait pu connaître. Quand enfin le silence se fit autour de lui, il s'effondra au sol, épuisé. Il entendit Shirley murmurer son nom avant de sombrer dans l'inconscience.

Il se réveilla, transi de froid. Chacun de ses muscles protestait. Guère étonnant, songea-t-il, en frottant ses mains contre ses jambes et grimaçant contre la douleur. D'abord Noble, dont les menaces ainsi que le lien de Morgane lui avaient retourné l'estomac ; ensuite, les visions induites par les Élémentaires, qui l'avaient vidé de son énergie. Il se sentait impuissant. Et la facilité avec laquelle les fés avaient pris possession de son esprit renforçait sa sensation de vulnérabilité. Il rougit au souvenir de certaines images. L'esprit sali, violé, abusé. Il frissonna, autant de froid que de mal-être. Dire qu'il avait pensé à libérer certains, dans sa folie ! Ces Élémentaires l'auraient écrasé entre leurs doigts et s'en seraient allés sans se retourner. Peter examina un peu plus les environs, toujours plongés dans la pénombre. Pourquoi diable ces murmures avaient-ils cessé d'ailleurs ? Pourquoi les visions ne l'atteignaient-elles plus ?

— Shirley ?

Aucune réponse. Elle devait encore dormir.

Peter la recouvrit à tâtons de sa veste. Bon sang, s'ils sortaient de là vivants, avec leur esprit intact, ce serait un miracle.

J'y parviendrai, songea-t-il. Le Balafré ne m'enlèvera rien.

Il n'aurait pas la satisfaction de lui montrer sa faiblesse.

Au même moment, il distingua des étincelles sur sa gauche. Elles brillaient d'un éclat éphémère sous les lueurs émises par la trieuse. Méfiant, Peter fit un pas dans leur direction. Puis deux. Rien. Le silence. Aucune hallucination. D'instinct, il se détendit. Peut-être cet Élémentaire s'avérait-il moins puissant que les autres ? C'était possible, après tout. Même les Outrepasseurs, qui les avaient combattus dans des duels sanglants avant que les chaînes de Fenrir ne soient inventées, ne connaissaient pas tout d'eux.

Et ces lumières qui dansaient sur les maillons des chaînes, apportant quelques touches de beauté fugaces dans cet univers carcéral, où des psychopathes rôdaient à l'affût de proies, le réconfortaient. Il s'abîma dans leur contemplation, apaisé. Aussi l'attaque le prit-elle entièrement par surprise.

Un rire cristallin résonne dans son esprit. Aucune joie dans ce son, cependant. Il est clair, froid, coupant dans son intensité. Peter veut reculer, ne le peut pas. Il se trouve sur une gigantesque plaque de glace, entourée de blocs de glace qui l'écraseraient tel un moustique, et qui dérive sur l'océan Arctique. Le froid est si puissant qu'il acquiert presque une tangibilité physique. Tel un manteau qui emmaillote Peter et le paralyse dans son étreinte.

— Oh, ne t'enfuis pas tout de suite, petit renardeau. Tes pensées sont si agréables à déchiffrer…

Snezhkaïa se tient en face de lui, à quelques mètres de distance. Elle ne ressemble en rien à une prisonnière. Drapée dans une robe d'hermine, qui souligne son élégante silhouette, elle incarne la parfaite souveraine. Une reine intouchable. Seuls ses yeux et ses cheveux noirs jettent une tache de couleur dans la blancheur étouffante de la banquise.

— Les autres Élémentaires sont vraiment des amateurs, reprend-elle. Car ton plus cher désir, c'est de retrouver le Chasseur et de mettre ainsi fin à la malédiction qui frappe les tiens.

Son sourire dévoile des dents à l'éclat nacré.

— C'est risqué. Personne ne t'a jamais dit de quelle manière finissaient les traîtres ?

Peter essaie de répondre, mais en vain. Son corps ne lui appartient plus, toutes ses forces concentrées dans sa survie dans un milieu aussi hostile. Aussi, quand il entend un cri derrière lui, il ne peut même pas se retourner. Inutile, d'ailleurs. Il reconnaîtrait cette voix entre mille. Celle de Shirley. La fée l'a trahi, lui et ses misérables plans.

— Trahi ? Alors que j'ai à peine commencé à dévoiler tes pensées…

Et elle s'y emploie, à la grande horreur du jeune homme. S'il pensait avoir subi un viol mental de la part des autres Élémentaires, ce n'est rien comparé à ce que Snezhkaïa lui fait subir. Comme si elle croquait dans une gourmandise délicate, elle épluche son esprit couche après couche, tel un oignon bien garni.

— Oh, j'avais oublié à quel point l'exercice se révèle délicieux. Surtout chez quelqu'un d'aussi jeune…

Toutes ses pensées mises à nu. Son attirance pour Shirley. Ses doutes entremêlés d'amour filial pour Hermeline. Sa haine de Noble. Et, en particulier, son refus absolu des Outrepasseurs.

Il ignore combien de temps cela dure. Tout ce qu'il sait, à genoux sur cette terre inhospitalière, désertique, c'est qu'il donnerait cher pour que Shirley n'entrevoie pas à quel point il l'a bernée. Déçue. Trompée.

— Un vrai délice, conclut la Reine des Neiges. Tu m'as bien divertie. Et en récompense, voici ce que je sais du Chasseur : il a disparu depuis bien longtemps, petit renardeau. Ne compte donc pas sur lui pour te sauver ! Quant à toi…

Elle tend la main, lui montre un éclat de glace. Elle referme le poing, brisant le morceau en mille débris.

— Je pourrai t'écraser avec autant d'aisance. Mais le désespoir qui t'habite en ce moment me semble bien plus prometteur.

Peter reprit soudain pied dans la réalité, dans cette salle lugubre, où Snezhkaïa était prisonnière. Dire qu'il était tombé tête baissée dans son piège ! Dans l'obscurité, percée de temps en temps par les étincelles qui émanent de la cellule de Snezhkaïa et qui ne lui procuraient plus aucun réconfort à présent, il distingua le visage de Shirley. Ses traits crispés autant par la douleur que par le dégoût. Son mince espoir que la présence de la jeune fille sur la banquise soit une énième hallucination s'effondra. Elle avait tout vu. Tout entendu.

— Shirley… essaya-t-il.

— La ferme, gronda-t-elle.

Peter soupira. Essayer de s'expliquer dans cet espace réduit, d'où ils ne pouvaient sortir sous peine de se faire laver le cerveau par les Élémentaires, pouvait se comparer à un match de boxe. Et pour le moment, Shirley l'avait impitoyablement renvoyé dans les cordes. Si seulement il avait pu sortir de ce trou à rats !

Qu'est-ce qui se passe ? Pourquoi ma femelle est en colère ?

Peter soupira. Il ne manquait plus que Scrooge !

Rien. Je t'expliquerai après. Rendors-toi !

Tu rêves, mon coco ! De plus, l'aube approche.

Enfin une bonne nouvelle, songea le jeune homme. Le lever du soleil signifiait également qu'il disposait de peu de temps pour convaincre la jeune fille de garder le silence. Car, si elle le dénonçait à Noble…

Je suis cuit, songea-t-il.

Il entendit les pas mal assurés de Shirley le long du mur. Elle tournait en cage telle une lionne. La fatigue délia la langue de Peter, l'envie de jouer enfin cartes sur table aussi.

— Tu m'as…

— Ta gueule ! hurla-t-elle. Tais-toi !

Ses cris résonnèrent de manière hystérique dans la salle. Un rire grinçant parvint à Peter. Nul doute que Snezhkaïa continuait à prendre son plaisir dans leur affrontement. Il se rendait compte à présent que la fée les avait attirés ici pour mieux les piéger.

— Tu m'as reproché d'être verrouillé sur moi-même, continua-t-il. Et tu avais raison. C'est un choix que j'ai fait, parce que je ne pouvais pas me confier à quiconque. Si je te l'avais dit, je t'aurais mise en danger.

— Je t'aurais surtout botté les fesses, oui ! rétorqua-t-elle. Quand je pense à toutes ces fois où tu as décroché la première place lors des tests, quand tu m'aidais lors des entraînements, tout ça… C'était du pipeau ! Tu ne cherchais que le moyen de nous détruire, de sauver ta misérable peau !

— Je n'ai jamais voulu être un Outrepasseur !

C'était le cri du cœur, celui qu'il avait souvent étouffé dans son oreiller la nuit. Celui qu'il enfermait dans son esprit, de peur que Scrooge le surprenne. Trop tard à présent.

Shirley se figea sur place, l'incompréhension inscrite sur ses traits.

— Quoi ?

Quoi ?

Peter ignora Scrooge.

— Je n'ai jamais voulu être un Outrepasseur.

Même si cette admission devait lui coûter la vie, il se réjouit d'enfin pouvoir le dire à haute voix.

— Mais tu as prêté serment… objecta Shirley.

— Scrooge m'y a obligé. Il ne voulait pas être seul face aux fés. Je me suis écroulé et Noble en a profité. Je veux…

Il passa une main lasse dans ses cheveux.

— Je veux être normal. Je veux être libre, mener ma vie comme je l'entends. Faire des études, voyager…

— Rencontrer d'autres personnes, le coupa Shirley.

— Ne me dis pas que tu n'y as jamais pensé !

Peter retint *in extremis* un juron. Ils dérivaient sur le sujet des sentiments et il doutait fort d'avoir l'avantage sur ce terrain.

— Regarde tout ça. Cet… esclavage, cette exploitation ! Ça ne te rend pas malade de le voir ?

Shirley contre-attaqua :

— Tu préférerais peut-être qu'ils se retrouvent en liberté et continuent leurs méfaits ? Tu as vu de quelle manière ils se sont amusés avec nous ! Ne me dis pas que tu voudrais les relâcher dans la nature.

— Aucun d'entre eux n'est le Chasseur ! cria Peter. Ce n'est pas juste !

Elle haussa les épaules.

— Peut-être. N'ose pourtant pas me prétendre que ce qu'on a vu dans la piscine l'année dernière ne t'a jamais donné de cauchemars. Ne me déclare pas que tu ne t'es pas senti soulagé en sachant que les fés ne pouvaient plus nous toucher.

Dans la pénombre, il distinguait à peine les entrelacs noirs du tatouage-bouclier sur le visage de Shirley.

— Du soulagement. Voilà ce que je ressens chaque fois que je frappe un fé lors de nos entraînements. Quand j'apprends une tactique supplémentaire pour les vaincre. Quand je suis au courant d'une de leurs faiblesses. Et tu sais quoi ? Je n'ai pas honte d'être ce que je suis, même si c'est injuste !

Peter en resta coi. Jamais il n'avait soupçonné ces sentiments chez Shirley. À croire qu'il ne la connaissait pas du tout.

— Quant à être normale, pourquoi le voudrais-je ? poursuivit-elle. Pour ressembler à mes parents, qui triment du matin au soir pour payer leur maison alors qu'en claquant des doigts, je suis plus riche qu'ils ne l'ont jamais été ?

Les mots sortirent de sa bouche sans qu'il puisse les en empêcher.

— Je vois que Noble a parfaitement réussi avec toi, tu es l'Héritière parfaite ! Quand il te demandera de te salir les mains et de dire « merci » en prime, ça ne t'inquiétera pas, pas vrai ? Il n'aura qu'à siffler et tu accourras !

Elle s'était suffisamment rapprochée de lui pour que son coup de poing l'atteigne en plein visage. Il se cogna contre le mur, sonné. Il releva la tête vers Shirley, choqué. Soudain, les lumières se rallumèrent. Peter cligna des yeux. Et aperçut les larmes brillant dans le regard de Shirley. Elle murmura :

— Dire que je me suis crue amoureuse d'un imbécile comme toi.

Un bruit attira leur attention : celui d'une porte qu'on déverrouille. La face blême, monsieur White leur cria :

— Vite, venez vite !

Shirley se précipita vers la sortie. Peter la regarda partir. Un gouffre venait de se creuser entre eux et il n'avait aucune idée sur la manière de le franchir. Ni même s'il avait envie de le faire.

Chapitre 13

« Le projet de créer sept cimetières autour de Londres, appelés depuis lors les "sept Magnifiques" a été lancé à l'initiative de la Maison du Chat. La Maison du Chien avait ses hippodromes, celle de l'Ours, ses larges étendues désertes en Écosse. Et les chats se sont toujours crus immortels. On murmure même que le Maître Chat de l'époque était persuadé que le cimetière de Highgate serait le lieu où il reviendrait à la vie, profitant de sa sixième réincarnation. Il n'en fut rien, mais en sa mémoire, les Cat People*, métamorphes félins, hantent les allées de Highgate. »*

Chronique des Outrepasseurs – *L'époque victorienne – Auteur anonyme*

Un pas après l'autre. Sortir de ce souterrain. Sentir le vent dans sa crinière. Retrouver la lumière. Rugir de plaisir. Le lion ne pensait plus qu'à cela. Le tunnel où il progressait s'avérait tortueux, se rétrécissant sans avertissement. Un piège pour celui qui s'y aventurait. La bête y avait laissé des touffes de sa fourrure, des lambeaux de chair arrachés par la pierre cruelle et avide. Il cédait alors sa place à Arnaut, plus petit et plus agile. Quand le danger était passé, le lion reprenait sa place. Il éloignait, par sa seule présence, la menace que représentait le Chasseur. Il négligeait ses cris de bête blessée. Le fauve ne s'en souciait pas et Arnaut préférait se boucher les oreilles.

La soif le torturait, son estomac grommelait sa faim. Ses blessures, aussi insignifiantes fussent-elles, le lançaient. Ses larges coussinets, qui dessinaient de si grandes empreintes dans la poussière du souterrain, saignaient. Et pourtant, il devait continuer sa route. Poursuivre ses efforts. Là-bas, au bout de ce chemin interminable, de ce supplice qu'il endurait, l'attendait la liberté. La vie. Et le lion, s'en souvenant, accélérait ses larges foulées. Ses yeux verts luisaient d'espoir dans sa gueule sombre. Enfant de la nuit et de l'obscurité, il voulait voir le jour. Humer le parfum de la pluie. Enfoncer ses pattes dans la boue. Dans sa large crinière s'était faufilée l'araignée, cadeau de la Messagère. Il pouvait sentir l'animation de ses pattes sur sa peau, ses crocs minuscules dans son épiderme. Et la connaissance qu'elle déversait dans son esprit, telle l'eau s'abattant sur une terre craquelée par la soif. La toile de Naste Estsan bâtissait des ponts fragiles entre lui et Arnaut, renforçait la communion entre leurs esprits, prisonniers d'un seul et même corps. De cette union, le Chasseur était exclu. Mis à part. Une séparation qui enrageait le Premier-Né prisonnier. Après que le lion l'eut vaincu, il avait chuchoté « Arnaut » avec douceur. Avec tendresse, aussi. Une preuve parmi tant d'autres d'un amour monstrueux, pervers, qui épouvantait Arnaut autant qu'il le fascinait.

— Je t'ai sauvé, répétait le Chasseur. Moi seul.

Cette phrase, inlassablement répétée, menaçait de rendre fou le jeune homme. Il lui fallait tenir. Résister. Et répondre à celui qui hantait ses pensées :

— Je ne veux pas de toi. Va-t'en !

Un souhait impossible à réaliser.

Le lion noir sentait sa détresse et accélérait la cadence. Sous ses pattes, le sol était sec. Il n'offrait aucun confort, aucune zone assez tapissée de poussière pour amortir le choc entre la chair de ses coussinets et la pierre avide. Il pouvait sentir la colère de la terre contre ce tunnel qui la traversait de part en part. Une colère longtemps réprimée, car trop faible pour empêcher les créateurs des souterrains de poursuivre leur œuvre. Galerie après galerie, ils avaient créé un véritable réseau. Naste Estsan envoya à ce moment une image qui n'intéressa guère le lion, mais à laquelle l'esprit emprisonné du Chasseur réagit. Elle montrait les souterrains au temps de leur splendeur, quand Féerie, le royaume d'En Dessous, vivait encore. En ce temps, nul éboulement, nul effondrement de terre. Le sol était pavé de marbre veiné d'or, des lanternes diffusaient une pâle lueur bleue le long des corridors et les plus larges d'entre eux pouvaient accueillir deux destriers de front. Les rires et les chansons, les cris de victoire comme les murmures de désir, tout bruit se coulait dans ces souterrains, les emplissait d'une vie resplendissante. À présent, il n'en restait plus rien.

L'espace d'un battement de cœur, il émana du fé une tristesse dévorante, un chagrin immense face à cette magnificence qu'il avait connue et qui n'était plus.

— Laisse-moi sortir ! Où sont les miens ? Qu'est devenue Féerie ?

Au-delà de la fureur qui agitait le fé, Arnaut percevait sa propre douleur. Celle d'un exclu, d'un apatride. Il dormait quand Féerie s'était écroulée, lambeau après lambeau, il dormait quand sa bien-aimée Trois Fois Née, Trois Fois Morte s'était écroulée sous les coups de l'ennemi. Le fé hoqueta sous le choc. Implacable, Naste Estsan lui envoya l'image de la reine fée, vaincue, son corps brisé devant le Tombeau.

— Il ne s'est plus ouvert pour elle, il n'a pas pu la sauver une seconde fois parce que toi-même, tu étais enfermé dedans, lui souffla-t-elle.

Parjure et traître, songea Arnaut.

— Non ! hurla le Chasseur.

Arnaut ferma les yeux face à ce cri, qui lui déchirait l'âme. Puis il s'endurcit. Le lion poursuivit sa route.

Il ne sut jamais combien de temps il avait passé dans ce souterrain. À plusieurs reprises, des embranchements se présentèrent sur sa droite et sur sa gauche. Le lion flairait la piste : emprunter ce chemin lui permettrait-il de regagner la surface plus facilement ? Des senteurs diverses s'offraient à lui et Naste Estsan lui permettait, en un murmure, de les identifier : des parfums de garrigue et de raisins mûrs ; l'odeur piquante de l'eau de mer et des algues ; le souffle de la lave en fusion. Le lion secouait la tête. Aucun d'entre eux ne convenait. Soudain, la piste qu'il suivait s'arrêta net. Devant lui s'élevait soudain une falaise abrupte, au plafond bas. Des rochers menaçants affleuraient, dardant leurs pointes acérées. Une piste impossible à suivre pour l'animal massif qu'il était devenu. Le fauve feula contre cet obstacle imprévu. Du sommet lui parvint un parfum de pluie. De l'eau douce, paradis pour sa gorge assoiffée. Il devait escalader cette paroi. Remonter à la surface. Comment y arriver ? Il devait prendre forme humaine. Le fauve appela Arnaut.

« Viens, ronronna-t-il. N'aie pas peur, je te protégerai. »

Tel un énorme chat apprivoisé, il se coula par terre, souillant sa belle fourrure de nuit. Il frotta sa tête contre le sol, comme s'il s'agissait d'une main amie.

« Viens, Arnaut. Viens ».

Craquement des os, déchirement des muscles. L'odeur métallique du sang saturant l'air vicié du couloir, la rupture des tendons. La fourrure disparut pour laisser la place à la peau nue. Et une main pâle se tendit vers la pierre. Elle trouva une prise, se hissa à la seule force de ses bras et de ses jambes. La lente ascension vers la surface commença. Le temps disparut. Seul comptait l'effort : trouver une nouvelle prise, pousser sur le roc, hisser son corps. Un souffle d'air frais se coula dans son dos, sécha la sueur qui y dégoulinait. Ignorer la douleur dans chacun de ses muscles. Puiser dans la force vitale du lion. Les chac-chac des chélicères de Naste Estsan, qui avait retrouvé sa place à son poignet, rythmait son ascension. Tirer. Glisser. Se relever. Et poursuivre. Enfin, toucher cette surface tant désirée, le bout du périple, la fin du calvaire. Se relever. S'adapter, grâce au lion, à l'obscurité ambiante. Et découvrir que l'on est enfermé dans un tombeau. Encore et toujours, un Tombeau.

Arnaut paniqua. Non, ce n'était pas possible ! Il n'avait pas fait tout ce chemin pour en arriver là ! Il voulait être libre, libre comme un oiseau, comme l'écureuil en haut de son arbre ! Libre comme le lion, qui reprit possession de lui en un instant, sans qu'il n'y pense. Le fauve se rua contre la porte.

Bong.

Les gonds grincèrent, mais tinrent bon.

Bong.

Le second assaut de la bête enragée fit trembler le bois et la pierre.

Bong.

Un crac de mauvais augure résonna dans le mausolée. Le lion rugit de plus belle.

Bong.

La porte céda enfin.

Le lion n'eut pas le temps de modérer son élan. Emporté par sa vitesse, il déboula à l'air libre.

Le ciel nocturne se déployait au-dessus de sa tête. Le fauve leva ses yeux émeraude vers les étoiles. Ceci au moins n'avait pas changé. La bise de novembre, que l'hiver marquait déjà de son empreinte, ébouriffa son poil noir, rafraîchit son corps tremblant encore de ses efforts. Il ne désirait rien tant que de se coucher sur la terre et… Un bruit attira son attention. Là, derrière un monument de pierre, il distingua une forme sombre. Une autre encore, sur cet arbre qui tendait ses branches vers l'immensité nocturne. Des yeux jaunes s'allumèrent dans la nuit. L'air se chargea d'hostilité. Un feulement continu, repris à l'unisson par des dizaines de gorges, brisa le silence. Le lion recula, désemparé.

« Tu n'es pas le bienvenu, étranger. Retourne d'où tu viens ! »

Revenir en arrière ? C'était impossible. Il n'avait pas parcouru tout ce chemin en vain. Le lion rugit, un son puissant et rauque, qui étouffa l'avertissement de ses adversaires. Plus audacieux que ses congénères, un de ses ennemis glissa à terre et s'approcha de lui. La fourrure sable, mouchetée de noir, il s'avérait bien plus petit que le lion. Une face triangulaire, encadrée d'oreilles où dansaient deux plumets, se dévoila à la lumière de la lune. Le chat retroussa ses babines, dévoila ses crocs et feula. Ses griffes couleur acier dessinèrent des traits profonds dans la terre. Une invitation au combat. S'il n'avait dû faire face qu'à ce seul ennemi, qui le chassait de son territoire, le lion n'aurait pas hésité. Son instinct de bête le poussait à assurer sa suprématie, à se battre jusqu'à la mort de son opposant. La loi de la savane, quand le vieux lion demeurait vaincu par un plus jeune adversaire. Mais ce duel-ci n'en était pas un, justement. Le fauve pouvait sentir la présence de dizaines de chats. Ils l'encerclaient de toutes parts, avançaient sur lui jusqu'à l'acculer dans une impasse, où il serait mis à mort. Le chat sentit son hésitation.

« Fuis. Va-t'en ! Tu n'es pas à ta place ici. »

Le lion attaqua. Aussi vif que l'éclair, il faucha de sa patte celui qui osait le rejeter. Le félin vola dans les airs, s'écrasa contre une pierre et tomba au sol, assommé. Le lion s'apprêtait à le terrasser quand soudain, à la place du chat, un homme apparut. Le fauve s'arrêta, surpris. Et dans son esprit, Arnaut intervint.

« Ne le tue pas ! Il est… »

Le lion acheva sa pensée pour lui.

« Il est comme moi. Comme nous. Un Métamorphe. »

Cette indécision faillit lui coûter la vie. Un tourbillon enragé de crocs et de griffes lui tomba dessus. Le sang souilla sa fourrure noire alors que le lion luttait de toutes ses forces. Des rugissements furieux déchirèrent le silence solennel des tombes. Le lendemain, les habitants à proximité de Highgate raconteraient leur nuit agitée : des cris épouvantables en provenance du cimetière, empreints d'une sauvagerie primitive que l'humanité avait chassée de sa mémoire ; des sons qui réveillaient l'instinct des premiers âges, quand les hommes n'étaient qu'un gibier parmi tant d'autres pour les chasseurs nocturnes. Pour l'heure, le lion n'en avait cure. Il mordait, étripait, massacrait ses ennemis qui le submergeaient sous leur poids, essayaient de le renverser pour mieux le mettre à mort. Un assaut monstrueux, devant lequel il prit la fuite. Les chats avaient pour eux la force du nombre et la connaissance du terrain. Ils le harcelèrent de toutes parts, entre les tombes où des anges silencieux pleuraient sur les défunts, au détour des mausolées victoriens, sous l'ombre des cèdres du Liban. La vie nocturne qui régnait dans le cimetière de Highgate se réfugia dans ses terriers et attendit en tremblant l'issue du combat, qui se déroulait sous la lune indifférente.

Au cours de la course-poursuite effrénée, le lion s'était retrouvé dans une vaste allée cernée de part et d'autre par des mausolées. Naste Estsan lui souffla à l'oreille le mot « Égypte » mais cela ne signifiait rien pour le fauve. La seule loi qui régissait ses mouvements était « Œil pour œil, dent pour dent ». Soudain, les chats refluèrent et poussèrent des miaulements stridents. Le lion s'immobilisa, surpris et méfiant à la fois de ce cessez-le-feu. Il ne tarda pas à en connaître la raison : à l'autre bout de l'avenue, un chat venait de faire son apparition. Si l'on pouvait encore appeler cette bête un chat : aussi grand, mais moins imposant que le lion noir, qui contemplait son approche en silence. Les muscles roulaient sous la fourrure sable du gigantesque félin et ce qu'il ne possédait pas en force, il le compensait par sa vitesse. Ses prunelles ambre s'illuminèrent à la vue du lion et il poussa un feulement de défi. Un cri qui redonna assez d'énergie au fauve las et blessé pour qu'il réponde de la même manière. Il chargea le nouveau venu. Le choc entre les deux adversaires finit de disperser le peuple chat, qui grimpa sur le toit des mausolées pour mieux observer. Dressé sur ses pattes arrière, la crinière ébouriffée, le lion noir assommait son opposant de puissants coups de patte. Ses griffes tranchaient la chair, le sang gicla en traînées écarlates, éclaboussant les vieilles pierres. Le chat riposta, tenta de déstabiliser assez son ennemi pour le renverser sur le dos et atteindre la zone vulnérable du ventre. Le lion recula d'instinct, s'adossa à un montant de pierre pour mieux prendre son élan et bondir sur le dos de son ennemi. S'il pouvait lui briser les vertèbres… Il s'aperçut soudain que le chat géant avait eu la même idée et qu'il l'avait pris de vitesse. Il lui tomba dessus tel un bloc de marbre. Ses crocs déchirèrent la fourrure sombre, il le mettait en pièces à l'aide de ses griffes. La panique s'empara du lion. Il ne pouvait pas mourir ici, de cette manière ! Non ! Avec l'énergie du désespoir, il parvint à se débarrasser de son opposant. Un cri surprit les assaillants : celui d'un jeune homme.

— Père !

Le gigantesque chat, dont la fourrure claire se voyait à peine à présent sous le sang dont elle était souillée, se figea un instant. Un instant de trop. Le lion le renversa sur le côté et plongea ses crocs dans la gorge vulnérable. Sa proie se défendit du mieux qu'elle le put, mais elle était condamnée d'avance. Le lion referma ses mâchoires sur la chair offerte et d'une puissante torsion, l'arracha.

Un flot pourpre l'éclaboussa. Le corps du félin tressaillit, puis s'immobilisa. Le lion haletait, seul bruit parmi l'assemblée de chats médusés. Il ne se rendit compte de l'horreur de son geste qu'en voyant apparaître subitement sous ses yeux le cadavre d'un homme. Ainsi donc cet ennemi cachait au fond de lui un deux-pattes, un être à la peau nue, sans crocs, ni griffes ! Dans son esprit, Arnaut hurlait de désespoir alors que le Chasseur se réjouissait en silence de cette mort. Un état naturel des choses, selon lui. Un second cri, plus proche, résonna et le lion prit conscience que d'autres ennemis fonçaient vers lui. Il n'était plus en état de supporter un second affrontement, il le savait. Dans sa crinière, Naste Estsan lui souffla de s'enfuir. Elle lui montra le mur d'enceinte tout proche.

« Va-t'en vite ! »

Le lion ne voulait pas s'en aller, admettant ainsi sa défaite, mais son instinct de survie fut le plus fort. L'énorme fauve profita du fait que les chats ne lui prêtassent plus attention et disparut dans la nuit londonienne.

L'aube éclairait le ciel d'un gris cendreux quand Noble arriva à la Maison du Maître Chat. Il venait de la morgue, où il avait examiné le cadavre de Ian. Il portait toutes les marques d'un sanglant combat. Noble s'était attardé sur sa gorge béante, arrachée par les crocs de son ennemi. Un ennemi qui courait toujours à cette heure. Plus pour très longtemps. Chloé l'accueillit en pleurs. Plus jeune que son époux, son joli visage était ravagé par le chagrin. À côté d'elle, blême, les yeux cernés, Félix demeurait sans mouvement. Aimée, sa fiancée, lui tenait la main.

— Vous avez des nouvelles ?

Noble tiqua sur l'absence de « Monseigneur » dans sa question, mais décida de ne point relever. La Maison du Chat était suffisamment ébranlée par la mort de son dirigeant sans qu'elle ne subisse en plus son courroux.

— Aucune. Nos meilleurs traqueurs sont sur sa piste, Hersent dirige les opérations.

— Je veux en être ! s'écria Félix. Laissez-moi le traquer, je veux le tuer de mes propres mains !

Noble soupira.

— Aussi compréhensibles que soient tes intentions, je doute fort que tu puisses parvenir à le trouver et encore moins à le tuer. Ian dirigeait cette Maison depuis une vingtaine d'années, il avait participé à nombre de duels. Tu n'en as subi aucun.

L'adolescent rougit, puis blêmit.

— Ta place est ici, aux côtés des tiens, afin de diriger ta Maison. Pas sur le terrain, où tu constituerais plus un handicap qu'un atout.

Félix voulut protester, Noble ne lui en donna pas le temps.

— Inutile de m'opposer, jeune homme, ta décision est prise. Et si j'apprends que tu m'as désobéi, tu ne devras attendre aucune clémence de ma part, compris ?

Il n'attendit pas de réponse et se tourna vers Chloé.

— Votre chagrin est le mien. Je vous garantis que nous trouverons le coupable et qu'il sera dûment châtié. En attendant, ressaisissez-vous. Votre Maison a besoin de vous.

La jeune femme hocha la tête et attira à elle son fils, qui demeurait muet. En sortant, Noble composa le numéro d'Hersent sur son portable. Aucune loi ne l'empêchait de se joindre à la traque. Et il comptait bien en profiter.

Chapitre 14

« Il était une fois une belle jeune femme, qui revint à la vie grâce à un Tombeau. Elle épousa son prince charmant, en lui cachant son terrible passé. Et pendant un temps, ils vécurent heureux. Puis l'époux s'inquiéta de ne voir aucune descendance arrondir le ventre de sa femme. Son tracas s'exprima en paroles aigres et en silence obstiné. Puis un jour, n'y tenant plus, il lui demanda quel crime odieux elle avait commis pour demeurer aussi stérile qu'un champ en plein hiver. Il mourut le lendemain. La jeune femme disparut et ne fut plus jamais revue. Elle s'était suicidée sous l'emprise du remords, déclara l'opinion générale. Mais, si le voyageur prête l'oreille aux commérages des vieilles femmes, elles lui diront que la belle ne s'est point tuée, mais sauvée dans un autre royaume, hors de la vue des hommes, caché sous la terre. Et qu'en écoutant les nuits de pleine lune, on peut entendre un bruit sourd : celui des serviteurs de la jeune reine, creusant encore et toujours le sol. »

Manuscrit anonyme – Fonds privé des Outrepasseurs.

Il était presque midi quand Peter émergea des brumes d'un sommeil agité. À peine le jeune homme s'était-il glissé entre les draps que Scrooge l'avait harcelé. Le refus de Peter de devenir un Outrepasseur avait sonné aux oreilles de l'animal comme un désaveu de son Hôte, une volonté de s'en séparer, de le reléguer aux oubliettes. Aussi Peter avait-il reçu deux belles morsures, une à la cuisse, l'autre à son flanc gauche. Blessures contre lesquelles il ne pouvait rien faire, sinon soigner les dégâts. Le manque de sommeil troublait encore son esprit quand il sortit de l'appartement mis à sa disposition par monsieur White. Quand lui et Shirley étaient enfin sortis de la prison des Élémentaires, le responsable du centre de prélèvement les avait aussitôt emmenés vers la partie de l'immeuble où logeait le personnel du centre. Forcément, connaissant la paranoïa de Monseigneur, Peter aurait dû se douter qu'il tenait à avoir les employés du centre sous son contrôle. Cette disposition expliquait aussi la surveillance constante des Métamorphes et des Changepeaux à l'extérieur. Shirley ne lui avait pas adressé la parole, elle s'était enfermée à double tour dans l'appartement en face du sien. Peter avait bien songé à provoquer le dialogue d'une manière ou d'une autre, mais ensuite Scrooge l'avait harcelé et il n'y avait plus pensé.

Quand il s'était levé, Shirley s'était fait la belle depuis quelques heures déjà. Peter contemplait sa tasse de café d'un air morose, seul dans la cafétéria du centre, quand un bruit de pas se fit entendre. À sa grande surprise, il s'agissait d'Hermeline. Son visage s'éclaira et elle poussa un profond soupir de soulagement en le voyant. Elle voulut le prendre dans ses bras, Peter s'écarta. Il avait beau savoir qu'elle n'avait pas eu d'autre choix hier soir que d'obéir à Monseigneur, il ne pouvait oublier sa désaffection.

— Que fais-tu là ? demanda-t-il.

Hermeline mordit sa lèvre en s'apercevant du geste de recul de son fils. Il la regarda s'installer à ses côtés. Elle avait mauvaise mine, elle avait dû se ronger les sangs une bonne partie de la nuit à son sujet. Il s'en voulut aussitôt de son manque de cordialité envers elle. Tant pis, il était trop tard.

— Je suis venue te chercher, répondit-elle. Toi et Shirley, d'ailleurs.

— Elle est partie, déclara-t-il d'un ton sec.

Hermeline fronça les sourcils, aussi Peter contre-attaqua :

— C'est Monseigneur qui t'a demandé de venir ici ?

— Peter…

Elle semblait si lasse tout à coup qu'il faillit s'excuser sur-le-champ. Mais il devait avoir libéré une partie de lui-même, jusque-là verrouillée à double tour, avec ses aveux de la veille, car il poursuivit :

— Ne me dis pas que tu es une femme indépendante et que tous tes gestes ne sont pas contrôlés par le Balafré. J'en ai encore eu la preuve la nuit dernière.

Hermeline claqua sa main sur la table.

— Bon sang, c'est assez ! Qu'est-ce qu'il te prend à la fin ? Tu sais aussi bien que moi les contraintes qui pèsent sur nous. Crois-tu qu'à ma place, tu aurais réagi autrement ?

Non. C'était bien là le problème.

Pour autant, il ne pouvait se résigner. Même si Snezhkaïa avait éteint tout espoir de sa part d'un jour retrouver le Chasseur, même s'il risquait d'être dénoncé à Monseigneur d'une minute à l'autre. Il se pencha, déposa un baiser papillon sur la joue de sa mère.

— Je te remercie pour l'offre, mais je vais rentrer par mes propres moyens.

Il s'enfuit avant qu'elle ne puisse protester. Dévalant les escaliers qui menaient au rez-de-chaussée, il n'entendit ni ses appels ni ses avertissements. Et moins encore la nouvelle selon laquelle un dangereux Métamorphe rôdait dans les rues de Londres.

« Un meurtrier revient toujours sur les lieux de son crime. »

Le vieux lion ne croyait guère à cet adage. S'il se trouvait à Highgate en ce moment, c'était pour chercher des indices quant à l'identité du meurtrier et non pas dans l'espoir de le trouver là. La vie offre rarement de tels cadeaux, songea Noble. Non loin, Hersent interrogeait plusieurs membres des *Cat People*[1]. Tous s'étaient rasé la tête en signe de deuil et plusieurs de leurs traqueurs les plus expérimentés s'étaient joints aux équipes de recherche. Pour le moment, ils faisaient chou blanc.

En examinant les traînées de sang qui maculaient l'allée égyptienne du cimetière – clos pour le moment au public, ça allait de soi – il prêta l'oreille au témoignage du Métamorphe.

— … entendu un grand bruit près du mausolée de Julius Beer[2], comme si quelqu'un essayait d'en sortir.

1. Peuple de Métamorphes félins (voir encyclopédie du merveilleux d'Édouard Brasey).

2. Magnat industriel au XIXe siècle.

La porte solide arrachée de ses gonds et retrouvée à quelques mètres du monument, comme s'il s'agissait d'un fétu de paille, attestait que *quelque chose* était bel et bien sorti du mausolée. Noble ne l'aurait avoué pour rien au monde, mais il doutait d'être capable d'un tel exploit. Les empreintes relevées près de cet endroit s'avéraient inexploitables : beaucoup trop de *Cat People* avaient effacé les preuves du passage de l'intrus.

— Un lion énorme, au pelage noir et aux yeux verts ! poursuivit le Métamorphe. Je n'avais jamais vu un tel spécimen.

Noble voulait bien le croire. À l'aune des traces dispersées çà et là dans le cimetière tout entier, la bête devait au moins peser dans les 300 kilos. Un vrai mastodonte dans le règne félin. Plus inhabituelle était sa description : les lions noirs n'existaient pas à l'état naturel. Et la mention des yeux verts éveillait un malaise en Noble sans qu'il puisse en cerner la raison.

— Nous avons tous participé au combat, nous l'avons pourchassé sans répit mais il refusait de s'enfuir ! L'un d'entre nous a alerté le Maître, comme il nous en avait donné la consigne.

Forcément. Se balader sur le territoire des *Cat People* sans y avoir été invité au préalable était aussi stupide que de taquiner un nid de guêpes avec un bâton. Féroces guerriers, quand ils ne jouaient pas les espions pour le compte de la Maison du Chat et des Outrepasseurs, le peuple félin n'avait pas dû ménager ses efforts pour appréhender l'intrus. Noble imaginait sans peine la bataille qui s'était jouée ici. Et Ian était finalement intervenu, chat gigantesque défendant son territoire. Le vieux lion ressentit de la tristesse devant la perte d'un de ses plus fidèles lieutenants. De la colère aussi, mêlée d'incompréhension. Qui était ce lion ? Nul doute qu'il s'agissait d'un Métamorphe, un simple animal serait piégé depuis longtemps. Noble ne comprenait pas la raison pour laquelle l'intrus n'avait pas respecté le code d'entente. Que gagnait-il par cette manœuvre ? De plus, vu sa position de dominant, le vieux lion connaissait chacun des félins sous ses ordres. Aucun ne correspondait à la description donnée, que ce soit pour le Royaume-Uni ou pour le continent européen. Comment était-il parvenu jusqu'ici sans éveiller ses soupçons ?

— Monseigneur.

Hersent se tenait près de lui. Si la louve souffrait du manque de sommeil, elle n'en montrait rien. Il l'engagea à continuer d'un signe de tête.

— Je viens d'avoir Edwin au téléphone.

Une moue déforma la jolie bouche de la louve, Noble retint un sourire. Bien qu'ils soient spécialisés tous les deux dans des branches très différentes, Edwin et Hersent devaient souvent collaborer ensemble, pour leur plus grand déplaisir. Le Maître de la Maison du Blaireau reprochait à Hersent sa trop grande arrogance, cette dernière le traitait au mieux comme quantité négligeable.

— Conformément aux ordres que vous avez donnés, Chloé lui a fait parvenir les documents que la Maison du Chat détenait sur le cimetière d'Highgate. Edwin s'est concentré sur le mausolée de Julius Beer et, en effectuant des recherches croisées, il a remarqué un fait.

Hersent remit une de ses boucles rebelles derrière son oreille.

— Continuez.

— C'est le point de sortie d'un ancien tunnel, Monseigneur. Un souterrain creusé par les Nains du temps de la Trois Fois Née, Trois Fois Morte.

Noble n'en crut pas ses oreilles.

— Je pensais que tous ces souterrains avaient été bloqués du temps de l'exil, quand nos ancêtres ont débarqué au Royaume-Uni !

Un stratagème astucieux mis au point par le Noble de l'époque, afin que les nombreux fés des îles Britanniques ne puissent s'échapper.

— Edwin a vérifié et ce tunnel devrait être comblé, comme tous les autres. Néanmoins, il tenait à vous le dire, déclara Hersent.

— Eh bien, allons voir ça de plus près.

Le mausolée avait été bâti à l'époque par Julius Beer, inconsolable suite au décès de sa fille. Noble ne prêta attention ni aux délicates sculptures de pierre qui ornaient l'édifice ni au tombeau lui-même. Il s'agenouilla à l'endroit où le tunnel féerique était censé déboucher. Ses architectes, les Nains, avaient protégé chaque entrée du réseau labyrinthique creusé par leurs soins grâce à des charmes et sortilèges, afin de les dissimuler à tous les étrangers à Féerie. Une méthode que les Outrepasseurs avaient adoptée ensuite pour cacher des endroits sensibles au reste du monde mortel, tels les essaims des Ferreux ou les centres d'incinération où terminaient les cadavres des Premiers-Nés, qui avaient préféré mourir au combat plutôt que de se laisser capturer. Certains Ferreux, qui s'étaient rebellés contre leur exploitation, y étaient passés également. Si les Métamorphes et les Changepeaux disposaient d'un niveau de magie suffisant pour apercevoir le point de sortie des tunnels féeriques, en revanche ils n'étaient pas assez puissants pour forcer les barrières érigées autour de ces points et emprunter ces tunnels. Il fallait l'aide d'un Premier-Né… Noble secoua la tête. Ses hypothèses sur l'identité du lion noir devenaient absurdes ! Les Premiers-Nés se trouvaient tous dans les centres de prélèvement et aucun n'aurait pu s'enfuir de ces lieux. Il examina l'entrée du tunnel. À peine plus importante qu'une entrée de soupirail, elle n'occupait qu'une place restreinte pratiquée dans le mur. Autrefois, elle avait sans doute été plus large, mais le temps et le manque d'entretien avaient fait leur œuvre. Noble se rassura. Personne n'aurait pu y pénétrer, c'était bien trop étroit et…

Il se figea. Une odeur familière titilla son odorat. Celle du sang. Du sang frais, versé ici moins d'un jour auparavant. Il huma l'air. Et repéra, sur une anfractuosité de la roche, une tache pourpre. Il passa un doigt humide dessus, le porta à sa bouche. Le lécha. Sans nul doute le sang du Métamorphe. Soudain, son tatouage-bouclier s'activa. Les lignes noires ne durèrent qu'un instant, mais ce fut suffisant pour qu'un horrible soupçon vit le jour dans son esprit. Ce sang était en partie féerique. Et il provenait sans conteste d'un Premier-Né.

Il sortit du mausolée sans trop savoir comment. Ses jambes chancelaient, il dut s'asseoir. Ce qu'il venait de découvrir le terrassait. C'était impossible pourtant, tous les Premiers-Nés étaient enfermés, bouclés sous les verrous ! Comment expliquer cependant que son tatouage se soit activé ? Il secoua la tête.

— Monseigneur ? Vous vous sentez bien ?

Hersent le regardait, l'inquiétude creusant ses traits. Il ignora sa demande, répondit par une autre question :

— Edwin vous a-t-il dit d'où ce tunnel provenait ?

La louve secoua la tête.

— Non, il ne pensait pas que ce fait avait de l'importance vu que ce tunnel est censé être impraticable.

— Rappelez-le et dites-lui de laisser tomber ses recherches actuelles pour se concentrer uniquement là-dessus. Je veux le savoir d'ici ce soir.

— Monseigneur, si je puis me permettre…

Avec quelqu'un d'autre, il lui aurait coupé sauvagement la parole et remis l'insolent à sa place. Il se contenta de fixer Hersent de son œil valide. Cette dernière baissa la tête, consciente de ce qu'elle osait faire.

— Je ne suis pas certaine que nous puissions trouver l'origine de ce souterrain. D'après ce que nous en savons, il s'agit d'un véritable labyrinthe là-dessous et ceux qui s'y sont risqués n'ont pas pu en dresser une carte exacte.

C'était vrai. Certains Outrepasseurs s'y étaient même perdus. Pour les plus chanceux, ils avaient émergé à des centaines de kilomètres de leur point d'entrée. D'autres n'avaient jamais revu la lumière du jour. Noble haussa les épaules.

— Peu importe. Qu'Edwin fouille et me communique ses résultats les plus précis possible. Quant à cette entrée…

Il désigna le mausolée derrière lui.

— Je veux qu'elle soit définitivement condamnée. Occupez-vous-en et reprenez la traque.

— Bien, Monseigneur.

Plus tard, alors qu'il se trouvait au chevet de Fière, fleur immobile qui dépérissait à vue d'œil, son téléphone sonna. Il décrocha aussitôt. Comme il le pressentait, il s'agissait d'Edwin. La voix grave du Maître de la Maison du Blaireau était teintée d'une excitation tout intellectuelle quand il lui déclara :

— Monseigneur, Hersent m'a transmis votre demande et…

— Venez-en au fait, Edwin.

Si Noble ne l'interrompait pas maintenant, il en serait quitte pour un quart d'heure d'exposé professoral. Il avait autre chose à faire. Si Maître Blaireau adorait fouiller dans les archives et y dénicher les informations, Noble ne partageait pas cette passion.

— Bon, reprit Edwin d'un ton pincé, j'ai trouvé une provenance possible pour ce tunnel.

— Possible ?

— Avec 75 % de certitude. Ce qui est assez extraordinaire en soi, d'ailleurs…

— Edwin… gronda le vieux lion.

— Selon toute vraisemblance, se hâta de dire ce dernier, il conduirait à Maupertuis.

Un éclair de compréhension traversa l'esprit du vieux lion et il comprit enfin la source du malaise qui l'obsédait, depuis qu'il avait inspecté le cimetière de Highgate.

Les yeux verts du Métamorphe. Le pelage noir du lion. Maupertuis.

— Bon sang, souffla-t-il.

Bien sûr qu'un lion noir avait existé. Comment avait-il pu oublier cette vision lors de sa propre plongée dans la piscine du sous-sol de Lion House, il y avait si longtemps ? Noble soupira : cette épreuve ne datait pas d'hier, sa mémoire lui jouait des tours. Mais Arnaut était mort depuis longtemps, n'est-ce pas ? Et puis, en admettant que lui et le lion noir ne fassent qu'un, il ne disposait en aucun cas de la magie d'un Premier-Né.

— Monseigneur ? Vous êtes toujours là ?

Il se racla la gorge.

— Comme je vous le disais, continua Edwin, il ne s'agit que d'une probabilité. Néanmoins, vu que ce que nous savons sur ce réseau souterrain…

Noble ne l'écoutait plus. Il avait l'impression que son esprit se divisait en deux parties différentes : l'une, empreinte de froide logique, qui lui citait les chiffres et autres statistiques récoltées par les Outrepasseurs ; l'autre, plus animale, plus instinctive, qui lui soufflait le nom d'Arnaut. Arnaut, dont on n'avait jamais retrouvé la trace. Le vieux lion secoua la tête. C'était totalement absurde ! Arnaut n'était pas le seul à avoir disparu et dont la trace se perdait dans les oubliettes de l'Histoire ; le Chasseur aussi n'avait plus reparu.

Noble se figea. Le sang du Premier-Né sur sa langue. L'absence du Chasseur de l'ensemble des archives, son obsession maladive au sujet d'Arnaut. Se pouvait-il que ces deux-là aient survécu et joint leurs efforts ?

Non, tu déraille s!

Pourtant, son cœur se mit à battre plus vite dans sa poitrine.

— Monseigneur ?

Noble raccrocha au nez de son adjoint. Il se prit la tête entre les mains, incapable pour une fois de démêler le vrai du faux, les faits incontestables de ce que lui soufflait son flair. Le téléphone sonna de nouveau. Fichu Edwin !

— Quoi encore ?

— Monseigneur, déclara Hersent, nous avons retrouvé la trace du meurtrier de Ian.

Noble se leva aussitôt.

— Un témoin l'a aperçu près de la gare de Cannon Street.

— J'arrive.

Il raccrocha et se précipita vers la sortie.

CHAPITRE 15

« Le soleil se lève à l'est et se couche à l'ouest. La Terre tourne autour du Soleil. Les fleuves coulent de leur source vers la mer. La magie nous appartient. Les Élémentaires ne peuvent pas mourir. »

Inscription anonyme gravée dans l'une des colonnes de marbre de Lion House.

Edward White avait beau vouer une passion dévorante à son job, devoir interrompre son visionnage du match de cricket retransmis sur la B.B.C. ne l'avait guère enchanté. Hélas, quand Carolyn, son assistante, avait prononcé le mot « Élémentaires », il avait su que son après-midi de repos soigneusement planifié venait de se faire la belle. Il était donc descendu au centre de prélèvement de fort mauvaise humeur.

— Que se passe-t-il ?

Pour seule réponse, Carolyn l'avait mené près d'une fée. La créature semblait exsangue, son pouls était si lent qu'elle paraissait être morte. Mais ce qui avait fait se dresser les rares cheveux de monsieur White sur son crâne fut la ligne indicatrice de l'extraction d'ichor, sur l'écran de la trieuse. Jamais il ne l'avait vue aussi faible. À présent, après avoir essayé les stimulants, les purges et même les électrochocs, il demeurait stupéfait. Et pire encore, pendant qu'il essayait en vain de ramener la production d'ichor à son niveau normal, Carolyn lui avait signalé que d'autres fés semblaient atteints du même mal. Aucun signe visible d'infection, aucune trace de virus. Comme s'ils avaient décidé de ne plus lutter et de s'endormir, petit à petit. Jusqu'à ne plus se réveiller.

— Et merde ! jura monsieur White entre ses dents.

Sir Noble allait l'assassiner.

— Monsieur…

— Quoi encore ?

Ayslin, une nouvelle venue, eut un mouvement de recul devant sa hargne. Edward White grogna. Quelle mauvaise nouvelle le guettait ?

— Une de nos alarmes placées près des caissons d'isolation vient de se mettre en marche. Elle concerne Shen-Long.

Shen-Long, le dragon de la pluie. Un Élémentaire, une des créatures les plus puissantes et dangereuses jamais retenues ici. Edward ne pénétrait jamais dans cette zone sans avoir envie de fuir vite et loin. Ce lieu le terrifiait. Penser que n'importe lequel de ces êtres, s'ils n'étaient pas retenus par les chaînes de Fenrir, des liens enchantés qui ne pouvaient se briser, le broierait d'un simple geste du petit doigt… Il ne pouvait le supporter. Il ravala sa terreur et croassa :

— J'y vais.

Après avoir revêtu le casque qui empêchait les Élémentaires de s'insinuer dans ses pensées – un des dons les plus détestables de ces créatures –, il franchit la porte d'acier trempé. Edward se figea. D'habitude, à l'exception des murmures des Élémentaires qu'il ne pouvait percevoir grâce à sa protection, un calme presque surnaturel régnait dans ce lieu, à tel point que sa respiration lui semblait bruyante. Les caissons étaient baignés dans une atmosphère sépulcrale. Aussi fut-il choqué quand il entendit le chant. Les paroles incompréhensibles – Edward se demanda brièvement dans quelle langue la fée s'exprimait – agressaient son ouïe et, en même temps, agrippaient son âme.

Snezhkaïa, songea-t-il.

Ce ne pouvait être qu'elle. Edward ressentit une brève flambée de colère à la pensée que la Reine des Neiges s'avérait assez forte pour continuer à chanter, en dépit de la brûlure continue du fer sur sa peau.

— Sacrée garce !

Furieux, il claqua la porte derrière lui. Le « boum » qui en résulta interrompit la mélopée de la Reine des Neiges, qui s'arrêta… pour reprendre de plus belle. Elle n'était plus seule d'ailleurs : l'oiseau-tonnerre[1] amérindien lui répondit. La musique fut bientôt reprise par tous les occupants des cellules. Éberlué, Edward reconnut le ton aigu des aziza[2], le ténor de Shen-Long ou encore le chant rauque de Wotan, l'esprit de la tempête selon les peuples germains. Le chant enfla, devint un chœur d'une force

1. Créature mythique en forme d'oiseau dans les légendes amérindiennes.

2. Fées de la forêt au Bénin.

et d'une vigueur incroyables. Toutes ces voix, qui n'auraient jamais dû s'accorder, martelaient les paroles, ébranlaient les murs de leur musique. Il régnait dans la mélodie une graine de colère, un souffle de rage, qui chamboula Edward, telle une feuille d'automne livrée aux caprices du vent. Puis la fureur disparut, le rythme effréné se calma. L'océan de chaos se transforma en mer d'huile, à peine troublée par le flux et le reflux des vagues. Une sérénité imprégnait à présent la chanson, un espoir fragile, la certitude d'être arrivé à bon port après tant d'années d'errance et de souffrance. Edward en eut la gorge serrée. Il lui semblait assister à une naissance inespérée, un cadeau inattendu. Un sentiment si beau, si pur, si frêle également… qui vola en éclats quand la chorale improvisée se tut soudain. Monsieur White revint à la réalité de manière brutale quand un « bip » insistant retentit de l'autre côté de la salle. Il avait oublié l'alarme ! Il se précipita vers le caisson, affolé. Non, ça ne pouvait pas se passer ainsi, ce n'était pas possible ! Il tira de toutes ses forces sur la porte du caisson, qui finit par s'ouvrir avec une lenteur exaspérante. Une partie de lui-même s'était déjà résignée à ce qu'elle trouverait de l'autre côté alors que l'autre partie refusait de le croire.

— Non, non, non !

Il s'agenouilla aux côtés de l'occupant de la prison, qui gisait, inanimé, sur le sol de béton. Monsieur White posa une main tremblante sur les écailles multicolores, qui ne brilleraient plus jamais au soleil. Shen-Long, le dragon de la pluie, avait cessé de verser ses larmes.

— L'est arrivé de nulle part, comme j'vous le dis ! Le temps que j'me retourne et bam ! Un grand coup sur la caboche ! Me souviens plus de rien. Et quand je me suis réveillé…

Le clochard désigna son caddie à moitié rempli d'objets divers.

— M'avait dérobé toutes mes frusques !

L'épisode aurait pu être comique s'il s'était produit dans d'autres circonstances. Pour l'heure, Noble dévisageait fixement le témoin d'Hersent. Ce dernier avait eu un geste de recul à sa vue, comme s'il avait redouté une nouvelle agression. Heureusement, un billet de vingt livres avait suffi à lui délier la langue. Le vieux lion contempla l'endroit : une allée étroite, emplie de la puanteur des détritus mêlée au gaz d'échappement, coincée entre deux immeubles aux environs de la gare de Cannon Street. Pas un des coins les mieux fréquentés de la capitale. L'endroit s'avérait même pouilleux. Les garous d'Hersent avaient flairé la piste du meurtrier, de concert avec des membres des *Cat People*, et avaient abouti au clochard qui criait au vol. Tout concordait jusqu'ici. Il humecta ses lèvres et posa la question qui lui brûlait le cœur depuis qu'il était arrivé ici :

— Vous avez eu le temps de le voir ?

Le S.D.F. lui jeta un regard matois avant de hausser les épaules.

— Pas vraiment. M'a surpris le sang, le gaillard, il est tombé comme ça, de nulle part. Pouf ! Dites, z'êtes sûrs que vous êtes pas de la police, hein ? Parce que j'veux pas d'ennuis, moi !

Hersent, qui se contenait avec difficulté depuis tout à l'heure, grogna en sourdine. Noble la retint. Il ne servait à rien d'utiliser la manière forte sur l'individu, qui se refermerait aussitôt telle une huître. Il ouvrit d'un geste négligent son portefeuille, en sortit un billet de cent livres. Les yeux du clochard s'écarquillèrent devant la somme.

— Parlez.

— Oh, pour ce prix-là, tout c'que vous voulez ! s'empressa de répondre l'homme. Bon, comme j'le disais, pas eu le temps de trop voir à quoi il ressemblait. Mais… comment vous dire…

Hersent grinça des dents et adressa un regard suppliant à Noble, qui interpréta sans peine sa requête. Il secoua la tête.

— Ben, si je ne me trompe pas, c'était un jeune gars, genre d'une vingtaine d'années…

Vingt ans. Un jeune homme. Le cœur de Noble s'emballa.

— L'était pas bien gros, allez !

— Et vous savez ça comment ? l'interrompit Hersent.

— Ben, ma petite dame, parce qu'il était pas vêtu de grand-chose ! rétorqua le S.D.F. Une sorte de longue blouse grise, c'est tout ce que j'ai eu le temps de voir. Ça et ses yeux verts, et hop ! M'a expédié dans le trou noir !

Noble contint son irritation. Le témoignage du S.D.F., s'il lui avait donné une idée plus précise de l'inconnu, ne l'avait pas tiré de son doute quant à Arnaut. Un jeune homme mince avec des yeux verts… Bien que Noble tentât de se convaincre du contraire, la description pouvait lui correspondre. Il rassembla ses souvenirs reçus quand il s'était trouvé dans la piscine, si longtemps auparavant. Mais le portrait d'Arnaut demeurait flou. Après avoir remis deux billets de cent livres au clochard – « pour compensation du vol que vous avez subi et pour oublier tout ce que nous venons de vous demander » – il s'éloigna vers la Tamise, en compagnie d'Hersent. Cette dernière lui jeta un coup d'œil.

— Vous semblez pensif, Monseigneur. Avez-vous une hypothèse en ce qui concerne le Métamorphe ?

J'en ai bien une, et si je te la disais, tu me traiterais de fou.

Ou du moins Hersent le penserait-elle. Il décida de lui révéler une partie de la vérité.

— J'ai de bonnes raisons de penser que cet individu possède aussi du sang féerique. Du sang de Premier-Né pour être exact.

Comme il l'avait prévu, la louve en demeura abasourdie.

— Un changeling[1] ? Avec des dons de Métamorphe ? C'est impossible ! s'écria-t-elle, avant de se reprendre :

— Enfin, je voulais dire…

— Je sais, Hersent. Un changeling ne disposerait pas de la puissance nécessaire pour pénétrer dans un tunnel féerique. Et à plus forte raison, en forcer l'entrée.

Noble se frotta les yeux d'un geste las. Tout clochait dans cette histoire. Qui était ce jeune homme ? D'où venait-il ? Que cherchait-il en s'attaquant de manière aussi directe aux Outrepasseurs ?

À part un trépas extrêmement douloureux, songea Noble.

Une idée lui vint soudain, si simple qu'il se demanda comment il n'y avait pas pensé jusqu'ici.

— Je rentre à Lion House. Tenez-moi informé du moindre fait nouveau.

— Bien entendu, Monseigneur.

---

1. Créature féerique que les fées laissaient en « échange » du nouveau-né humain qu'elles dérobaient aux parents.

Il rentra chez lui pied au plancher. Des messages clignotaient sur l'écran de son téléphone portable, tous en provenance d'Edwin. En temps ordinaire, il les aurait écoutés mais là il n'en avait pas l'envie. Dans le silence feutré de Lion House, où les domestiques eux-mêmes se déplaçaient comme des ombres, le vieux lion descendit les escaliers jusqu'à la piscine aux eaux mercurielles. Celle-là même où les Héritiers et les Héritières découvraient leur héritage. Noble porta un sifflet à sa bouche. Quelques secondes plus tard, les sirènes émergeaient. Toujours aussi horribles, toujours aussi avides. Elles le contemplèrent de leurs yeux globuleux avant que leur chef ne s'incline devant lui.

— Réveillez Celui-qui-Dort. Je veux avoir accès à certains de ses souvenirs.

Les sirènes plongèrent. Quelques minutes plus tard, un tentacule gris, épais sortit de l'eau. Noble surmonta son dégoût instinctif et approcha sa main des épaisses ventouses situées au bout de l'appendice. Le contact avec Celui-qui-Dort, réceptacle des souvenirs si précieux pour les Outrepasseurs, s'établit. La bête attendit les ordres avec placidité. En dépit de sa taille monstrueuse, elle démontrait un caractère paisible.

Montre-moi Arnaut.

Des flashes se succédèrent devant les paupières closes de Noble. Il n'eut pas longtemps à attendre. Le carrousel infernal s'arrêta sur l'image d'un jouvenceau. Noble ressentit un pincement au cœur devant ce beau jeune homme, au sourire franc. Maudite beauté qui l'avait perdu ! Il détailla ses traits fins, son nez droit, sa peau pâle, ses cheveux noirs, ses yeux verts.

Montre-le-moi lors de sa première transformation.

Noble réprima un haut-le-cœur quand la bête s'afficha dans son esprit : un lion à la crinière couleur de suie, qui le dévisageait d'un regard vert émeraude.

Quand Noble remonta du sous-sol, il ne possédait qu'une seule certitude : retrouver le Métamorphe à tout prix. Il arriva au rez-de-chaussée, prêt à mener la traque lui-même s'il le pouvait… et se retrouva nez à nez avec Edwin.

— Ah, Monseigneur ! J'étais si inquiet, je ne parvenais pas à vous joindre…

Noble réprima un soupir.

— Allez au fait, Edwin. Que se passe-t-il de si urgent ?

S'il avait prêté davantage attention au Maître de la Maison du Blaireau, il aurait remarqué l'agitation inhabituelle chez ce dernier. Edwin se tordit les mains en chuchotant :

— J'ai reçu un coup de téléphone du centre de prélèvement londonien, Monseigneur.

Noble se retourna aussitôt, toute son attention fixée sur son adjoint cette fois-ci.

— Et ?

— Les signes vitaux de certains fés sont au plus bas. Monsieur White pense qu'ils ne passeront pas la nuit.

— Une épidémie ?

Un fait des plus rares, mais qui s'était déjà produit par le passé.

— Il ne peut pas encore se prononcer. Des analyses sont en cours. Mais il y a plus grave…

— Combien de fois devrais-je vous dire de me dire le plus important en premier ?

— C'est que, Monseigneur, j'ai peine à le croire moi-même…

Un frisson de mauvais augure se nicha contre la colonne vertébrale de Noble.

— Quoi ?

— Shen-Long, le dragon de la pluie, qui était détenu au centre…

L'angoisse fit briller les yeux bleus d'Edwin derrière les verres de ses lunettes.

— Il est mort ce matin.

CHAPITRE 16

« Inauguré en 1863, le métro londonien est le plus ancien au monde. Actuellement, il dessert près de 270 stations, dont certaines sont fermées, sur plus de 400 kilomètres. Un aussi grand réseau en plein cœur de la capitale britannique ne pouvait manquer d'attirer l'attention des Outrepasseurs. La création du métro leur fut d'ailleurs fort utile pour traquer et éradiquer les derniers dragons d'Angleterre, endormis sous la terre. Depuis, le tube londonien fait l'objet d'une surveillance accrue de leur part, aussi bien grâce aux caméras C.C.T.V. qu'avec l'aide des Métamorphes et Changepeaux. »

Petit traité à l'attention des Héritiers – *Huitième édition (1997) – Auteur anonyme*

Dans la cohue londonienne du samedi matin, qui se pressait aux alentours des grands magasins, Peter errait sans réel but. Où aller et que faire, à présent que Snezhkaïa avait mouché son dernier espoir ? Que Shirley se trouvait peut-être déjà à Lion House pour le dénoncer à Noble en tant que traître à la cause des Outrepasseurs ? Un parjure à son serment, un ver dans la pomme bien rouge de Noble et de sa cour. Une tumeur que le lion se ferait un plaisir d'extirper. Il avait joué, il avait perdu. Et dire qu'il ne pouvait même plus s'enfuir ! Imaginer Hermeline sous les effets de la potion de Thomas le Rimeur était inenvisageable. Bien trop douloureux. S'il voulait la paix, une complète liberté hors des Outrepasseurs, un endroit où même le Balafré ne pourrait plus l'atteindre… Peter serra les dents. Il ne lui restait plus qu'un seul choix. Sous ses pieds résonna le grondement familier du métro. Une solution pas plus horrible que de se jeter du haut d'un pont surplombant la Tamise. Les paroles de Snezhkaïa lui revinrent en mémoire :

« Mais le désespoir qui te ronge en ce moment me semble bien plus prometteur. »

La fée avait raison. Son découragement lui pesait sur les épaules, le privait de son énergie ainsi que de sa motivation. Un poids insurmontable, et à présent que toute chance de retrouver le Chasseur était perdue, que lui restait-il ? Rien.

La bise en ce mois des Morts le fit frissonner. Tel un encouragement de l'au-delà. Ou un avertissement. Il songea à ce père dont il ne connaissait rien, comme Hermeline n'avait jamais rien voulu révéler à son sujet, même quand Peter ignorait encore l'existence des Outrepasseurs. Dommage, il aurait aimé en savoir plus. Tant pis, songea-t-il en haussant les épaules. Il était temps d'en finir. Le jeune homme se dirigea vers la bouche de métro la plus proche.

Arnaut courait. Il lui semblait que, depuis son arrivée dans ce monde la nuit dernière, il n'avait jamais cessé de courir. Il longea le fleuve, seul repère familier dans cette ville étrange, si bizarre. Si bruyante aussi. Dès qu'il avait quitté le cimetière de Highgate, il avait été confronté à ces hommes, dont les manières lui semblaient si étonnantes. En un sens, il comprenait que le monde avait changé. Pendant que le Tombeau le torturait à loisir, le passage du temps, lui, n'avait pas cessé. Ici, plus de paysans, plus de vastes champs, plus de forêts. Les maisons en bois dont il se souvenait avaient été remplacées par des bâtiments construits avec des matières dont il ignorait le nom. Agrippée à son poignet, Naste Estsan essayait de son mieux de combler les lacunes dans son esprit, de lui faire rattraper son retard. Même s'ils avaient eu tout le temps nécessaire pour ce faire, Arnaut doutait de sa capacité d'adaptation. Il était perdu, tel un enfant abandonné, dans cet univers dont il ne reconnaissait plus rien. Il lui avait fallu quelque temps avant de comprendre, par exemple, qu'il ne devait pas quitter la zone réservée aux piétons – un trottoir, lui avait glissé l'araignée – pour s'aventurer dans la route. Une de ces machines si surprenantes – une voiture – avait protesté de manière énergique quand il s'était aventuré sur son territoire. Aussi Arnaut ne s'y était-il plus essayé, suivant le cours de la foule.

Néanmoins, le malaise qu'il ressentait n'était rien comparé à la peur quand il pensait à ceux qui le pourchassaient et qui avaient déjà failli le coincer à deux reprises. Ou à la culpabilité qui le dévorait en pensant à la panthère mise à mort, au cimetière de Highgate. Un rire froid noya ses pensées.

« Laisse-moi te protéger, lui avait murmuré le Chasseur. Laisse-moi nous construire un monde, où toi et moi serons rois. »

L'offre était tentante. Le fé se fichait bien de savoir les lois qui régissaient ce nouveau monde, il n'en connaissait qu'une seule : la sienne. Arnaut ressentait son envie brûlante de se libérer, d'explorer ce nouveau terrain de chasse. Les hommes avaient oublié son nom, le fé en concevait à la fois de la colère – comment avaient-ils osé ? – et de l'amusement, qui se teintait d'une envie de leur réapprendre. Toutes ces proies qui passaient à quelques pas de lui, totalement inconscientes du danger qu'il représentait… Oh, le plaisir de leur enseigner à nouveau la terreur et de jouer avec elles !

Arnaut ferma les yeux, ralentit son allure. Il ne pouvait pas céder les rênes au Chasseur. Il avait déjà les mains souillées de sang, il ne voulait pas y ajouter de nouveaux crimes. Épuisé par son long combat, le lion noir dormait dans ses entrailles. Arnaut avait soigné du mieux qu'il le pouvait ses blessures, mais certaines continuaient à le faire souffrir. Il posa une main sur son flanc gauche, grimaça. Il n'osait soulever le pull crasseux dérobé au S.D.F. tout à l'heure. Pas au vu et au su de tous. Pour l'heure, la magie du Chasseur lui permettait de rester debout, mais pour combien de temps encore ? Sans compter la traque dont il était l'objet… Le vent lui apporta une odeur musquée, familière. Arnaut se raidit. Ils étaient là. Il se baissa sous prétexte de refaire les lacets des étranges chaussures volées elles aussi – des baskets, lui apprit Naste Estsan – jeta un coup d'œil aux environs. Là, à l'autre bout de la rue, des *Cat People* sous leur forme humaine s'avançaient vers lui. Il tourna les talons et sa peur augmenta encore. Des loups trottaient dans sa direction, les yeux aux aguets, le nez au vent. Pour l'heure, ils n'avaient pas encore senti sa trace, mais cela ne tarderait pas. Il était pris à revers.

Où s'échapper ? Tel un automate, il se remit en route, se glissa dans le flot d'hommes et de femmes. Son instinct de bête lui soufflait de bouger, de se déplacer avec eux. Ses ennemis hésiteraient à l'appréhender parmi cette meute d'étrangers. Arnaut suivit le mouvement, emprunta des escaliers. Naste Estsan lui souffla à l'oreille le mot « métro » mais il n'y prêta pas attention. Seule comptait sa survie.

Peter jura à voix basse. Il venait de rater le passage de la rame de quelques secondes. La voix désincarnée dans les haut-parleurs de la station lui apprit que le prochain arriverait dans cinq minutes. Le souffle court, il se dirigea vers le bord du quai. Négligea la bande jaune peinte sur le sol, qui indiquait la distance nécessaire de sécurité. Peter ricana : de sécurité, il n'en connaissait plus aucune. Il sortit son MP4 de sa poche et compta les minutes qui restaient avant le prochain train.

Arnaut réalisa vite les limites de son plan. Un obstacle imprévu venait de se dresser face à lui. Il observa les barrières qui s'ouvraient et se refermaient au passage des hommes. Comment les franchir ? Il avait essayé de se présenter à l'une d'entre elles, espérant contre toute attente qu'elle lui accorderait le passage, mais elle était demeurée close. Il avait dû rebrousser chemin. Était-ce de la magie ? demanda-t-il à Naste Estsan. Pour toute réponse, l'araignée attira son attention sur un bout de carton – une carte – que les hommes tiraient de leurs vêtements et présentaient à la machine. Un laissez-passer, comprit Arnaut. Où s'en procurer un ? Il jeta un regard de méfiance aux machines accolées au mur, contre lequel il s'était adossé.

Soudain, il se figea : un homme assez fort, aux vêtements noirs, le dévisageait avec insistance. Qui était-il ? Appartenait-il aussi à ses poursuivants ? Arnaut ne percevait aucune odeur animale émanant de lui, mais cela ne voulait rien dire. L'homme plissa les yeux, parla dans une boîte noire accrochée à son épaule – un talkie-walkie, selon Naste Estsan, qui s'agitait – et avança vers lui. Le jeune homme paniqua. Que devait-il faire ? Il ne pouvait pas revenir sur ses pas. Pas avec ceux qui le poursuivaient dans les environs. La seule solution consistait à…

« Saute ! » lui hurla le Chasseur.

Il ne réfléchit pas. Il prit son élan, banda ses muscles et bondit au-dessus de la machine. Il se recroquevilla, de manière à ne pas heurter le plafond. Des cris de surprise saluèrent son exploit, alors qu'il retombait avec souplesse de l'autre côté. Arnaut eut envie de rire : dire qu'il avait eu si peur de cette bête machine, qui n'avait même pas protesté lors de son passage ! Mais son euphorie fut de courte durée.

— Hé toi là-bas ! Arrête !

L'homme ne désarmait pas. Et lui possédait une carte pour franchir l'obstacle. Arnaut s'engouffra dans les escaliers, les dévalant à toute vitesse.

Même la batterie infernale du groupe de rock, dont il appréciait habituellement la musique, ne parvenait pas à distraire Peter. Dans son esprit tournaient en boucle le rire cruel de Snezhkaïa, le dégoût qu'il avait pu lire dans les yeux de Shirley.

« Dire que je me suis crue amoureuse d'un imbécile comme toi. »

Il se sentait le dernier des cons. Il avait tout foiré. Et pourtant, si c'était à refaire, il n'agirait pas d'une autre manière. Même Scrooge ne lui adressait plus la parole, tapi dans son terrier. Il ne manquerait à personne. Il avait perdu ses amis quand il avait dû quitter le club de foot ainsi que le collège, afin de suivre l'enseignement à distance dirigé par les Outrepasseurs. Il n'avait plus d'appuis. Plus d'attaches.

Il se sentait si vide, telle une coquille de noix dont on aurait extrait le fruit et que l'on aurait jetée par terre, sans aucune considération.

Un mouvement de foule le fit se retourner. Il vit un contrôleur du métro appréhender un jeune homme. D'après ses gestes, il lui demandait avec insistance son titre de transport. Peter se détourna de la scène, si courante à Londres.

Peter ! Peter !

Le jeune homme tressaillit. Il retira ses écouteurs de ses oreilles et ne put s'empêcher de répondre :

Tiens, tu me causes encore, toi ? Je pensais…

De toute manière, c'était trop tard. Il avait pris sa décision.

Le lion ! l'interrompit Scrooge. *Il est ici !*

Le sang de Peter se figea dans ses veines, son cœur lui-même marqua un temps d'arrêt avant de reprendre de plus belle. La présence de Monseigneur ici, dans ce métro qu'il n'avait sans doute jamais emprunté de sa vie, ne pouvait signifier qu'une seule chose : Shirley l'avait trahi. La douleur l'assaillit, aussi vive que si un agresseur venait de le poignarder. Elle n'avait pas attendu longtemps. Il avait beau s'être imaginé cette situation des dizaines de fois depuis son réveil, la vivre le laissait désemparé. Et terrifié.

Il ne pouvait plus se permettre d'attendre le train, il devait fuir ! Il se précipita vers la sortie la plus proche, mais se ressaisit aussitôt. D'où venait le Balafré ? Il ne s'agissait pas de foncer tête baissée et de se précipiter dans la gueule du lion. Dans son affolement, il distingua à peine les arabesques noires sur sa peau. Le tatouage-bouclier s'était activé. Une partie de lui-même réalisa que ce phénomène ne collait pas dans son raisonnement, mais la panique le submergea.

Scrooge ! Où Monseigneur se trouve-t-il ?

Le renard présentait en ce moment l'image même de la peur : pelotonné sur lui-même, le museau sous sa queue touffue, ses yeux brillants d'angoisse et les oreilles couchées.

Pas Monseigneur, gémit-il. *Un lion, un lion !*

Quoi ?

Mais Scrooge refusa de lui répondre.

Peter s'arrêta, indécis. Les propos de son Hôte n'avaient aucun sens. Noble aurait-il envoyé des Métamorphes à sa recherche ? Et pourquoi son tatouage apparaissait-il toujours sur sa peau ? Un hurlement retentit soudain, tout proche. Peter se retourna à temps pour voir le contrôleur, qui avait appréhendé le jeune homme, voler dans les airs et atterrir sur les rails du métro. Des cris paniqués se firent entendre alors que la foule commençait à se précipiter vers les sorties. Peter fut plaqué contre le mur. Abasourdi et terrifié, il dévisagea la cause de ce tumulte. Le Chasseur se tenait sur le quai.

— Tu ne le toucheras pas ! hurla le fé.

Il émit un rire sauvage à la vue de sa proie, qui essayait de se relever et de regagner le quai. D'un geste négligent, il envoya bouler un bon Samaritain, qui tentait de venir en aide au contrôleur. Il sauta avec souplesse sur les rails. L'odeur du sang, si plaisante, lui chatouilla le nez. Le mortel avait une fracture ouverte : une pointe d'os avait transpercé sa manche. Sa proie écarquilla les yeux en le voyant si proche et tenta de lui échapper. Bien. Il ne risquait plus de toucher Arnaut. Le Chasseur ignora les protestations du jeune homme dans son esprit. À présent qu'il avait rompu ses chaînes et modelé ce corps à son image, il disposait de tout le temps nécessaire pour reconstruire ce monde qui l'avait oublié. Qui lui avait échappé pendant autant d'années. Et il détruirait tous ceux qui se mettraient en travers de sa route. Ce pitoyable mortel n'était que le premier d'une longue série. Un fracas du tonnerre se fit entendre dans son dos. Le sol vibra soudain sous ses pieds. Que signifiait… Le Chasseur se retourna. Juste à temps pour voir le train lui foncer dessus.

Peter n'en croyait pas ses yeux. Il avait beau être vêtu tel un clochard, le Chasseur ne pouvait être confondu avec un autre fé. Cette face de cauchemar, si attirante et répugnante à la fois, ses griffes et ses crocs, ce regard de nuit… L'adolescent se pinça. Non, il ne rêvait pas. Pas plus qu'il ne souffrait d'hallucinations. Autour de lui, c'était le chaos : les gens fuyaient tels des moutons devant le loup. Dans la panique générale, certains étaient précipités à terre, piétinés même. Des enfants pleuraient, des appels au nom de Kate, William ou John retentissaient de toutes parts. Peter ne pouvait détacher son regard du fé, cependant. Son seul espoir, sa plus grande terreur. Le cri d'avertissement de la rame le prit par surprise. Il blêmit en réalisant la situation en un clin d'œil : le train ne pourrait ralentir à temps, le Chasseur et le contrôleur finiraient écrabouillés sur les rails. Non, il se refusait à le perdre ! Il ouvrit la bouche pour le prévenir, et à sa grande surprise, ce qui en sortit fut :

— Arnaut !

Le fé l'entendit. Il tourna la tête dans sa direction. L'espace d'un battement de cœur, Peter croisa son regard. Les yeux noirs changèrent de couleur, prirent un reflet vert. Avant qu'il ne puisse dire un autre avertissement, il se trouva face à face avec le jouvenceau de Maupertuis, celui-là même dont le destin l'avait obsédé pendant des semaines. Peter demeura ébahi. Puis la rame déboula dans la station en un grand crissement de freins et il perdit de vue Arnaut.

— Nooooon !

L'horreur le prit à la gorge. Mort. Mort par sa faute.

« Une fois de plus, tu as tout foiré », lui glissa une voix malicieuse.

Peter ne l'écouta pas. Il se précipita vers la navette, manquant se faire renverser par les gens paniqués qui en sortaient. Il plaqua ses mains contre la vitre crasseuse, n'aperçut rien. Où étaient les cadavres ? À moins qu'ils ne se trouvent coincés en dessous de ce train… La nausée l'envahit. La mort dans l'âme, il se résigna à attendre qu'on dégage la voie. Mais une demi-heure plus tard, alors que les garous d'Hersent cernaient la station de métro et que la louve elle-même constatait la présence de Peter sur les lieux, alors que la rame était enfin évacuée sur une autre voie, il n'y avait nulle trace du fé ou de sa victime sur les rails. Le Chasseur avait une fois de plus disparu.

CHAPITRE 17

« Si la Marque n'évolue qu'à la puberté de l'Héritier, assiégeant son corps et son esprit, certains signes peuvent déjà mettre la puce à l'oreille des Maîtres et Maîtresses de Maison. Certains se targuent même de pouvoir reconnaître au premier coup d'œil celui qui leur succédera, triant ainsi le bon grain de l'ivraie. Je me suis souvent moqué de ces déclarations fantaisistes et prétentieuses, mais aujourd'hui, je donnerais tout pour obtenir ce don. Ainsi, j'aurais peut-être une chance de reconnaître mon Héritier. »

Extrait du journal d'Aloysius Fouineur, Maître Blaireau, écrit peu de temps avant son décès (1930).

Un mort et plus de trente blessés. Une ligne entière de métro mise à l'arrêt, des mouvements de panique générale dans la ville. Cerise sur le gâteau, le meurtrier leur avait de nouveau échappé. Noble se frotta les yeux. Il était plus de minuit. Il était assis à son bureau, submergé par les dépêches de toutes parts, au lieu de se trouver au chevet de Fière. Londres s'était transformée en chaos, grâce notamment aux médias qui n'avaient pas manqué de brandir l'épouvantail des terroristes. Des souvenirs de triste mémoire, qui transformaient le citoyen sûr de lui en créature paranoïaque. Le vieux lion soupira. En raison des embouteillages qui paralysaient le trafic londonien, Hersent et son témoin demeuraient bloqués sur la route.

Un domestique choisit ce moment pour lui annoncer :

— Sir, ceux que vous attendez sont arrivés.

— C'est bon, envoyez-les-moi.

Un instant plus tard, Peter pénétra dans le bureau, au grand déplaisir du vieux lion.

— Monsieur Peter. Encore vous.

— Encore moi.

Noble grinça des dents. Il avait espéré qu'en jetant l'insolent en pâture aux Élémentaires, il deviendrait plus docile. Avec un peu de chance, les tortures mentales exercées par ces fés auraient eu raison du jeune homme et que le problème qu'il représentait pour Noble serait enfin réglé. Mais Dame Fortune en avait décidé autrement.

La garce, songea-t-il en défiant du regard le jeune homme assis en face de lui. Ils se fixaient tels des duellistes, qui ne désirent plus qu'une seule chose : en finir avec l'autre.

Noble attaqua en premier :

— Hersent m'a transmis votre témoignage. Selon vos dires, vous n'avez presque pas eu le temps de distinguer le fé responsable de l'incident à la *Tower Station*…

— Exact.

— Dans ce cas, expliquez-moi pourquoi, sur les enregistrements de la caméra de surveillance, on vous voit crier ? À qui vous adressiez-vous ?

S'il avait espéré déstabiliser le jeune freluquet par ses questions, Noble en fut pour ses frais. L'expression de Peter ne changea pas d'un iota alors qu'il répondit :

— J'ai hurlé « attention ». Et je me concentrais plutôt sur l'otage. Le train arrivait, j'ai cru qu'il allait être écrabouillé sur les rails…

Il aurait mieux valu qu'il le soit, songea Noble. Ni le fé ni l'homme qu'il avait emporté avec lui n'avaient été retrouvés, en dépit des efforts déployés par les équipes de recherche du métro et par les rats employés au service des Outrepasseurs. En ce moment, le vieux lion n'enviait pas le sort du garde disparu.

— Et à quoi ressemblait ce fé ?

— Je l'ai déjà décrit à Hersent.

Noble décocha son sourire le plus suave à son interlocuteur.

— Eh bien, répétez-le.

Peter lui adressa un regard noir en retour, avant de grommeler :

— Je ne l'ai pas vu avant qu'il n'attaque le contrôleur et que ce dernier soit projeté sur les rails. Puis le train est arrivé et je n'ai pas pensé à l'examiner en détail.

— Dites toujours ce que vous savez, répliqua Noble.

— Un fé à tête de lion, c'est tout ce que j'ai pu distinguer. Grand, mince, la peau pâle.

— Votre tatouage s'est-il activé ?

— Oui.

Noble se laissa aller contre le dossier de son siège, contrarié. Il ne comprenait plus rien à cette affaire. Ses doigts tapèrent un staccato régulier sur le bois de son bureau. Il jouait de malchance, décidément, avec le meurtrier de Ian. En dépit des caméras du réseau C.C.T.V.

placées dans le métro, ils n'avaient pu obtenir une image claire du Métamorphe. Des clichés le montraient avec une capuche rabattue sur son visage, un autre s'avérait si flou qu'il en devenait inutile. Et la caméra postée sur le quai où s'était produite l'agression ne possédait qu'un champ de vision limité, en raison du mur où elle était fixée. Le seul qui aurait pu lever les doutes de Noble quant à l'identité de l'assassin se trouvait en face de lui. Et le vieux lion ne lui accordait pas la moindre confiance.

Il dévisagea le jeune homme, immobile sur son siège. La tentation de le retenir dans les souterrains de Lion House était grande. Quand il avait pris possession de la résidence, à la mort de son père, le jeune homme qu'il était alors avait découvert non seulement une série de geôles, où des relents de sang flottaient encore, mais aussi un bel attirail d'instruments de torture. Fière l'avait aussitôt prié de condamner cette pièce. Elle avait toujours préféré les morts brèves et nettes, sans souffrances inutiles. Noble se concentra sur les battements de cœur réguliers, aux côtés du sien. Sa lionne vivait. Se battait encore et toujours contre la maladie, même si ses efforts se révéleraient vains au bout du compte. Réconforté par sa présence, le vieux lion décida de ne plus perdre son temps en vaines escarmouches et d'aller droit au but :

— Vous ne penseriez pas à me mentir, monsieur Peter. Vous savez ce qu'il arrive à ceux qui me déçoivent. Ainsi qu'à leurs proches.

Le freluquet blêmit, ce qui provoqua une vive satisfaction chez Noble. Ainsi donc, le renardeau n'avait pas oublié sa menace concernant la potion de Thomas le Rimeur. Bien sûr, Noble n'avait jamais eu l'intention de la servir à Hermeline ou Shirley. La renarde le servait avec fidélité depuis des années et l'Héritière révélait assez d'ambition pour reprendre les rênes de la Maison. En revanche, avec Peter, c'était une autre paire de manches. Un sujet dangereux, tout comme son père d'ailleurs. À croire que les gènes de rébellion et d'insubordination se transmettaient de génération en génération.

Les pères ont mangé des raisins verts et les fils en ont eu les dents agacées, pensa Noble.

— Vous m'avez bien fait comprendre ce qui se passerait si je vous décevais, souffla Peter en baissant la tête.

Une attitude servile qui ne convainquait le lion qu'à moitié. Il serait si facile de donner l'ordre d'emprisonner le jeune homme dans le vaste sous-sol de Lion House et de le retenir dans une des cellules ténébreuses, où des chaînes pendaient encore du plafond. L'espace d'un battement de cœur, la perspective de torturer ce maudit goupil, plus pour le plaisir de le voir souffrir que pour s'assurer qu'il avait bien dit la vérité, tenailla Noble. Il y renonça au dernier moment. D'une part, s'il lui avait menti et qu'il couvrait le meurtrier de Ian pour une raison ou une autre, les deux jeunes gens devraient reprendre contact bientôt ; d'autre part… Noble sourit. Transformer cette graine de malfaisance en un esclave soumis grâce à la potion de Thomas le Rimeur s'avérerait tellement plus jouissif que de le métamorphoser en bout de viande sanguinolent.

Il disposait de toutes les cartes nécessaires, songea Noble. Il pouvait se permettre d'attendre.

— Très bien, tu peux disposer. Hermeline t'attend dans une pièce adjacente.

La surprise se peignit sur les traits du jeune homme, avant qu'il ne se dépêche d'obéir. Juste après son départ, Hersent s'encadra dans l'embrasure de la porte.

— Stephen est ici, ajouta-t-elle d'une voix dédaigneuse. Il vous attend à l'endroit habituel.

— Je le recevrai ici, déclara-t-il.

Hersent hésita avant de demander :

— Le renardeau vous a-t-il appris un élément neuf ?

— Rien de plus que ce qui était mentionné dans votre rapport. Donnez l'ordre de renforcer la sécurité autour du domicile d'Hermeline.

La louve hocha la tête. Resté seul, Noble se servit une rasade de whisky. Il lui fallait bien protéger ses témoins, après tout.

L'homme-panthère entra avec sa discrétion habituelle. S'il était surpris que Noble le reçoive en ses lieux, il n'en montra rien. Ses fines tresses caressèrent ses larges épaules quand il s'inclina devant Noble, dévoilant sa nuque.

— Monseigneur.

— Alors, quelles nouvelles m'apportez-vous ?

— Aucune qui puisse vous être utile, Monseigneur.

— Quelle surprise ! ironisa Noble.

Comme d'habitude, le sarcasme laissa son interlocuteur indifférent. Ses yeux verts ne reflétaient aucune émotion.

— Les pistes dont je vous avais parlé à Francfort et à Montréal se sont révélées nulles et non avenues. J'ai examiné les enfants de chacune de ces familles, aucun ne présente de signes annonciateurs de la métamorphose.

— En résumé, vous échouez toujours à trouver mon Héritier.

Le même constat, encore et toujours. En théorie, la malédiction originelle – celle du Chasseur, songea Noble en frissonnant – frappait sans faillir deux membres à chaque génération d'Outrepasseurs. Elle désignait un mâle et une femelle, formant ainsi le futur couple d'Héritiers appelés à diriger une des sept Maisons. Cependant, au fil de l'histoire mouvementée des Outrepasseurs, entre luttes de succession, meurtres, guerres et autres carnages, chacune des Maisons s'était retrouvée à une époque sans personne pour reprendre la succession. Il était déjà arrivé que des familles entières soient décimées, laissant la place vacante. Dans ce cas-là, la tradition voulait que le Noble d'alors assure l'intérim et sauvegarde les intérêts de la Maison, avant de léguer les rênes à l'Héritier désigné par la malédiction. Cependant, cette même malédiction avait, à plus d'une reprise, résolu d'elle-même ce problème. Comme si elle possédait une conscience qui l'avertissait des soucis éventuels que pouvait rencontrer sa seule et unique cible. D'ailleurs, grâce à son action, les Outrepasseurs n'avaient jamais souffert des problèmes de consanguinité quand des cousins germains, et même des frères et des sœurs, étaient appelés à s'unir pour assurer l'avenir d'une Maison.

Encore heureux d'ailleurs, songea le vieux lion, sinon il y a longtemps que nous serions anéantis.

Il n'y avait rien là de très surprenant. Le Chasseur était un Premier-Né puissant, sa magie conservait toute sa force, au-delà du passage du temps, et défiait avec allégresse les lois de la génétique.

Il se tourna vers Stephen, qui avait respecté son silence.

— Vous êtes sûr de ce que vous avancez ?

— Aussi sûr que je puis l'être, Monseigneur. Les noms de chaque sujet examiné se trouvent bien entendu dans le dossier transmis, si vous voulez vous rendre compte par vous-même…

Noble étouffa un ricanement. Comme s'il avait le temps de se promener au Canada alors que le meurtrier de Ian courait dans la nature ! Sans parler de cette épidémie qui ravageait le centre de prélèvement de Londres. Fichu virus, qui avait choisi le plus mauvais moment pour s'attaquer aux fés. Et dans tout cela, aucune relève. Personne pour l'aider, aucun Héritier sur qui compter. Bon sang, songea-t-il avec frustration, la malédiction du Chasseur ne pouvait-elle réagir pour une fois et lui procurer un autre Héritier ? Même si ce dernier n'était pas de son sang, tant pis ! Le cas s'était déjà produit par le passé, en 1895 : le Noble de l'époque avait perdu son fils dans un accident de chemin de fer, un autre Héritier s'était déclaré dix ans plus tard. L'histoire avait plutôt mal fini pour le vieux lion, puisque le jeune fauve l'avait non seulement détrôné avec une surprenante facilité, mais aussi exilé en Afrique. Enragé par cet échec, impuissant à maintenir son pouvoir, le vieux lion avait sombré dans une folie meurtrière. Il s'était attaqué aux travailleurs, qui construisaient un point non loin de là et, par la bestialité de ses crimes, avait donné lieu à l'affaire des lions mangeurs d'hommes du Tsavo[1].

— C'est bon, Stephen, vous pouvez disposer.

Mais à sa surprise, l'homme-panthère ne bougea pas. Son air habituel d'indifférence donna lieu à une expression

1. En 1898, deux lions se sont attaqués à des ouvriers qui construisaient un pont dans la région du Tsavo (Afrique) et auraient tué plus d'une centaine de personnes. Leurs dépouilles sont conservées au Chicago Field Museum.

embarrassée, comme s'il ne savait de quelle manière agir. Noble attendit, réprimant à grand-peine son impatience. Stephen se lança :

— Monseigneur, j'ai entendu parler de ce qui s'est passé à Highgate. Est-il vrai qu'on parle d'un lion noir ?

Noble faillit lui rétorquer qu'il n'était pas la gazette locale et qu'il pouvait s'adresser à quelqu'un d'autre pour obtenir les détails croustillants. Néanmoins, il se contint. Eu égard à sa nature féline, Stephen était peut-être à même de détenir des informations sur le meurtrier.

— C'est exact. Pourquoi ?

L'embarras visible de Stephen redoubla, il se dandina d'un pied sur l'autre.

— Je prête attention à tout ce qui concerne le peuple félin, Monseigneur. Et vu la quête que vous m'avez confiée, il est logique que je m'intéresse à ce lion…

— Seriez-vous en train de me dire que vous pensez que cet assassin puisse être mon Héritier ? l'interrompit Noble, la colère vibrant dans sa voix.

Le silence de Stephen lui confirma qu'il avait vu juste.

— Vous avez de la chance, feula-t-il, que j'aie besoin de vos services. Sinon, je vous expédierais par la fenêtre et vous briserais la nuque en même temps.

Il s'approcha de l'homme-panthère, qui baissa les yeux.

— N'évoquez plus jamais cette hypothèse devant moi, est-ce clair ?

La pensée que son Héritier et le meurtrier de Ian puissent former une seule et même personne s'avérait bien trop horrible pour qu'il l'envisage. Non. Son esprit se refusait même à considérer cette option. La réponse de Stephen se perdit dans le grincement des gonds de la porte et du cri d'Edwin, qui entra en trombe dans la pièce.

— Monseigneur !

— Edwin. Cela m'étonnait aussi de ne pas avoir entendu de vos nouvelles depuis une heure.

Maître Blaireau, qui s'était figé à la vue de l'homme-panthère, reprit ses esprits.

— J'ai reçu une alerte du centre de prélèvement de Prague.

La nouvelle fit l'effet d'une douche froide sur Noble. C'était le centre le plus important sur le continent européen.

— Monseigneur, haleta Edwin, ses yeux bleus paniqués derrière le verre de ses lunettes, le golem se meurt.

Chapitre 18

« Messagères de la déesse Inari, divinité japonaise, les kitsune *(femmes-renards) ne comptent pas de mâles dans leurs rangs et charment donc les hommes pour perpétuer leur race. Si l'enfant ainsi conçu est une fille, la kitsune l'élèvera avec grand soin. S'il s'agit d'un mâle, en revanche, leur sort est moins enviable. Certaines kitsune plus charitables le retournent au père ; mais la plupart tuent le nourrisson dès la naissance. La raison en est simple : ces enfants mâles héritent bien souvent de certains dons de leur mère, comme la faculté de voir au-delà des masques que portent les Premiers-Nés quand ils pénètrent dans le monde des mortels. Ces hommes grandissent avec la vision d'un univers d'une beauté à vous briser le cœur, sans jamais pouvoir y accéder. Par conséquent, la plupart d'entre eux se suicident à l'âge adulte, quand ils ne sont pas repérés par les Premiers-Nés, qui s'amusent alors à les torturer, en leur offrant la vision d'un monde qui leur demeure inacessible. »*

Lettre d'Édouard de Rusade, Maître de la Maison du Goupil, à son épouse Hermeline – Juillet 1860.

Peter s'endormit dans la voiture d'Hermeline sur le trajet du retour. Un bon repas et un lit douillet l'attendaient, il n'en demandait pas plus. Sa mère avait tenté de l'interroger à son tour, mais y avait renoncé. Peter tomba dans les bras de Morphée avec la certitude du devoir accompli. Il avait trouvé Arnaut et l'avait protégé de Noble. Rien d'autre ne comptait.

Un coup de frein soudain réveilla le jeune homme en sursaut. Il entendit Hermeline jurer entre ses dents et sortir du véhicule en trombe. Il jeta un coup d'œil par le pare-brise : devant sa demeure, les gardes du corps habituels de sa mère, les kitsune, faisaient face aux garous d'Hersent. Peter les reconnut du premier coup d'œil : ils étaient présents à la station de métro cet après-midi. Toute somnolence le quitta et l'angoisse se nicha dans son cœur. Pourquoi se trouvaient-ils chez lui ? Devaient-ils à nouveau l'escorter à Lion House ? La peur le gagna à l'idée de ne pas avoir su donner le change à Noble. Avait-il réussi à berner le vieux lion avec ses mensonges ou s'était-il trahi ? Il sortit du véhicule et se rangea aux côtés de sa mère. Cette dernière haussa le sourcil et d'un ton impérieux, demanda au plus âgé des intrus :

— Que faites-vous ici ?

Vu l'éclair de contrariété dans ses yeux noirs, le loup-garou n'appréciait guère d'être interpellé de cette manière. Cependant, il courba l'échine face à la Maîtresse de Maison.

— Nous sommes là sur les ordres de Monseigneur.

Peter serra les poings et lutta contre la nausée qui montait en lui.

— Il nous a demandé de renforcer la sécurité autour de votre maison. Plusieurs de mes camarades…

— Nous pouvons parfaitement assurer votre protection, *Okaasan*.

Emiko se tourna vers Hermeline sans prendre garde aux protestations émises par les garous. À son habitude, la dirigeante des kitsune était vêtue de cuir noir, une tenue qui ne laissait rien à l'imagination. La première fois que Peter l'avait vue, peu de temps après son entrée parmi les Outrepasseurs, il avait failli imiter le loup de Tex Avery. Un geste qui lui avait valu les moqueries de Shirley et de sa mère. Aussi charmeuses que redoutables au combat, les femmes-renards constituaient la garde d'élite d'Hermeline. Peter avait aussi réalisé que, selon les codes vestimentaires des kitsune, Emiko faisait preuve d'une étonnante retenue. Privilégiant les couleurs vives, les tenues parfois très minimalistes et les excentricités – l'une d'entre elles, Yuna, avait transformé ses cheveux noirs et lisses en un véritable arc-en-ciel – les kitsune aimaient se faire remarquer. Surtout de la gent masculine. Ce qui n'était guère étonnant, si on considérait leur technique de séduction afin de perpétuer la race des kitsune.

— Je n'en doute pas un instant, Emiko.

Hermeline se tourna vers les garous.

— Vous remercierez Monseigneur de ma part pour cette délicate attention.

Tu parles, pensa le jeune homme, une véritable surveillance, oui !

— Néanmoins, vous référez à Emiko pour coordonner vos tours de garde. Inutile que vous vous marchiez sur les pieds, n'est-ce pas ? termina Hermeline avec un sourire.

Elle avait délibérément omis de faire référence à Hersent, un oubli remarqué par ses subordonnées, qui n'osèrent cependant rien dire. Il n'y avait aucun amour entre les deux Maîtresses de Maison, sans que quiconque en connaisse la cause. Peter avait essayé d'en savoir davantage, mais Hermeline était demeurée aussi secrète à ce sujet que la combinaison d'un coffre-fort suisse. Emiko sourit et caressa de ses doigts effilés le manche de son poignard, dont elle ne se séparait jamais. Peter se prit à espérer que les deux bandes entrent en conflit et que les kitsune l'emportent. D'abord, parce qu'il les appréciait, en dépit des tentatives de flirt de certaines d'entre elles à son égard, qui le laissaient aussi troublé que gêné, et ensuite, parce que si jamais Arnaut retrouvait sa trace…

— Viens te reposer, l'invita Hermeline, qui se trouvait déjà dans le vestibule. Et ne fais pas trop de bruit, Shirley dort dans la chambre voisine.

Peter s'immobilisa sur la première marche de l'escalier.

— Shirley ? croassa-t-il.

— Monseigneur m'a demandé de la loger chez nous, le temps que cet assassin soit retrouvé, précisa Hermeline, qui se défit de ses escarpins avec un soupir de soulagement. Il a raison sur ce point, mieux vaut se tenir les coudes entre nous. Et puis…

Peter grogna en songeant à ce qui allait suivre dans la bouche de sa mère.

— Ça vous donnera l'occasion de faire plus ample connaissance.

Le jeune homme émit un « mmh » et se hâta de monter dans sa chambre. Comment allait-il évoluer dans le terrain miné qu'était devenue sa maison, il n'en savait rien.

Il poussa un soupir de soulagement en refermant la porte derrière lui. Son espace clos. Son refuge, aussi illusoire soit-il. L'ordinateur portable trônait sur le bureau, cadeau des Outrepasseurs afin de suivre l'enseignement dispensé, ainsi que ses notes de cours et ses livres. Sur une étagère trônait un épais volume, relié de cuir rouge : un cadeau de Maxence – Peter ne songeait pas à son grand-père sans éprouver des frissons – lors de son dernier anniversaire. Il contenait l'illustre histoire de la Maison du Goupil.

Ou du moins la version expurgée, songea le jeune homme.

Des taches claires se voyaient sur les murs et Peter ressentit le pincement au cœur habituel. Ses posters de football, qu'il avait arrachés après avoir réalisé qu'il ne pourrait jamais prétendre à une carrière professionnelle. Il examina cette chambre, où il avait si longtemps vécu. Cette chambre qu'il s'apprêtait à quitter. Essayant de faire le moins de bruit possible, il se dirigea vers son armoire – il arrêta à temps le battant pour qu'il ne grince pas – et en sortit le plus grand sac à dos dont il disposait. Il y fourra pêle-mêle quelques vêtements, une bouteille d'eau, des snacks qu'il avait cachés un peu partout. Les préparatifs de sa fuite faisaient battre son cœur. Il ne pouvait pas rester ici. Il l'avait réalisé dès qu'il avait compris qu'Arnaut n'était pas mort écrasé par le train, mais qu'il s'était enfui. Le soulagement l'inonda de nouveau en pensant que non seulement, il avait eu raison d'espérer, mais aussi qu'il avait fini par le trouver. Au moment où il s'apprêtait à renoncer à tout espoir, où le désespoir l'avait poussé à presque commettre l'irréparable… Peter frissonna. Plus jamais, se promit-il, il ne renoncerait de cette manière.

Plus jamais. Plus à présent qu'il avait trouvé le Chasseur. Ou plutôt Arnaut. La métamorphose du fé l'intriguait, comme des centaines d'autres choses : était-il réellement le lion noir, l'assassin de Ian, dont il avait appris le décès de la bouche même d'Hersent ? Où était-il passé durant toutes ces années ? Pourquoi surgissait-il maintenant ? Les questions tournaient tels des requins enfermés dans un aquarium, en perpétuel mouvement, sans que le jeune homme ne puisse y fournir la moindre réponse.

Tant pis, se dit-il, il aurait le temps ensuite de questionner Arnaut à ce sujet.

Arnaut et non le Chasseur. Peter se rappela l'apparition du fé sur le quai de la station de métro. La menace qu'il représentait. Il était ironique de penser qu'il incarnait autant l'espoir aux yeux de Peter que le plus grand danger. Comment négocier avec une telle créature ? Dire qu'il ne s'était jamais posé la question !

Une chose à la fois, s'ordonna-t-il. D'abord, dénicher une cachette.

S'il s'enfuyait et retrouvait Arnaut, ils devraient entrer en clandestinité. Nul doute que les Outrepasseurs, Noble en tête de liste, mettraient tout en œuvre pour les retrouver. Il leur fallait donc dégoter un endroit sûr, proche de Londres. Peter y tenait : il ignorait de quelle manière l'annulation de la malédiction se déroulerait, si le Chasseur consentait à la retirer. Et puis, de cette manière, il pourrait toujours surveiller les siens. Ce point était le plus douloureux : laisser derrière lui Hermeline. Shirley. Il les sauverait par sa fuite.

Alors qu'il attendait dans le van d'Hersent de parvenir à Lion House, Peter avait passé en revue toutes les hypothèses qui lui traversaient l'esprit. Où se réfugier, en effet ? Il ne disposait plus d'amis à Londres et de toute manière, les Outrepasseurs les placeraient aussitôt sous surveillance. Et avec le réseau d'informateurs dont ils disposaient, aussi bien Métamorphes que Changepeaux, il leur faudrait trouver une cachette rapidement. C'est à ce moment, alors qu'ils approchaient de Lion House, que Peter s'était souvenu d'un vieil adage lu dans un de ses romans préférés : se cacher au nez et à la barbe de l'ennemi. Et quoi de mieux que les essaims des Ferreux ? Ces fés drogués jusqu'aux yeux, qui logeaient dans des anciennes bâtisses industrielles désaffectées et retenus en cet endroit par de puissantes barrières magiques. Des barrières que Peter pourrait traverser sans souci, grâce à son statut d'Héritier. Il lui suffisait d'intercepter d'une manière ou d'une autre les provisions de soma quotidiennes distribuées aux chefs des essaims et d'acheter leur coopération par ce moyen. Lui et Arnaut seraient tranquilles, au milieu de ces zombies qui ne vivaient que pour leur drogue et leur travail dans les ateliers. Noble ne penserait jamais à inspecter les essaims. Et seuls les ateliers étaient surveillés par les sbires des Outrepasseurs. Un plan parfait. Le jeune homme avait relu les documents stockés dans son portable à ce sujet. Ne restait plus qu'à s'enfuir et prier pour retrouver Arnaut le plus vite possible.

Il fourra dans son sac ses notes de cours. Malheureusement, il devrait laisser derrière lui son téléphone ainsi que son ordinateur. Trop de risques d'être localisé en raison des mouchards dissimulés dans ces appareils. Cela signifiait aussi abandonner les documents qui y étaient stockés. Peter soupira. Ces archives avaient constitué pour lui un guide de survie dans la jungle des Outrepasseurs, il y était attaché.

Il vérifia les munitions de son pistolet – fondues dans un alliage d'argent et de fer, afin de pouvoir neutraliser des Premiers-Nés – puis chercha l'arme en question. Elle ne se trouvait pas dans son étui. Au même titre que l'ordinateur ou le portable, le pistolet Glock appartenait à la panoplie que chaque Héritier recevait dès qu'il avait prêté serment à Noble. Peter se rappelait la première fois qu'Hermeline lui avait fourré l'arme dans les mains avec la même indifférence amusée que si elle lui avait acheté un pistolet factice pour jouer aux cow-boys et aux indiens. Au final, il ne s'avérait pas trop mauvais tireur. Même si Shirley le battait aussi sur ce terrain-là.

Shirley.

Peter étouffa un juron. Il ne s'était plus souvenu de son pistolet enrayé voilà quelques semaines et du fait qu'il avait prêté sa propre arme à la jeune fille. Qui, bien sûr, ne le lui avait jamais rendu.

Que se passe-t-il ? lui demanda Scrooge en étouffant un bâillement.

Peter hésita. Si le renard devinait ses plans…

J'ai prêté quelque chose à Shirley et j'en ai besoin.

Va donc le lui demander.

Bel exemple de logique animale. Et si la jeune fille l'avait emmené avec elle, dans la chambre voisine ? Peter attendit quelques instants avant de se décider et de sortir dans le couloir.

— Qu'est-ce que tu fiches ici ?

Ébloui par la lumière soudaine, Peter mit à profit ce court répit pour trouver une excuse.

— Désolé, je ne voulais pas te réveiller.

— C'est raté, gronda Shirley d'un ton glacial, qui contrastait avec sa mine ensommeillée et le T-shirt rose qu'elle portait. Ce dernier, trop grand, dévoilait de manière indiscrète bien trop de décolleté pour que Peter ne détourne pas la tête. Pas la peine de tenter le diable. De toute manière, même s'il avait eu le cœur de lui faire des avances, il se doutait de la réaction de la jeune fille.

— Tu m'espionnais ? reprit celle-ci. Ce n'est pas parce je me trouve dans ta maison que tu as tous les droits !

— Baisse d'un ton, veux-tu ? Je n'ai aucune envie qu'Hermeline se réveille.

Un éclair malicieux passa dans les yeux de Shirley avant qu'elle ne retrouve son masque de froideur. Peter ressentit un pincement au cœur : l'espace d'un instant, il s'était imaginé qu'il se retrouvait avec sa complice des stages de survie et non pas face à l'ennemie que Shirley était devenue à son égard.

— Je répète : que fais-tu ici ?

Le ton glacial autant que l'inflexion de la jeune fille irritèrent Peter, qui répondit du tac au tac :

— Peut-être vérifier que tu ne m'avais pas encore dénoncé à Noble !

Il regretta aussitôt sa parole. Trop tard. Shirley pâlit. Un tremblement agita sa voix quand elle souffla en réponse :

— J'en ai le droit. Même le devoir. Tu n'es qu'un traître, après tout.

Il demeura figé sur place. La douleur que lui causaient ces mots l'atteignait en plein cœur. Il répliqua, plus par fierté que par réel défi :

— Qu'attends-tu pour le faire alors ?

— Ne me pousse pas à bout.

Ils s'affrontèrent du regard et, plus que jamais, Peter mesura le gouffre qui les séparait. Pourtant, quelque chose en lui le poussa à vouloir enfin s'expliquer. Même si elle ne le comprenait pas, même si elle ne cautionnait pas ses actes, même si en fin de compte, elle le dénoncerait à Noble, au moins il se serait confié. Il ne resterait pas verrouillé à double tour, comme elle le lui avait reproché.

Il s'approcha d'elle, Shirley recula d'instinct dans son lit. Il s'arrêta. Que croyait-elle donc ? Que la traîtrise était contagieuse ? Ou redoutait-elle autre chose ?

— Je ne vais pas te faire du mal.

— Je le sais, rétorqua-t-elle en relevant le menton, un geste de défense familier chez elle. Tu n'en aurais pas les moyens d'ailleurs !

Il se souvint, avec un mélange de nostalgie et d'ironie, de la manière dont elle l'avait toujours battu aux combats rapprochés.

— Tu permets ? demanda-t-il en désignant le siège à côté du lit.

Elle hocha la tête de manière brève, en ne le quittant pas des yeux. Tel un animal dangereux. Peter se concentra sur ce qu'il avait à dire.

— J'ai retrouvé le Chasseur. C'est lui, le responsable de l'incident du métro à la *Tower Station*. C'est aussi…

Il s'arrêta, indécis. Comment faire comprendre que le fé abritait aussi Arnaut ? Des esprits si différents dans un même corps… Il frissonna à cette seule pensée.

— Qu'est-ce que tu racontes ? chuchota Shirley.

Il avait certainement capté son attention. Les yeux écarquillés, la bouche entrouverte, elle ne semblait pas en croire ses oreilles.

— Personne d'autre le sait, à part toi et moi. Et…

Comment lui expliquer son plan ? Il ne tenait pas à lui révéler le moindre détail, bien entendu, mais sa volonté de s'enfuir. De mettre fin à cette vendetta sanglante, qui durait depuis si longtemps entre Outrepasseurs et fés. Cet esclavage, cette exploitation qui le révulsaient.

— Je connais cette expression, murmura la jeune fille. Tu vas commettre un acte stupide.

Peter ricana.

— J'en fais déjà un, en te confiant ce que je sais.

— Arrête-toi, alors. Je ne t'ai rien demandé.

Dans les yeux de Shirley, il lut un tout autre message. La peur, la colère, l'impuissance aussi. Et se trompait-il ou y avait-il aussi une certaine curiosité ? Désirait-elle en savoir plus sur le Chasseur ?

— Tu nous mets tous en danger, poursuivit-elle.

Il haussa les épaules.

— Tu n'auras plus rien à redouter de ma part, bientôt. Tu as choisi ton camp, pas vrai ?

Le dire à haute voix lui faisait mal. Penser qu'entre lui et son rôle de future Maîtresse de Maison, elle avait choisi. Shirley ne se déroba pas : elle hocha la tête.

Peter se leva. Il n'avait plus rien à faire ici. Tant pis pour le pistolet : il s'en passerait. L'émotion lui serrait la gorge, la certitude de faire des adieux à celle qui l'avait aidé, soutenu depuis leur rencontre. Celle qu'il aimait.

— Rendors-toi.

Il ne prit pas garde au « Peter » qu'elle chuchota et referma la porte de la chambre. Il devait s'enfuir au plus vite. Sinon, le risque qu'il demeure pour elle dans cet infernal engrenage était bien trop réel.

CHAPITRE 19

« La légende du golem de Prague tire son origine de faits historiques, à savoir les violences dont étaient victimes les Juifs au XVI*e* *siècle dans cette ville. Rabbi Löw, doué en magie, décida de créer un protecteur pour son peuple. Créé à partir de terre glaise puisée sur les rives de la Vltava, le golem s'éveilla à la vie grâce aux quatre lettres gravées sur son front. Mais comme il arrive souvent dans ce genre d'histoire, le golem échappa peu à peu au contrôle de son créateur. Ce dernier parvint pourtant à désactiver la créature en effaçant une des lettres gravées sur son front, formant le mot "met", c'est-à-dire la mort en hébreu. La rumeur officielle veut que le golem fût brisé en des dizaines de morceaux par les gardes de l'empereur. D'autres prétendent qu'il sommeille dans une cache seule connue du rabbin, prêt à être réveillé si d'autres malheurs devaient accabler la communauté juive. »*

Légendes du quartier Josefov, ville de Prague.

Chacune des têtes de l'hydre rugit. Noble sait que l'attaque du monstre est imminente. Autour de lui, la jungle se tait, rendue muette par les échos du combat. Noble lève sa machette. Pas assez vite cependant pour parer le coup : une douleur fulgurante naît dans son flanc, se propage à la vitesse de l'éclair dans ses membres. Son cœur tressaille. Il se sent tomber dans l'eau boueuse du marécage. Fini, le combat est fini, réalise-t-il. Il comprend aussi qu'il va rendre son dernier souffle sur ce bout de terre à des miles de toute civilisation. Non, ça ne peut pas se passer ainsi ! Il tente de se relever. Mais une ombre gigantesque plane au-dessus de lui. Avec horreur, il s'aperçoit qu'une des têtes du monstre s'apprête à fondre sur lui. Il aperçoit les dents tranchantes qui se repaîtront de sa chair. Non, il ne peut pas mourir de cette manière ! Un voile noir recouvre sa vision, ses forces l'abandonnent. Autour de son corps, les eaux brunes du marécage se teintent de pourpre. C'est fini. Il a échoué. Il relève la tête pour maudire son ennemi quand il s'aperçoit que ce dernier a changé : en lieu et place de l'ignoble tête de l'hydre, il distingue les traits grossiers du golem. La peau s'est faite argile, les dents ont disparu. L'imposante créature pointe son doigt en sa direction et éclate de rire. Un rire tonitruant, bientôt repris par des dizaines, des centaines de gorges. Et Noble se vide de son sang…

— Monsieur, nous sommes arrivés.

Noble se réveilla en sursaut. Le cœur battant, la bouche sèche. Il dissimula ses mains dans ses poches : elles tremblaient. Et pas uniquement en raison de son cauchemar. Ce qu'il avait vu à Prague l'avait ébranlé. Choqué. Il avait repris l'avion tel un somnambule. Un goût métallique baignait sa bouche : il réalisa qu'il s'était mordu la joue jusqu'au sang. L'avion avait atterri en douceur sur le tarmac d'Heathrow. Contrairement à son habitude, qui voulait qu'il se lève en vitesse dès que le voyant « attachez votre ceinture » s'éteignait, Noble ne réagit pas quand l'appareil se stabilisa. Une agitation feutrée, maîtrisée régnait dans la première classe, où des hommes d'affaires rangeaient leur tablette ou leur ordinateur dans leurs bagages. Les hôtesses souriantes s'occupaient de l'ouverture de la porte et vérifiaient en même temps que les passagers n'avaient rien oublié. Et pendant ce temps, Noble était vissé à son siège. Cloué sur place, comme il l'avait été à Prague, dans le centre de prélèvement. Il secoua la tête, tentant de reprendre ses esprits. Il rassembla ses forces pour se saisir de son attaché-case et sortit de l'avion sans prêter attention aux « au revoir » de l'équipage de bord. Son esprit voguait à des kilomètres de là. Il revoyait les traits bruts de la créature de terre et d'argile. Il entendait les « bip » de plus en plus espacés de la machine surveillant le rythme cardiaque de l'Élémentaire. Les lettres en hébreu gravées sur le front du golem s'estompaient sous son regard impuissant. Quand l'inscription disparut totalement, une alerte retentit dans toute la pièce. L'équipe de soins d'urgence était entrée en scène : elle s'était activée en vain. Noble les avait regardés s'agiter avec le défibrillateur, piquer la peau épaisse de l'Élémentaire avec leurs injections. L'impensable s'était produit : le golem était mort.

Il ne sut par quel miracle il se retrouva dehors, dans le hall des arrivées. Il lui sembla avoir erré pendant de longues heures dans les terminaux de l'aéroport, tel un enfant perdu, qui ne sait à quel repère s'accrocher.

— Monseigneur… lui chuchota une voix familière.

Noble se retourna : Edwin se trouvait à ses côtés. La perplexité recouvrit les traits du Maître Blaireau.

— Vous allez bien ? demanda-t-il d'une voix prudente.

Réponds-lui maintenant ! Ne fais jamais preuve de faiblesse devant tes inférieurs ! lui souffla son instinct, qui avait adopté la voix de son père.

Au prix d'un effort qui lui parut gigantesque, Noble murmura :

— Fatigué. Je suis fatigué.

S'il fut surpris de cette confession, Edwin n'en montra rien. Il le guida en douceur jusqu'à une limousine noire, dont le moteur ronronnait en attendant de prendre son envol. Noble s'affala sur le siège de cuir. L'odeur d'huile et d'essence mêlées lui rappela Glen. Il eut soudain envie de pleurer. Les larmes lui piquaient déjà les yeux. Le lion se tenait aux aguets. Incertain de la conduite à adopter face au séisme qui avait lézardé son existence, quelques heures auparavant.

— Monseigneur, ce que je vais vous dire risque de vous déplaire…

Un rire nerveux menaça de s'échapper de sa gorge. Noble détourna son regard, contemplant sans les voir les lumières artificielles de la banlieue, et fixa Edwin, impavide. Il savait qu'il ne devait pas montrer son trouble à son assistant. Et pourtant, il ne parvenait pas à se ressaisir.

— Que voulez-vous me dire ?

Bon sang, il avait besoin d'un verre. Même si l'alcool ne l'affectait pas, le goût âcre du breuvage l'aiderait à reprendre ses esprits. Il déboucha sa flasque de whisky, la porta à sa bouche… et s'aperçut qu'il avait sifflé tout son contenu dans l'avion. Il soupira de lassitude. Edwin n'osait plus le regarder.

— Alors ? gronda Noble. Vous me le dites aujourd'hui ou je dois vous faire parvenir un carton d'invitation ?

Sa hargne eut au moins le mérite de faire réagir son interlocuteur.

— Excusez-moi, Monseigneur, vous avez raison. Les nouvelles que je vous apporte…

Il passa sa langue sur ses lèvres.

— Elles concernent les centres de prélèvement. J'ai essayé de vous contacter lors de votre séjour à Prague…

— Inutile, j'avais coupé ce satané engin, rétorqua Noble.

Le golem se riant de lui, ce corps massif tressautant sur la table d'opération sous l'éclat des projecteurs…

Edwin poursuivit, comme si de rien n'était. Il avait dû sentir qu'une remarque au sujet de l'incompatibilité chronique de Monseigneur avec les appareils modernes de communication ne serait pas la bienvenue.

— Nous avons recensé une vingtaine d'alertes, dit-il en consultant l'écran de son téléphone. Elles proviennent des quatre coins du monde : Djakarta, Pékin, Sydney, Tokyo, Rio de Janeiro, New York, Helsinki… Les sujets touchés sont des Premiers-Nés et, en moindre nombre, des Élémentaires.

Noble demeura silencieux. Dire que vingt-quatre heures auparavant, il savait encore où il allait. Quels ordres donner. Et maintenant… Il était perdu. Jamais encore n'avait-il fait face à un désastre de cette ampleur.

— … des symptômes similaires : baisse des signaux vitaux, plongée dans un coma irréversible et finalement, la mort.

Comme s'ils s'endormaient paisiblement pour ne plus jamais se réveiller, songea Noble. Belle façon de mourir. Belle façon aussi de se moquer de moi une dernière fois et de me détruire à petit feu.

— Quelle répercussion sur l'extraction d'ichor ?

Maître Blaireau grimaça. L'envie de rire tenailla Noble. Un rire de fou, de dingue, d'homme désespéré. Noble luttait de toutes ses forces contre son impulsion.

— Pour le moment, nos réserves sont suffisantes pour répondre aux demandes de nos partenaires industriels. Néanmoins, certains sont gourmands dans leurs exigences, nos centres de production tournent à plein régime. Si nous ne parvenons pas à résoudre le problème…

Un silence aussi lourd que du plomb envahit l'habitacle. Noble s'aperçut soudain qu'Edwin réprimait de toutes ses forces la panique qui menaçait de le gagner. Elle pointait déjà dans sa voix.

— Et que disent nos spécialistes ? Quel lapin vont-ils tirer de leur chapeau ?

Edwin interpréta ce commentaire comme une critique. Il remonta ses fines lunettes sur son nez, se redressa de toute sa hauteur, qui n'était guère impressionnante. Pour un membre de la Maison du Blaireau, Edwin se révélait plutôt frêle. Tout le contraire de ses ancêtres.

— Nos équipes ont suivi le protocole à la lettre, Monseigneur. Vingt rapports d'autopsie m'attendent sur mon bureau, je suis noyé sous les comptes-rendus de tests et…

— Ce n'est pas un virus, murmura Noble.

— Que… Que voulez-vous dire ?

— On leur a jeté un sort.

Noble frotta la peau rugueuse de son crâne du bout de ses doigts, sans effet sur le mal de tête qui l'assaillait. À croire que le venin de l'hydre courait toujours dans ses veines. Il tenta un dernier effort pour se sortir du trou noir où il sombrait petit à petit.

— Des nouvelles du Métamorphe ou là aussi, devrais-je prendre les choses en main ?

Edwin s'agita sur son siège, mal à l'aise. Noble n'y prit pas garde. Que n'aurait-il donné en ce moment pour la compagnie de Fière ! Elle savait si bien le comprendre, chasser la mélancolie qui le rongeait parfois et partager ses inquiétudes. Pourquoi la vie l'avait-elle privé de sa compagnie ? Même le battement de son cœur, qu'il percevait toujours grâce au lien qui l'unissait à son épouse, ne parvenait pas à le tranquilliser.

— Aucune nouvelle là non plus, Monseigneur, chuchota Edwin. Il doit bénéficier de complicités, c'est certain ! Hersent pense d'ailleurs la même chose que moi…

Pour une fois, se retint de dire Noble. Que ces deux-là soient du même avis constituait une première. Il faillit appeler le chauffeur de la limousine et lui ordonner de s'arrêter au premier bar à champagne rencontré sur la route pour fêter ça.

Ce serait toujours plus productif que de ressasser ses échecs enfermé dans cette voiture qui puait la mort, qui lui rappelait trop le décès de Glen. De se cogner sans cesse contre ce mur, qui s'était brutalement élevé sans qu'il s'en aperçoive et qui refusait de se briser en mille morceaux.

— Vous… Vous allez bien ?

Edwin connaissait déjà la réponse à sa question, devina Noble. Il voulait simplement être tranquillisé, tel un enfant. Ce soir, cependant, le vieux lion ne voulait pas faire d'efforts.

— Non. Rien ne va, Edwin. Rien.

Les yeux de son interlocuteur s'agrandirent derrière les verres de ses lunettes. L'aveu le mettait au supplice, songea le vieux lion, en le voyant se tortiller sur son siège.

Noble pensa soudain à son père, grand bâfreur et baiseur devant l'Éternel. Son géniteur avait abusé à loisir des plaisirs terrestres, même si l'alcool et la drogue n'affectaient guère les Outrepasseurs, de par la présence de leur Hôte. Cela ne l'avait pas empêché de mener les affaires des Outrepasseurs avec une main de fer. Qu'aurait-il fait à sa place ? Aurait-il remué ciel et terre pour retrouver ce fé inconnu, ce lion qui le défiait sur son territoire ? Ou l'aurait-il laissé tomber pour se concentrer sur le problème plus crucial de l'ichor ? Si les fés continuaient à leur claquer entre les doigts, si la production baissait, ils n'arriveraient jamais à honorer les commandes. Noble entrevit la chute des dominos avec une clairvoyance foudroyante : la fureur de leurs partenaires industriels, des alliances commerciales brisées. Peut-être même des procès sur le dos. L'amenuisement des rentrées d'argent, la perte des privilèges sociaux. Un empire de huit siècles vacillant sur ses bases. Les Outrepasseurs se retrouvant au point de départ, là où leurs ancêtres avaient commencé : de simples paysans, des fétus de paille soumis au bon vouloir des puissants. Ce scénario apocalyptique lui donnait le vertige. Il sentit au fond de lui le feu de la révolte s'allumer. Une force qui le poussait vers l'avant lui tendait une main secourable et le tirait de son naufrage.

— Vous savez ce qui s'est passé à Prague aujourd'hui, Edwin ?

Son interlocuteur secoua la tête, la curiosité et l'angoisse mêlées dans son regard.

— Le golem est mort. Un des plus anciens Élémentaires d'Europe, un des plus coriaces également. Nos ancêtres avaient profité de la révolte de 1848 et de la répression de celle-ci dans le sang pour le capturer.

N'y avait-il plus une seule goutte de whisky dans cette satanée voiture ?

— Tous les Outrepasseurs s'y étaient réunis sous l'impulsion de Noble, vingtième du nom. Ils avaient amené avec eux une vingtaine de Métamorphes et de Changepeaux parmi les plus solides de l'époque. Des rudes gaillards, des experts dans la capture des fés. Tous réunis pour une seule proie : le golem. Vous imaginez le tableau, Edwin ? Nous sommes nés trop tard pour participer à une telle chasse.

Il finit par dénicher une bouteille solitaire dans un des nombreux espaces de rangement disséminés dans l'habitacle. La brûlure familière de l'alcool l'aida à se ressaisir.

— La traque a duré trois jours. Trois jours dans les ruelles de Prague, dans les vieux quartiers alors que les révoltés du Printemps des peuples baignaient dans leur sang, répandu sur les pavés. Et quand le golem a finalement été acculé dans le vieux cimetière juif…

Edwin était fasciné par son histoire, tel un gosse se délectant d'un spectacle de marionnettes.

— Presque tous les Outrepasseurs de l'époque y sont passés. Un vrai carnage. Les crocs se brisaient sur la carapace de terre de l'adversaire, les griffes n'y laissaient aucune cicatrice. Haut de près de trois mètres, un vrai colosse de Rhodes des temps modernes. Il vous brisait une patte, une jambe d'un simple geste. Le seul moyen de l'atteindre était d'effacer une des lettres hébraïques gravées sur son front. Une tâche périlleuse. Désolé de vous l'apprendre, Edwin, mais c'est le Maître de la Maison du Loup de l'époque qui y est parvenu. Bien sûr, le prestige a été récupéré par l'Héritier du lion, qui a pris le titre et le nom de Noble à la mort de son père.

Il but encore une rasade d'alcool.

— Et aujourd'hui, cette force de la nature, cet opposant formidable, dont la capture a coûté tant de vies, est mort. Et savez-vous le plus terrible ?

Edwin secoua la tête, captivé par l'histoire de Noble.

— Il m'a regardé dans ses derniers moments. Et il m'a souri. Comme s'il connaissait un secret que j'ignorais. Vous saisissez ? Il savait ce qui allait se passer. Ce qui se déroule en ce moment même. Les fés se meurent et ce n'est pas dû à une maladie.

— Sauf votre respect, Monseigneur, comment pouvez-vous en être aussi sûr ? Je veux dire, vous n'avez même pas lu les rapports d'autopsie !

Noble demeura silencieux. Il ne désirait pas expliquer la certitude qui se frayait un chemin en lui. Il reporta son attention vers les lumières de la ville, qui défilaient à toute allure derrière la vitre. Ce qu'il cachait également à Edwin était la peur panique qu'il avait ressentie face au golem mourant. Son échec face à cette créature avait réussi à fissurer sa confiance en lui-même. Que retiendraient ses descendants de lui quand ils liraient sa défaite dans les archives ?

Ils retiendront que tu étais un monstre, aussi laid à l'extérieur qu'à l'intérieur. Ils se souviendront de ton absence de pitié, de ta férocité, de ton don de manipulation. Ils se rappelleront aussi que tu as reçu tes cicatrices parce que tu n'as cessé de combattre depuis que tu es venu au monde. Ils ne t'aimeront jamais, certains ne te respecteront même pas. Mais personne ne pourra t'enlever ce que tu es : un guerrier.

Noble ferma les yeux. Une larme solitaire coula sur sa joue alors qu'une paix profonde le rassérénait. Un guerrier. À cet instant, son lion rugit. Noble l'aperçut en détail : un vieux fauve couturé de cicatrices, dont la crinière s'assombrissait avec l'âge. Son regard restait pourtant vif et son cœur, empli de force.

C'est ce que je suis. C'est ce que je resterai. Personne ne pourra me le voler, songea-t-il.

— Monseigneur ?

Edwin avait dû prendre son courage à deux mains pour oser le déranger dans sa réflexion. Noble anticipait déjà ses questions : que faire pour le mal qui frappait les Premiers-Nés, la traque du lion noir, que dire à leurs partenaires industriels, etc., etc. Bien sûr. Que pouvaient faire les Outrepasseurs en cas de problème, sinon s'adresser à lui ? La hiérarchie qu'on leur avait apprise, le système créé depuis huit siècles d'existence ne leur laissait pas d'autre choix. Quelle autre possibilité dès lors que de continuer la lutte, jour après jour ? Une guerre interminable, qu'il avait cru gagner avec la capture de Snezhkaïa. Espèce de vieil imbécile ! pensa-t-il. Il aurait dû le savoir, pourtant. Dès qu'il coupait une tête de l'hydre, une autre ne repoussait-elle pas à la place ? Noble enferma à double tour ses doutes, ses angoisses et sa solitude. Il repoussa au loin son visage d'homme et ne garda dès lors que le masque du lion, ce chef incontesté.

— Notre priorité reste la traque de ce Métamorphe. Je veux que les équipes de recherche soient renforcées. Amenez des renforts d'Europe et d'Amérique. Bouclez Londres !

Il devina qu'Edwin ne s'était guère attendu à cet ordre, mais en bon assistant fidèle, il ne répondit rien et consigna les instructions sur son smartphone. Noble réexamina les faits un à un dans son esprit : le meurtre de Ian ; ce Premier-Né métamorphe qui leur échappait ;

le mal mystérieux qui frappait les fés. Une malédiction, songea-t-il. Il l'avait lue dans les yeux du golem et cette découverte l'avait épouvanté. Il frappa du poing sur le siège de cuir.

— Incendiez la ville, s'il le faut.

Un de plus ou un de moins. Londres y survivrait de toute manière. Elle avait toujours résisté aux épreuves les plus diverses : le feu, la peste, le Blitz et ses bombardements, de jour comme de nuit. Elle aussi était une redoutable guerrière. Noble leva son verre en son honneur.

Il ne vit pas le regard alarmé que lui jeta Edwin.

— Et en ce qui concerne la production d'ichor ?

Soudain, Noble pensa à son épouse. Sa survie dépendait elle aussi de l'ichor : sans ce composant, son traitement ne tiendrait pas le coup face au cancer qui la rongeait. Il ne pouvait pas la laisser tomber. La réponse lui vint aussitôt. Comment n'y avait-il pas pensé autrement ? La voix du vieux lion se mua en un ronron caressant, une enveloppe de soie pour mieux dissimuler la main de fer à l'intérieur.

— Gardez les équipes en alerte. Qu'elles continuent à maintenir les fés en vie par tous les moyens.

C'est-à-dire, pas grand-chose, songea-t-il.

— Pour compenser le manque dans la prochaine production d'ichor, nous devrons donc nous tourner vers une autre source. Rassurez-moi, Edwin, aucun essaim de Ferreux n'est affecté par cette maladie, n'est-ce pas ?

Le teint pâle d'Edwin vira au vert. Noble redouta un moment qu'il tombe dans les pommes et, par conséquent, acheva sa bouteille de whisky en quelques goulées. Hors de question qu'il en dépense une seule goutte pour ranimer son adjoint.

— Monseigneur, vous… Nous n'avons jamais trouvé de moyen sûr d'extraire l'ichor chez les Ferreux. Ils n'y résistent pas, vous le savez !

Noble se tourna vers lui, un étonnement sincère peint sur le visage.

— Qui vous a dit que je me souciais de leur survie, Edwin ?

CHAPITRE 20

« Renégat : Héritier ou Maître de Maison ayant tourné le dos aux siens. Il est déchu de ce titre et peut être abattu à vue, même par les Métamorphes et Changepeaux. Le dernier renégat a été tué une dizaine d'heures après avoir tenté d'assassiner Noble. »

Petit traité à l'attention des Héritiers – *Lexique – auteur anonyme.*

— Je vous en supplie… Par pitié, relâchez-moi !

Le Chasseur considéra l'homme avec agacement. S'il ne tenait qu'à lui, il l'aurait déjà tué depuis longtemps. Cependant, Arnaut s'y opposait.

— Ne le tue pas.

Dans la supplique du jouvenceau, il distinguait son horreur quant à ses mains déjà tachées de sang.

— S'il te plaît, souffla Arnaut.

Le Chasseur ferma les yeux. L'amour se révélait la pire des tortures. Oh, le Tombeau avait dû rire tout son saoul en pensant à la perversité de son plan : les unir pour toujours dans un seul et même corps ! Trois esprits aux différences si inconciliables… Si encore il n'avait cohabité qu'avec le lion, son instinct de prédateur aurait dominé sans souci. Tuer, manger, dormir. Une routine familière pour le Chasseur comme pour le fauve. Mais voilà, il y avait aussi Arnaut. Arnaut et son humanité si fragile, si résistante aussi. Arnaut et son obstination, qui le charmait autant qu'elle l'agaçait. Arnaut et sa curiosité dévorante quant au jeune homme qui avait crié son nom sur le quai.

Qui est-il ? Comment me connaît-il ? Pourquoi s'est-il manifesté ?

Le fé grinça des dents. Lui avait reconnu tout de suite ce jeune homme. Ou, du moins, la malédiction inscrite dans son sang. Ainsi donc, les descendants des paysans qu'il avait maudits avaient non seulement survécu, ils vivaient toujours sur cette Terre. Et ils connaissaient son identité.

L'araignée accrochée à son poignet et qu'il n'avait pu déloger – là aussi, Arnaut l'avait supplié de ne point la blesser – agita ses chélicères. Un fil de connaissance se tissa dans l'esprit du Premier-Né : les Outrepasseurs. Quel était ce nom ? S'agissait-il de ceux qui l'avaient pourchassé depuis le meurtre de la panthère dans le cimetière ? Dans ce cas, pourquoi n'avait-il pas reconnu plus tôt la marque indélébile de sa malédiction dans leur sang ?

Tant de questions à poser. Il lui fallait retrouver ce jeune homme. Le faire parler. Extorquer les informations. Et quand il s'en serait servi…

— Non ! cria Arnaut. Laisse-moi sortir, laisse-moi retrouver ma liberté !

— Pour qu'on puisse t'atteindre à nouveau ? chuchota le fé. (Il désigna le prisonnier.) Comme ce misérable cloporte a osé le faire ?

Ce dernier se recroquevilla contre le mur, comme si le ton sifflant du fé, empli de hargne, le blessait. Ces mortels s'avéraient pitoyables.

Bien sûr, ce n'était pas sa seule raison pour refuser au jeune homme la possession de son corps. Pour la première fois depuis que le Tombeau l'avait piégé dans ses profondeurs, le Chasseur goûtait à la liberté. Le plaisir de retrouver son corps, après avoir récupéré son esprit. Même dans ce souterrain puant, où des odeurs qu'il ne pouvait identifier l'agressaient, il humait avec volupté le souffle chaud des machines, qui passaient à toute vitesse non loin de sa tanière. Se sentir vivant… Cela n'avait pas de prix.

— Tu ne peux rester ici, argumenta Arnaut. Ils te retrouveront.

Qui que soit ce « ils », d'ailleurs, songea le fé. Cependant, le jouvenceau avait raison. Il avait déjà tué cinq rats qui s'étaient aventurés sur son territoire. Le fé les avait identifiés du premier coup d'œil : de misérables Changepeaux, comme ceux qui s'aventuraient autrefois près du trône de la Trois Fois Née, Trois Fois Morte, pour grignoter les restes de son repas. Le Chasseur se faisait une joie de les massacrer. Cela n'avait pas changé.

— Je les tuerai. Ces Changepeaux ne m'ont jamais fait peur.

— Et après ? Tu ne peux pas rester ici, il faut retrouver la surface ! Et dans ce monde…

Le Chasseur compléta la phrase d'Arnaut.

— Dans ce monde, toi, tu passeras inaperçu. Pas moi.

Forcément. Dans cette marée humaine, il détonnait aussi sûrement qu'un oiseau exotique parmi les moineaux.

Ou un rapace parmi des charognards, pensa-t-il.

— Laisse-moi sortir, proposa Arnaut. Nous retrouverons ce jeune homme. Nous le ferons parler.

Le fé apprécia ce « nous », le goûta comme s'il dégustait un fruit mûr. « Nous » à la place de « je ». La fin de son éternelle solitude.

— Très bien. Mais si quelqu'un te menace, je serai là.

Il sentit l'hésitation d'Arnaut. Il n'avait pas vraiment le choix, cependant : le fé se trouvait en position de force. Le jouvenceau finit par hocher la tête.

— Et pour ce cafard ? gronda le fé, en indiquant le garde, qui ne relevait pas la tête.

L'araignée se manifesta de nouveau. Dans l'esprit du Chasseur, elle tissa un sort d'oubliette. L'envie de tuer ce mortel était grande, mais s'il cédait à cette tentation, son instinct lui soufflait qu'il détruirait à jamais la graine de confiance qu'Arnaut lui accordait.

Le fé ferma les yeux. Et se laissa engloutir.

Dans la chambre d'amis d'Hermeline, Shirley ne parvenait pas à trouver le sommeil. La journée qui venait de s'écouler s'était avérée misérable. Hermeline s'était absentée à de nombreuses reprises, autant pour renforcer les protections autour de la demeure que pour patrouiller avec les kitsune. Shirley était demeurée seule, cloîtrée entre quatre murs. L'inactivité, le silence lui pesaient sur les nerfs. Elle n'avait entraperçu Peter qu'au moment des repas et cette absence la calmait autant qu'elle la mettait en colère. Exaspérée, elle rejeta au loin les draps, sortit du lit et se mit à arpenter la chambre de long en large. La jeune fille contempla son téléphone portable posé sur la commode. Dans la mémoire de ce dernier était enregistré le numéro de Noble. Tous les Héritiers y avaient accès, de même que le pistolet Glock et ses munitions spéciales. C'étaient là des précautions standard. Et Shirley pouvait s'en servir, à tout moment. C'était son droit. Son devoir, même. Son cœur battit plus vite quand elle referma la main sur le téléphone. Un seul coup de fil à passer. Il serait si simple de dire à Monseigneur qu'elle avait des informations importantes à lui communiquer. Elle ne devrait même pas déballer ce qu'elle savait dans la maison d'Hermeline, nul doute que Noble enverrait aussitôt une voiture la chercher. Elle se trouverait en sécurité et le dilemme qui la harcelait depuis sa dernière discussion avec Peter serait résolu. Elle aurait choisi. Pris sa décision. Impossible de revenir en arrière. Et son avenir de Maîtresse de Maison serait assuré.

« C'est vraiment ce que tu veux ? » lui souffla une petite voix.

Shirley rejeta en arrière une mèche rousse, s'assit au bord du lit. Elle contempla sans le voir le parquet luisant à la lumière des puissants projecteurs qui éclairaient chaque recoin du jardin d'Hermeline. Au fond d'elle-même, elle savait ce qu'elle voulait. Elle se l'était tant imaginé : Peter à ses côtés, un avenir radieux en tant que Maîtres de Maison, un monde enfin débarrassé des fés et dans lequel élever des enfants sans craindre que quiconque ne s'en prenne à eux. Une famille, comme dans la vision offerte par les Élémentaires. Elle avait besoin de cette stabilité, de cette sécurité. Depuis son entrée dans le monde des Outrepasseurs et la séparation d'avec sa famille qui s'était ensuivie, elle faisait tout pour y arriver. Et voilà que Peter remettait tout en cause par son incompréhensible refus à suivre les règles ! Furieuse, elle abattit son poing sur le matelas. Elle aurait fracassé le jeune homme contre le mur tant elle était furieuse. Et en même temps, elle avait envie de la garder contre elle, de le serrer dans ses bras jusqu'à ce qu'il change d'avis. Shirley ricana : si seulement c'était aussi facile ! Il lui semblait qu'un immense chaudron avait pris possession de son âme et qu'y bouillonnaient en permanence des sentiments aussi vifs que contradictoires. La haine chassait l'amour, la colère remplaçait la tristesse, la déception teintait d'amertume sa nostalgie du passé, quand elle pensait encore que Peter partageait sa vision des choses. Comment ne s'était-elle pas aperçue qu'il en allait autrement ? S'était-elle bercée d'illusions ? Elle rougit en pensant à ses tentatives de flirt. Pour ce qu'elles lui avaient rapporté, de toute manière ! Pendant un instant, elle s'imagina prendre ce fichu téléphone et appeler enfin ce numéro. Noble décrocherait, elle l'informerait et tout serait fini. Peter ne représenterait plus d'obstacle et elle pourrait enfin aller de l'avant. Oublier. Plus facile à dire qu'à faire, cependant. Elle se souvint quand il lui avait pris la main pour plonger avec elle dans la piscine des vouivres, quand ils avaient partagé les entraînements, réfléchi ensemble lors des traques des fés, conversé par Internet quand les leçons étaient terminées, chacun entre ses quatre murs et cherchant quelqu'un à qui parler… Elle ne pouvait pas effacer ses souvenirs. Sa renarde non plus, d'ailleurs. Celle-ci s'éveilla soudain, ses yeux mordorés brillant dans l'obscurité de sa tanière.

Que se passe-t-il ?

Silence !

Shirley fronça les sourcils. Sa renarde ne donnait jamais l'alerte pour rien et la jeune fille se fiait à son instinct. Elle marcha jusqu'à la fenêtre, examina le jardin… et se figea. Pendant un moment, elle ne comprit pas ce qu'elle voyait. Son cœur battait à tout rompre. Au même moment, la barrière magique s'activa, dessinant un cercle lumineux, rouge sang autour du jardin. Cela ne troubla en aucune façon le Chasseur. Il examinait la maison tel un architecte, avec un œil d'expert. Et à ses pieds… Shirley eut un haut-le-cœur. Les têtes des garous d'Hersent étaient bien visibles. Le fé les avait décapités.

Réveille-toi ! Il est ici !

Peter sursauta dans son lit, avant de se relever d'un bond. Il ne dormait que d'un œil d'ailleurs. Même dans son sommeil léger, l'exaspération ne l'avait pas quitté. Son plan pour filer en douce de la maison, sans éveiller la méfiance de ses proches, avait tourné au fiasco complet. Dès le petit matin, les loups-garous qu'il avait aperçus la veille s'étaient postés à sa porte et n'avaient plus changé de position. Entre eux et les rondes d'Hermeline, le jeune homme n'avait pas pu bouger d'une patte.

Qui ça ?

Le lion noir ! Réveille-toi !

Le lion noir. Arnaut. Il l'avait retrouvé. Peter se précipita à la fenêtre. Et recula vivement, comme si la vision du Chasseur, au visage éclairé par les étincelles pourpres de la barrière de protection, l'avait brûlé. Au même moment, il entendit Hermeline crier dans le jardin :

— Plus un geste !

Sans réfléchir, le jeune homme se saisit de son sac à dos et descendit en trombe l'escalier.

Le Chasseur considéra avec mépris les kitsune qui avaient surgi de la maison à l'instant même où la barrière s'était activée. Des Métamorphes, aussi indignes de son attention que les loups qui s'étaient rués sur Arnaut quelques heures auparavant. Fidèle à sa promesse, le fé avait repris possession du corps, protégeant le jouvenceau. Tuer ces maudits chiens ne s'était jamais avéré aussi facile. Il leur ôtait la vie avec rapidité. Un réflexe aussi naturel que celui de respirer. Arnaut n'avait pas protesté.

— Plus un geste !

L'apparition de la femme, qui balançait deux énormes haches dans ses mains, éveilla son intérêt. La malédiction qui chantait dans ses veines appelait le Chasseur. Le reconnaissait en tant que son créateur. Le fé s'en désintéressa. Il était venu chercher quelqu'un d'autre.

— Contactez Monseigneur, ordonna la femme à une des kitsune.

— Non ! cria soudain une voix masculine.

Le fé reconnut aussitôt le jeune homme, qui l'avait alerté du danger sur le bord du quai. Il sourit. Il tenait enfin sa proie.

— Peter, rentre immédiatement à l'intérieur. Donne l'alerte.

Hermeline ne lui prêtait aucune attention, concentrée sur sa cible, qui ne bougeait pas. Peter jeta un coup d'œil au Chasseur. Scrooge hurlait à la mort.

Appelle des renforts ! Vite !

Dans son dos, Shirley descendait aussi les escaliers. L'activation du cercle devait l'avoir réveillée, à moins qu'à son exemple, sa renarde n'ait donné l'alerte.

— Dépêche-toi, Peter, il n'y a pas de temps à perdre ! lui ordonna sa mère.

Il évita de poser le regard sur les têtes décapitées des loups-garous. Ainsi donc, le moment décisif était venu. Il prit une profonde inspiration et sortit dans le jardin.

— Peter ! Mais qu'est-ce que tu fais ?

L'exclamation angoissée d'Hermeline lui brisa le cœur. Un pas après l'autre. Marcher à la rencontre du fé, qui le contemplait, un sourire exhibant ses canines tachées de sang. Réaliser qu'il se trouvait dans la ligne de mire. Voir les lignes familières du tatouage se dessiner sur ses mains. S'apercevoir que, si une des kitsune lançait à présent son poignard, elle ne le raterait pas. Peter déglutit. Il perçut le hoquet de stupeur de Shirley. Mais ce qui le terrifia le plus fut le murmure du Chasseur :

— Je t'attendais.

— Laisse-moi lui parler, supplia Arnaut. Tu le terrifies.

Et dans les tréfonds de son être s'éleva la voix du lion noir. Le Chasseur courba l'échine. Et disparut.

La métamorphose prit Peter par surprise. Si rapide, si aisée. Il éprouva un malaise devant cette preuve supplémentaire que l'esprit du Chasseur cohabitait avec celui d'Arnaut dans le même corps. Puis il l'oublia à la vue du jeune homme. Si semblable à ses souvenirs, quand il avait plongé dans la piscine aux eaux mercurielles. Peter demeura bouche bée devant cette silhouette frêle, vêtue d'un pull informe et d'un pantalon large.

— Je t'attendais, répéta Arnaut.

Dans sa bouche, les mots prirent une autre saveur.

— Moi aussi, souffla Peter.

Un sourire s'esquissa sur les lèvres de son interlocuteur. Un moment de complicité, qui se brisa de manière brutale quand le couteau d'une des kitsune passa à quelques pouces du visage d'Arnaut. Ce dernier s'était retiré à temps. Ses yeux devinrent noirs, une ombre meurtrière voila ses traits.

Peter ne voulait en aucun cas que le Chasseur réapparaisse. Il devait agir.

— Arrêtez ! hurla Hermeline.

Shirley, qui avait levé le pistolet vers le Chasseur, demeura bouche bée devant l'apparition d'Arnaut. Peter tira du réconfort devant cette preuve qu'elle au moins l'avait reconnu.

— Peter, reviens ! cria sa mère.

— Non ! Je ne te laisserai pas le toucher !

Hermeline lui jeta un regard agacé.

— Obéis et ne discute pas !

Elle croyait sans doute qu'Arnaut l'avait enchanté, d'une manière ou d'une autre. Ce dernier lui jeta un regard d'incompréhension. Il ne devait rien comprendre à la scène qui se jouait sous ses yeux, comprit Peter. En un élan de solidarité, auquel il ne réfléchit pas, il lui prit la main, la serra.

— Je vais nous sortir de là. Fais-moi confiance.

C'était sans aucun doute beaucoup demander à un parfait inconnu. Arnaut hocha pourtant la tête. De toute manière, que pouvait-il faire d'autre ?

Lui, peut-être pas. Mais le Chasseur… songea Peter.

Pour mieux confirmer ses craintes, le jeune homme lui glissa :

— Dépêche-toi.

Peter se tourna vers les siens. Quel que soit son choix, il était définitif. Il ne pourrait plus revenir en arrière. S'il sauvait Arnaut de ce traquenard… Il savait ce que ce geste impliquait. Il le savait depuis qu'il s'était lancé dans sa quête, un an auparavant. Il serait déchu de son statut d'Héritier. Il deviendrait un renégat aux yeux des siens. Une cible que n'importe qui, n'importe quand, pouvait abattre sans que quiconque bouge le petit doigt pour le sauver.

— Peter ! l'appela sa mère.

L'angoisse était perceptible dans sa voix. Peter secoua la tête.

— Je reste avec lui, déclara-t-il.

Hermeline demeura d'abord stupéfaite, comme si elle se refusait à croire ce qu'elle venait d'entendre. Emiko se rapprocha d'elle et lui murmura à l'oreille. Peter vit sa mère la faire taire d'un geste impérieux de la main. Peter en profita pour examiner la barrière qui flamboyait toujours. Heureusement qu'elle n'était pas visible pour les voisins, qui auraient sans aucun doute alerté les pompiers face à un tel feu du Bengale ! Arnaut l'interrogea du regard et Peter secoua légèrement la tête. Pas la peine de penser à la franchir, à présent qu'elle était activée. Il connaissait ce type de protection : les rares fés qui avaient osé la franchir – bien souvent parce qu'ils ne possédaient pas d'autre choix – brûlaient vifs. Un fait que les chroniqueurs des archives prenaient grand plaisir à décrire dans les moindres détails. Pendant un instant, Peter craignit qu'Arnaut ne tienne pas compte de son avis et qu'il coure à sa perte en voulant s'échapper du piège tendu par Hermeline. Mais le jeune homme le rassura d'un bref sourire, qui dévoila des dents aiguës. Qui n'étaient pas sans rappeler les canines du Chasseur. Peter chassa cette pensée. Hermeline abaissa le bras, posa la pointe de la hache sur le sol. L'espace d'un battement de cœur, Peter entretint le fol espoir de pouvoir discuter avec elle. Espoir qui fut balayé quand Hermeline déclara :

— Reviens ici, mon fils. Tu n'as rien à faire avec ce criminel.

Un terme qu'il ne pouvait nier. Arnaut d'ailleurs ne protesta pas. Sans nul doute il avait assassiné Ian. Peter se souvint des termes qu'avait employés le Balafré, la gorge arrachée de Ian, ses tripes à l'air. Il frémit. Il ne devait pas flancher, pourtant. S'il hésitait maintenant… Tout était perdu.

— Maman, répéta-t-il, regarde-le.

Il se décala sur la gauche pour qu'elle puisse mieux le voir.

— Tu le reconnais, non ?

— Peter…

Elle ne répondit pas à sa question au sujet d'Arnaut. Elle le suppliait, réalisa-t-il. Le jeune homme sentit son cœur se serrer. Soudain, en dépit de son arme qu'elle tenait toujours à la main, Hermeline lui sembla si fragile. Si vulnérable. Que deviendrait-elle s'il partait ? Serait-elle exposée à la colère aveugle du vieux lion ? Obligée d'avaler la potion de Thomas le Rimeur ? Il imagina les réactions des Outrepasseurs quand ils apprendraient sa fuite. Sa trahison. Il pouvait entendre Hersent déclarer, nonchalante :

— Je l'ai toujours dit que c'était un bon à rien. Et regardez-le à présent ! Pire qu'un cancrelat : un renégat.

Renégat. Soit. Peter prit une profonde inspiration. Et demanda à sa mère :

— Laisse-moi partir. Laisse-nous partir. Après… Tu feras ce que tu veux. Dénonce-moi au Balafré, envoie les traqueurs sur nos traces, ça m'est égal. Mais donne-nous une chance. S'il te plaît.

Il n'aurait jamais pensé en arriver là. Supplier sa mère pour qu'elle le laisse vivre. Pour qu'elle ne le tue pas ici et maintenant, lui, le renégat. Les kitsune s'agitèrent, contemplèrent Hermeline dans l'attente d'un ordre. Cette dernière ne réagit pas. Une douleur profonde déformait ses traits. Dans la lumière crue des projecteurs, elle ressemblait plus que jamais à une vieille femme désemparée. Elle ne comprenait pas, il le savait.

— Tu es devenu fou, chuchota-t-elle.

— Je préfère cette folie à la cage dorée des Outrepasseurs. Désactive la barrière. Laisse-moi partir. Avec lui.

Hermeline blêmit encore davantage, si c'était possible. Du coin de l'œil, Peter vit Shirley abaisser son arme. C'était le moment ou jamais. La jeune fille se tenait à une dizaine de pas de lui. Il fonça vers elle. Ses yeux se plissèrent, elle devait penser qu'il voulait l'agresser. Ce qui n'était pas entièrement faux.

Il l'attira à lui. Et comme il avait si souvent rêvé, l'embrassa. Les mêmes sensations que lors de l'illusion créée de toutes pièces par les Élémentaires. Sauf que cette fois-ci, c'était bien réel. Il se laissa aller pendant quelques instants, puis, d'un geste leste, lui déroba le pistolet qu'elle tenait à la main.

Un coup de feu retentit. L'une des kitsune avait tenté sa chance. Peter vit tout de suite qu'Arnaut était blessé. Le chaos régna soudain : la plainte d'Arnaut, qui se termina en un rugissement ; les cris de joie des kitsune ; l'incantation que récitait Hermeline pour désactiver la barrière, qui s'éteignit. Peter comprit sa tactique en un clin d'œil : elle n'avait nullement l'intention de les laisser partir. Elle donnait libre cours aux kitsune, qui ne disposaient pas de la magie nécessaire pour franchir le cercle, de pourchasser la bête et de l'acculer dans une impasse, d'où elle ne ressortirait pas vivante.

La fureur agita Peter. Il leva le pistolet. Visa une des kitsune. Et tira. La plus jeune d'entre elles, Yuna, celle qui s'était si souvent amusée à le faire rougir par ses manœuvres de séduction, émit une plainte. Elle apposa sa main sur son abdomen. S'effondra à terre.

Meurtrier, pensa Peter, qui ne réfléchit pas plus. Il se précipita vers le cercle éteint. Le franchit. Le lion le suivait de près, grondant toujours. Et tous deux s'enfoncèrent dans les ténèbres. Hermeline cria quelque chose, il perçut aussi la voix de Shirley. Puis ne resta plus que le son de leurs souffles saccadés et le martèlement des pattes sur le bitume.

Chapitre 21

« […] Le froid était horrible. Sous le choc, en atteignant l'eau, mes poumons avaient expulsé tout l'air qu'ils contenaient. Je descendis au fond, très loin, virevoltant en tout sens. Je me mis à nager dans une direction qui me parut être celle qui m'éloignerait du navire. Je parvins à la surface, les poumons en feu, mais sans avoir avalé une goutte d'eau. […] Le froid et la fatigue commençaient à se faire sentir, mais mon gilet de sauvetage maintenait ma tête et mes épaules hors de l'eau… Soudain, toute la structure du navire parut se scinder en deux et exploser. »

Témoignage de John B. Thayer Jr, rescapé du naufrage du Titanic.

Gueule ouverte, crocs luisant de salive, l'hydre fond sur lui. Au dernier moment, alors que Noble lève son bras en une tentative dérisoire de se protéger, l'ennemi se métamorphose. Noble se retrouve soudain nez à nez avec un énorme lion noir. Et dans ses yeux de démon brûlait une seule envie : celle de le dépecer, de l'étriper. De le tuer. Le fauve rugit et se précipite vers lui.

Noble se réveilla en sursaut. Le vieux lion qui sommeillait en lui rugissait encore et toujours sa colère. Un cri de défi envers celui qui osait le menacer, le défier. Noble en fut soudain certain : le Métamorphe se trouvait ici. Dans les murs de Lion House. Le cauchemar s'atténua, ne resta plus que le flot d'adrénaline saturant ses veines. Il sauta en bas de son lit, se rua dans le couloir. Il s'attendait presque à y trouver celui qu'il traquait depuis si longtemps. Personne. Le calme complet. Un silence sinistre, profond recouvrait Lion House.

Fière ! songea-t-il. Il se rassura en se concentrant sur le lien qui les unissait : ses battements de cœur, plus faibles, étaient pourtant bel et bien présents. Haletant, Noble examina la chambre de Fière. Rien. Aucun bruit. Mis à part le « bip » régulier des machines qui permettaient à la malade de survivre, minute après minute. L'esprit en déroute, tous ses sens aux aguets, Noble verrouilla à double tour la lourde porte de chêne et seul, sans arme, s'aventura dans les couloirs enténébrés du manoir. Où se cachait-il, cet assassin, ce meurtrier ? Là, derrière cette pilasse imposante ? Dans les ombres épaisses qui tapissaient la salle à manger, où plus personne ne s'était attablé depuis la maladie de Fière ? Ou peut-être avait-il choisi ce recoin de l'escalier pour mieux sauter sur sa victime ? Noble se saisit d'un solide tison, pénétra dans le hall d'entrée si solennel avec son damier de marbre, son horloge, génie de mécanique datant du siècle dernier, et sa tapisserie qui recouvrait un des murs.

— Sir Noble ?

Le tison s'arrêta à quelques pouces du nez du domestique, qui recula avec tant de précipitation qu'il dérapa et chuta. L'instinct animal de Noble vit une proie facile, désarmée et déjà à terre. Il suffisait de la saisir par la gorge et... Il se ressaisit à temps. Le lion affleurait à la surface.

— Dégagez, ordonna-t-il au domestique.

Ce dernier se hâta de disparaître. Non, l'ennemi ne se terrait pas ici. D'une main sûre, Noble déverrouilla la porte d'entrée et se faufila dans la nuit glacée.

Le vent le gifla, Noble grogna. Le froid éloigna le fauve qui guettait en lui, le rendit à lui-même. Avait-il rêvé cette alerte ? Il en était certain, le murmure qui irritait ses sens, qui le guidait au loin, hors du refuge de sa demeure, appartenait à son ennemi. Ce fichu Métamorphe, aussi insaisissable que de l'eau, une anguille qui se jouait de lui et lui filait entre les pattes. Cette fois-ci, il ne le laisserait pas s'échapper. Où se terrait-il ? Derrière ce haut sapin, un poignard à la main, prêt à l'égorger ? Dans le pavillon d'été, où les reflets du soleil s'étaient évaporés ? Ou voulait-il un combat à la loyale, avec pour seules armes ses griffes et ses dents ?

— Où te caches-tu ? cria-t-il.

Il courait à présent sur le sentier glacé. L'herbe crissait sous ses pas. Il manqua de tomber sur la pente qui conduisait au fleuve, se rattrapa juste à temps. Il arriva sur la berge, hors d'haleine. Les eaux grises charriaient des morceaux de glace. L'arrivée de Noble dérangea quelques canards, qui s'étaient assoupis dans le refuge de leurs plumes, et qui protestèrent bruyamment contre l'intrus. Le murmure se mua en rire, qui sonnait haut et clair aux oreilles de Noble. Un rire de défi, un rire qui se moquait de lui et de ses efforts. Un rire de fé.

— Où es-tu ? cria-t-il.

Seul le sifflement du vent lui répondit. Il scruta la nuit, tenta de percer le mystère de ses ombres. Qui se dissimulait là-bas ? Il crut voir une ombre, sauta sur le côté. L'animal – un rongeur sans doute – s'enfuit. Bon sang, devenait-il fou ?

— Où es-tu ? répéta-t-il.

Et le rire s'arrêta, aussi soudainement qu'il était apparu. La nuit se tut. Plus le moindre souffle d'air glacé, plus le moindre murmure.

Le vide, l'absence. Noble en eut le cœur serré, sans qu'il puisse se l'expliquer. Il lui semblait que quelque chose de vital, dont il avait toujours chéri la présence sans le savoir, venait de disparaître. Il se trouva soudain stupide, à se démener ainsi à la recherche d'un adversaire imaginaire, en pantoufles et avec son tison à la main. Et pourtant… Le lion demeurait aux aguets, à demi dissimulé dans les hautes herbes d'une savane imaginaire. Ses yeux d'ambre luisaient. Le vent ébouriffait sa crinière. Il demeurait immobile, ne produisait pas un seul son.

Écoute.

Plus rien ne remuait. L'univers entier semblait retenir son souffle.

Regarde.

Noble obéit par habitude, par instinct aussi. Le grand félin ne l'avait jamais laissé tomber. Il ne l'avait jamais induit en erreur, aussi Noble lui accordait-il sa confiance. Néanmoins, son irritation d'homme croissait. À quoi rimait donc cette charade ? Il était prêt à s'avouer qu'il s'était fait des films. Le challenge lancé par un ennemi imaginaire l'avait mené jusqu'ici, mais rien ne l'y attendait. Plus aucun monstre ne l'attendait au bord de l'eau.

L'hydre était morte et ce serait bientôt le tour de ce maudit Métamorphe. Le lion poussa une plainte brusque, déchirante. Un rugissement, qui n'exprimait plus la colère, mais la douleur du deuil. Noble en demeura saisi. Que lui arrivait-il ?

Tu ne comprends pas, hein ?

Le ton ironique masquait une tristesse bien réelle, un chagrin d'autant plus poignant que sa cause demeurait inconnue. Non, Noble ne comprenait pas. Que s'était-il passé pour que le fauve se comporte de cette manière ? En guise de réponse, le vieux lion lui transmit une image. Noble se retrouva soudain à Prague, derrière la vitre sans tain du centre de prélèvement. Le golem se mourait, une joie tranquille sur ses traits d'argile. Et dans son regard, cet insupportable défi.

« Je sais quelque chose que tu ignores et je ne te révélerai rien. »

Alors le lion lui envoya une autre vision. Si inattendue que Noble écarquilla les yeux.

Celle d'un squelette toujours intact, en dépit du passage des siècles.

— Tu veux que…

Vas-y. Cours. Et tu réaliseras peut-être ce que je veux te dire.

Noble s'élança vers le refuge brillamment éclairé de Lion House sans qu'il en prenne vraiment conscience. Quand il ouvrit à la volée la porte d'entrée, rouge et haletant, il croisa le regard surpris d'une domestique. Elle disparut aussitôt à sa vue, de peur d'être remise à sa place, mais Noble ne s'en souciait guère. Il fit glisser son manteau gorgé d'eau à terre, défit les lacets de ses souliers en toute hâte. Puis il recommença sa course folle dans le dédale de Lion House. Quiconque l'aurait croisé à ce moment, courant au risque de se rompre les os sur le marbre, l'aurait traité de fou. Noble n'en avait cure. Tout ce qu'il voyait, c'était ce squelette intact, placé derrière sa vitrine. Le Saint-Graal des Outrepasseurs. Les portes d'acier qui conduisaient à son royaume secret s'élevèrent devant lui. Le parfum de soufre, si familier quand il usait de sa magie, pénétra ses narines, le fit tousser. Son cœur s'affola. La veine de son front pulsait d'un rythme furieux. Enfin, il pénétra dans le saint des saints, le cœur de son repaire. Une pièce si vaste qu'elle semblait ne pas avoir de fin. Là dormaient, sous la lumière discrète des spots, les trésors sans nombre amassés par ses ancêtres au fil des siècles. Des artefacts en tout genre et de toute taille, telle cette lance qui trouvait toujours sa cible ; des tapisseries si fines, si gracieuses, aux couleurs éclatantes ; un chaudron gravé de runes mystérieuses ; des bijoux, des pierres précieuses, des richesses qui saturaient l'immense salle, la noyant sous l'or que réverbérait à l'infini le verre des vitrines. Noble n'y jeta même pas un coup d'œil. Il s'avança à grandes enjambées vers le fond de la salle. Là résidait sa cible : le squelette de la Tisseuse.

Nul ne savait vraiment comment elle était morte : hors de question de laisser son squelette entre les mains d'un légiste, même pour assouvir la curiosité à son sujet. Il ne restait que l'énigme présentée par ses os, éclatants de blancheur et sur lesquels le temps n'avait aucune prise. Ils avaient survécu à tous les revers qu'avaient pu connaître ses ancêtres : les incendies criminels, les guerres fratricides, les luttes de succession. Même l'exil forcé en Angleterre, quand la Révolution française avait aboli les privilèges accordés à la noblesse, n'était pas parvenu à les égarer dans un coin, les abandonner au détour d'une route dans la fuite éperdue des Outrepasseurs de 1790.

Noble s'arrêta soudain, pris d'un vertige. Que faisait-il donc dans cette salle, en chaussettes et des clés à la main ? Mais le souvenir des paroles du lion ne s'effaçait pas de son esprit. Il haussa les épaules, comme pour chasser le malaise qui s'était emparé de lui. Puisqu'il était sur place, autant vérifier. Il introduisit la clé dans la serrure, tourna le mécanisme. La vitrine s'ouvrit sans bruit. Noble s'attendait à ce que la magie puissante contenue dans le squelette de la Tisseuse lui picote la peau. Il n'en fut rien. Il approcha sa main. Toujours aucune sensation. Pas la plus petite étincelle. Il alla jusqu'à toucher un des os du thorax. Et enfin, sous ses doigts, il ressentit la pulsation de la magie. Il coupa aussitôt court au contact, glacé d'angoisse. Il comprenait enfin ce que le lion avait voulu lui dire. Son regard glissa, presque malgré lui, sur le sol du support. Une fine poussière blanche commençait à s'y amasser. Noble sentit une terreur sans nom lui mordre le cœur, comme s'il n'était qu'un jouet entre ses crocs. En même temps, une immense tristesse s'empara de lui. Oh oui, il comprenait enfin en réalisant que le squelette de la Tisseuse commençait à s'effriter. Ce qu'il avait pris pour un rire de défi, un rire moqueur dans le jardin enténébré tout à l'heure était un adieu, un au revoir final. La magie disparaissait de ce monde.

Dans les entrailles du centre de prélèvement londonien, à quelques pas des fondations de la Tour de Londres, monsieur White s'éveillait d'un sommeil torturé et bien trop court. Il se frotta les yeux dans le vain espoir d'y chasser le sommeil. Voilà quatre nuits qu'il était sur le qui-vive, parmi les rangs des dortoirs-prisons, au lieu de se trouver chez lui. Le rythme devenait infernal et il sentait le point de rupture se rapprocher dangereusement. Il se traîna jusqu'à la cafétéria, savoura le café amer que distribuait la machine. Les nuits interminables se muaient en jours de cauchemar. Edward regarda par la fenêtre l'horizon plombé par les nuages. La lumière du soleil, aussi grise fût-elle en ce début d'hiver, lui manquait. Sortir de cet endroit. Voir ses rares amis. Relever le défi d'un match d'échecs avec le vieux Charles. Des plaisirs si simples. Et pourtant si inacessibles. Rien ne fonctionnait. Les fés continuaient à lui claquer entre les doigts, sans qu'il sache pourquoi. L'ichor arrivait au compte-gouttes, au lieu du fleuve brillant qu'il s'était habitué à récolter. Les autopsies, les rapports, les mises en culture, les examens au microscope se succédaient à une cadence diabolique. Lui et les autres se trouvaient sur les genoux. Trop fatigués pour parler. De vrais zombies en devenir. Il ferma les yeux, s'abandonna à Morphée, qui le fuyait depuis trop longtemps. Aussi n'entendit-il pas tout de suite l'alarme résonner.

— Et merde, jura-t-il.

Elle provenait de la zone des Élémentaires. Monsieur White redescendit, croisant les rares employés qui avaient trouvé la force de monter jusqu'à la cafétéria. Tous arboraient, outre d'énormes valises sous les yeux, des mines résignées. Comme s'ils savaient déjà qu'ils ne trouveraient jamais la clé de ce mystère. L'un d'entre eux se proposa d'accompagner monsieur White, mais il refusa.

— J'y vais.

Il franchit la porte blindée qui séparait le reste du centre de la zone d'isolation, où étaient reclus les

Élémentaires. Revêtit par habitude le casque de protection. Presque tous les caissons d'acier étaient vides. D'autres Élémentaires avaient suivi Shen-Long dans la tombe.

Ou plutôt dans l'incinérateur, songea-t-il. Il ne restait plus que Frost, l'océan du Nord, et cette garce de Snezhkaïa en vie depuis lors. Aucun bruit ne lui indiquant lequel des survivants était décédé, il avança, perplexe. Il n'avait quand même pas rêvé l'alarme ! S'agissait-il d'une fausse alerte ? Il pria pour qu'une défaillance technique soit intervenue. Tout plutôt qu'un autre décès à ajouter aux statistiques, une autre victime à charcuter. Un léger cliquetis attira son attention. Le bruit provenait du caisson le plus isolé, celui de Snezhkaïa. Si elle remuait toujours, la victime devait être Frost. Il soupira. Le bruit de ses pas claqua tels des coups de marteau sur le sol de béton. Devant la prison de l'Élémentaire, il regarda par le hublot : le fé était affalé sur le sol, sans aucune réaction. Le cœur lourd, il déverrouilla la porte et pénétra dans le caisson. Soudain, la lumière, qui s'allumait automatiquement dès l'ouverture de la porte blindée, s'éteignit. Edward se retrouva dans l'obscurité la plus complète. Le cœur battant, il tâcha de ressortir, se cogna à la paroi. Il jura. Il était si occupé à retrouver la sortie qu'il ne perçut que trop tard le cliquetis, qui l'avait déjà alerté lors de son entrée dans la pièce.

— Que…

La douleur le foudroya au cœur. Ses genoux se dérobèrent, il tomba face contre terre. Il avait froid, si froid… Monsieur White rendit le dernier soupir, en pensant à l'énigme qu'il ne pourrait jamais résoudre.

— Relève-toi, Frost.

L'Élémentaire grimaça, mais obéit. Snezhkaïa poussa du pied le cadavre du mortel. Le sort qui l'avait libérée lui avait coûté une précieuse énergie. Elle arracha de ses poignets les derniers liens qui la retenaient encore prisonnière. Enfin, elle se trouvait libre ! La magie qui gardait intacte sa prison était devenue aussi fragile qu'une simple feuille de papier. Snezhkaïa n'avait eu aucun mal à la déchirer de ses ongles acérés. Dame La Mort continuait son œuvre sinistre, emportant les fés et la magie avec elle. La Reine des Neiges prit une profonde inspiration : la promesse de l'hiver titillait ses sens.

— Qu'allons-nous faire à présent, Snezhkaïa ?

Elle dévisagea Frost en silence. Il ne survivrait plus longtemps, elle le sentait. Son milieu naturel était bien trop éloigné pour qu'il puisse tenir sur cette terre étrangère, sans le soutien de sa magie. Cependant, il pouvait encore lui être utile.

— Nous nous trouvons sous terre, il nous faut regagner la surface. Mais d'abord…

Les lèvres exsangues de la Reine des Neiges esquissèrent un sourire.

— Si tu rappelais à ces mortels qui tu es ?

Frost écarquilla les yeux.

— Que veux-tu dire ?

— Te souviens-tu des jours anciens, Frost ? Quand tu inondais mon repaire et que je te recouvrais de glace ?

Une brève lueur illumina le regard mort de l'Élémentaire. Il s'inclina devant Snezhkaïa.

— Adieu, très chère. Je ne crois pas que nous nous reverrons dans ce monde.

La Reine des Neiges contempla son vieux compagnon. Le souvenir d'étreintes furieuses et glacées lui revint. Elle l'embrassa sur les lèvres. Il lui sourit. Et se transforma.

Des eaux glaciales noyèrent soudain le béton, s'infiltrèrent dans les caissons vides. La rivière devint fleuve, se mua en océan déchaîné. Des flots furieux s'engouffrèrent dans le centre de prélèvement. Les lumières vacillèrent, s'éteignirent. Les vitres volèrent en éclats, les lits où reposaient les fés furent renversés, leurs occupants noyés. Des hurlements retentirent soudain et Snezhkaïa sourit : jamais son n'avait été plus agréable à son oreille.

Chapitre 22

« Quand les Héritiers s'agenouillent devant Noble afin de lui jurer allégeance, leurs mots activent le lien de Morgane, une connexion mentale entre eux et leur suzerain. Ce lien ne peut être brisé et ne s'éteint qu'à la mort de Noble ou quand ce dernier est détrôné par son Héritier. »

Chronique des Outrepasseurs – *Les plus célèbres combats contre les Premiers-Nés, annexe 1 – auteur anonyme.*

Peter avait l'impression de jouer une scène typique de western, quand les occupants d'une diligence étaient pris en otage par des bandits. À l'exception que tout ceci était bien réel et qu'il ne se trouvait pas dans le camp des gentils. Il s'efforça de maîtriser le tremblement de ses mains. Ne pas penser à Yuna. La kitsune était-elle morte ? Blessée ? Placé dans la ligne de mire de son arme, le docteur lui jeta un regard noir. L'homme avait du cran : quand Peter et Arnaut s'étaient jetés sur lui, alors qu'il rentrait de son jogging matinal, il n'avait pas crié. Il les avait regardés avec la plus grande surprise – en partie en raison de l'état dénudé d'Arnaut à la suite de sa métamorphose – et n'avait vraiment pris conscience du danger que lorsque Peter avait sorti le pistolet dérobé à Shirley et lui avait ordonné de leur ouvrir la porte.

— Votre ami s'en tire sans trop de dommages, grogna-t-il.

Il apposa une compresse sur la blessure d'Arnaut, puis la maintint grâce à un épais pansement.

— Par contre, il faudra désinfecter la plaie de manière régulière.

Peter hocha la tête. Nul besoin de dire au brave docteur qu'une fois la balle retirée, Arnaut cicatriserait en quelques heures grâce au métabolisme féerique du Chasseur. Il jeta un coup d'œil sur l'épouse du médecin, qui serrait contre elle ses deux petits garçons. Elle n'avait pas pipé un mot depuis que Peter l'avait obligée à s'asseoir sur le canapé, sous la menace de son arme. Elle lui renvoya un regard venimeux, qui renforça encore la culpabilité du jeune homme. Comme s'il était un assassin !

« Mais tu l'es ! » souffla une petite voix dans son esprit.

Peter se ressaisit. La balle de pistolet avait spécialement été conçue pour les fés, la dose de fer et d'argent mêlés suffisante pour causer d'immenses douleurs à sa victime sans que cette dernière ne puisse l'expulser de son corps. Dès que le lion avait laissé la place à Arnaut, ce dernier avait serré les dents. Ils avaient repéré la plaque de cuivre indiquant le cabinet d'un médecin et avaient attendu, frissonnant dans le petit matin blême, que la chance leur sourie. Et pour une fois, Dame Fortune avait exaucé leurs vœux.

Pansé et habillé, Arnaut sauta de la table d'auscultation. Le docteur le regardait, les yeux plissés, comme s'il se doutait que son patient n'était pas ordinaire. Peter, lui, surveillait plutôt les enfants. Depuis qu'ils avaient fait irruption dans leur maison, les gosses n'avaient d'yeux que pour Arnaut. Leurs jeunes esprits devinaient-ils le fé tapi sous la peau du jeune homme ?

— Merci docteur.

— Comme si j'avais eu le choix ! répliqua-t-il en désignant l'arme que Peter tenait.

Il s'interposa entre les jeunes gens et sa famille.

— Et maintenant, filez ! Nous ne vous dénoncerons pas aux flics.

Peter faillit ricaner. La police constituait le moindre de leurs soucis. Il tira Arnaut par sa manche, mais ce dernier ne bougea pas.

— Oh, je ne pense pas, docteur.

Peter se figea.

— Arnaut !

Le médecin serra les poings.

— Qu'envisagez…

Il n'eut pas le temps d'achever. Des mots incompréhensibles sortirent de la bouche d'Arnaut. Il leur jetait un sort, réalisa Peter, qui observa les regards du docteur et de ses proches devenir figés. Puis leurs paupières se fermèrent. L'homme s'affala sur le sol, son épouse et ses enfants glissèrent sur le canapé. Expédiés au pays des songes.

— Que leur as-tu fait ?

Arnaut haussa les épaules.

— Quand ils se réveilleront, ils auront tout oublié.

Il désigna l'énorme araignée, qui, par des mouvements prudents, venait de sortir de sa cachette et réintégrait sa place sur le poignet d'Arnaut. Peter recula en hâte. Il avait beau ne pas être arachnophobe, il y avait des limites à ne pas dépasser.

— Naste Estsan me l'a appris quand j'ai voulu me débarrasser du garde, dans le métro. Et ainsi, pas de souci avec la… police, non ?

Il avait prononcé le mot comme s'il lui était complètement étranger et dans un sens, c'était le cas. Peter hocha la tête et avisa les occupants endormis. Son estomac choisit ce moment pour se manifester. Il n'avait plus rien mangé depuis hier.

— Posons-nous un moment, je meurs de faim !

Arnaut le suivit dans la cuisine. Peter s'affairait : enclencher le percolateur, trouver le pain, le beurre… Il rêvait de tranches de lard grésillantes dans la poêle et d'œufs brouillés, mais il n'aurait sans doute pas le temps. Il ignorait combien de temps le sommeil des Livingstone durerait. Mieux valait ne pas tenter le diable !

Il hésita, puis alluma la télévision. Arnaut, assis sur une des chaises, sursauta avec violence face à l'appareil. Ses yeux verts virèrent au noir.

— Qu'est-ce ? cracha-t-il.

La bouche pleine, Peter se hâta de déglutir. Quel idiot ! En dépit de son apparence d'adolescent, Arnaut n'en était justement pas un. Il oubliait sans cesse que son compagnon de cavale était plongé dans un monde dont il ignorait tout. Ou presque, songea-t-il en voyant la gigantesque araignée s'agiter. Il se détourna en hâte de cette vue. Arnaut rit et Peter sut qu'il ne s'était pas montré assez rapide.

— Elle ne te fera aucun mal, chuchota-t-il en caressant une des longues pattes de Naste Estsan.

Peter le crut sur parole.

— C'est un cadeau.

À sa place, Peter aurait déjà exigé le remboursement intégral, avec dommages et intérêts pour le traumatisme psychologique causé par l'existence de la bestiole.

— Un cadeau de qui ? demanda-t-il, curieux.

— Ma marraine, répondit Arnaut, qui releva la tête et ancra son regard dans celui de Peter. À ton tour à présent de répondre à quelques questions…

Cependant, à ce moment, la voix du présentateur du journal télévisé attira l'attention de Peter. Il se tourna vers l'écran.

— … n'est pas Nessie, le soi-disant monstre du Loch Ness, mais un lion noir qui aurait été aperçu au sud de Londres ! Cassandra, nous disposons d'images amateur, je pense ?

— Exactement, Henry. Bien sûr, le film est de mauvaise qualité, mais on peut discerner…

Peter sentit son sang se glacer. Le fauve avait été filmé à l'aide d'un téléphone portable et à quelque distance. Néanmoins, à la lumière des réverbères, il se révélait parfaitement. En aucun cas, Noble ne pouvait le manquer. Il ferma les yeux. Il avait pensé qu'Hermeline ou Shirley le dénonceraient. Il n'avait jamais envisagé la simple curiosité humaine. Maudite technologie !

— C'est moi, chuchota Arnaut. Comment… ?

Peter secoua la tête.

— Nous devons nous en aller, répliqua-t-il en cherchant du regard son sac à dos. Maintenant.

Une main enserra soudain son poignet, le força à se rasseoir.

— Pas avant que tu n'aies répondu à certaines questions auparavant, dit Arnaut d'un ton étranglé, comme s'il éprouvait de la difficulté à se maîtriser.

Et dans son regard luisait de la méfiance. Peter en fut blessé, même s'il comprenait quelque part que demander au jeune homme de lui faire confiance représentait un grand saut dans l'inconnu.

— Ne pourrions-nous pas gagner d'abord une cachette plus sûre ? Ensuite…

— Non ! cria Arnaut.

Il se mit à arpenter la cuisine de long en large.

— Qui sont ceux qui me pourchassent ? Et pourquoi ? Où sont les miens ?

Sa voix se brisa sur ce dernier mot. Puis il se tourna vers Peter.

— Et comment connais-tu mon nom ?

Peter grogna. Répondre aux interrogations d'Arnaut risquait de lui prendre un temps précieux. Temps pendant lequel Noble déploierait son filet à travers Londres pour mieux les piéger.

— Écoute, je comprends que tu veuilles des réponses, mais…

Son hésitation se fracassa contre la détermination qu'il pouvait lire sur les traits de son compagnon. Ce dernier déclara :

— Je n'irai nulle part sans que tu m'aies d'abord donné des informations.

— D'accord, d'accord ! Ceux qui te pourchassent s'appellent les Outrepasseurs. Et, à leur tête, il y a… Noble.

Il devait faire un effort pour ne pas cracher ce nom. Peter resta indécis : comment résumer huit siècles d'histoire en quelques mots ? Comment faire comprendre à Arnaut que, par sa nature même, il serait toujours traqué, pourchassé ? Une tâche impossible. Il passa une main lasse dans ses cheveux. Il avait besoin d'une bonne douche. Et…

La douleur le prit par surprise. Comme si on lui avait enfoncé une lame dans l'abdomen. Une sensation que Peter avait déjà ressentie.

Scrooge !

Le renard avait attendu son heure, le moment où Peter s'y attendrait le moins pour sauter sur lui. Le jeune homme eut l'impression de revenir un an en arrière, quand il refusait de s'agenouiller devant Monseigneur et que Scrooge l'y avait obligé.

Scrooge !

Ce dernier ne répondit pas. En appui sur ses pattes arrière, il creusait le ventre de Peter de ses griffes, comme s'il cherchait à toute force à y créer un passage.

Scrooge !

Il entendit Arnaut lui crier quelque chose, mais ne put répondre. La souffrance menaçait de le faire défaillir. Ses genoux frappèrent le sol gelé, il se sentit tomber. Sa joue heurta quelque chose de glacé. Rien de tout cela n'importait, face à l'animal qui, en lui, le tuait à petit feu. Il réunit ses dernières forces pour supplier.

Scrooge… pitié !

Le renard n'en connaissait aucune. Un éclat enragé brillait dans ses prunelles fauves. Il glapit :

Je t'avais prévenu ! Tu ne m'as pas écouté ! Maintenant, nous sommes seuls, tous seuls et…

Non.

Peter écarquilla les yeux, Scrooge stoppa son œuvre infernale. Une troisième voix avait surgi de nulle part. Un rugissement rauque envahit la tanière du renard. Paniqué, ce dernier surgit à l'air libre… où l'attendait le lion noir. L'espace d'un battement de cœur, Peter vit double : il se trouvait à Londres, affalé sur le sol de la cuisine des Livingstone, Arnaut penché au-dessus de lui et lui tenant la main ; mais il se trouvait aussi aux côtés de Scrooge, dans la forêt imaginaire que ce dernier avait créée de toutes pièces dans son esprit. Et le lion le guettait à moins de trois pas.

Tu n'es pas seul, ronronna le grand fauve. *Arrête de torturer ton Compagnon. Je te protégerai. Et je commencerai par enlever ce collier que tu portes tel un fardeau.*

Peter abaissa le regard vers Scrooge. Comment n'avait-il jamais remarqué l'anneau qui enserrait le cou du renard ? Dissimulé sous la fourrure rousse, posé à même la peau, il ressemblait à des fers d'esclave. Pétrifié, ne sachant que faire, Scrooge gémit. Avec hésitation, Peter avança la main vers le collier. Il ne tenait pas à se faire mordre.

Retire-le-lui et tu briseras le lien, reprit le lion avec la voix d'Arnaut.

Quel lien ? Dès que sa peau entra en contact avec le métal, il le vit : une corde mince, à la fois souple et résistante, qui enserrait l'anneau, ne faisait qu'un avec lui. Avec elle, Scrooge ne ressemblait plus à un renard, mais à un chien tenu en laisse. Peter enragea à sa vue.

Scrooge, depuis combien de temps la portes-tu ?

Le renard baissa le museau.

Depuis que tu as prêté serment devant le Balafré.

Le lien de Morgane, grâce auquel Monseigneur pouvait le torturer à loisir ! Voilà ce qu'il avait sous les yeux. Frénétique à présent, Peter chercha une boucle pour libérer son Hôte de son carcan. Peine perdue. Le collier était lisse, forgé dans une seule matière chatoyante, qui se riait des efforts de Peter avec la même arrogance, la même suffisance que Noble. En désespoir de cause, Peter cria au lion noir :

Libère-le !

Le fauve le contempla de ses yeux de jade.

Si je le fais, je brise le pouvoir de ce Noble sur toi. Il le saura.

Je m'en fiche ! hurla Peter.

D'un seul coup de griffe, le lion rompit la corde. Peter crut entendre un rugissement de défiance avant qu'elle ne se brise et ne s'évanouisse. Le collier disparut comme s'il n'avait jamais existé. Scrooge, qui avait fermé les yeux, les rouvrit à demi.

Je suis mort ?

Tu es libre, bougre d'idiot, rétorqua Peter.

Le renard se redressa soudain sur ses pattes et, sans prendre attention ni à Peter ni au fauve imposant qui se trouvait à ses côtés, se mit à japper :

Libre, je suis libre !

Il s'enfonça aussitôt dans la forêt, ses glapissements aigus perçant le silence sous les grands arbres.

Peter se réveilla, haletant. Il prit de profondes inspirations. Dès qu'il put parler, il souffla :

— Merci.

Arnaut haussa les épaules. Son regard avait retrouvé sa couleur émeraude.

— Je ne comprends pas ce qu'il s'est passé, c'est le lion qui m'a guidé.

C'est à ce moment que Peter réalisa un fait fondamental. Dire que, pendant tout ce temps, c'était sous son nez et qu'il était demeuré aveugle ! L'ironie le saisit aux tripes. S'il avait encore conservé quelques forces, il aurait ri à en perdre le souffle.

— Bon sang, c'est toi ! parvint-il à articuler.

Arnaut le dévisagea, l'incompréhension inscrite dans ses yeux.

— Tu es l'Héritier. L'Héritier de Noble, poursuivit Peter.

Il savoura chaque mot en ajoutant :

— Le futur chef des Outrepasseurs.

Chapitre 23

« Je n'ai jamais voulu avoir de fils. Je n'ai jamais désiré d'enfant. Je voulais ma liberté et Andrew. Au bout du compte, je n'ai eu ni l'une ni l'autre. »

Extrait d'une lettre signée « Henry » à Hermeline, datée de mars 1991.

Shirley regardait les images du lion noir défiler à la télévision sans y croire. Heureusement, Peter n'y figurait pas. D'ici quelques heures, en tout cas, la vidéo ne serait plus disponible. Retirée du circuit par la seule intervention de Noble, qui n'avait qu'à tendre le doigt pour censurer les médias. Elle se tourna vers Hermeline, muette à ses côtés.

— Vous allez le dénoncer, pas vrai ?

Shirley attendait ce moment depuis la fuite de Peter. Hermeline reposa le combiné du téléphone. Le visage marqué par une nuit d'insomnie, les épaules voûtées, tout dans sa posture annonçait sa défaite. Elle n'aurait sans doute jamais cru que Peter puisse agir de cette manière. Shirley non plus, d'ailleurs. Elle rougit en songeant au baiser qu'il lui avait volé – ainsi que son pistolet, ce qui atténuait sérieusement le côté romantique de la scène. La jeune fille avait cru qu'Hermeline, après avoir extrait la balle du ventre de Yuna – heureusement la jeune femme se remettait de sa blessure à l'étage – lancerait aussitôt le reste des kitsune aux trousses des fugitifs. Il n'en avait rien été : après un conciliabule agité avec Emiko, Hermeline les avait renvoyées d'une voix sèche dans leur repaire, une grande maison à quelques centaines de mètres de celle d'Hermeline. Elle avait invité Shirley à rentrer. Les deux femmes avaient passé la nuit à veiller. Espérer. En vain. Et aux petites heures du matin, quand l'horizon se teintait de gris, Hermeline avait décroché le téléphone. Shirley avait aussitôt su qui elle comptait appeler. N'avait-elle pas failli le faire elle-même avant l'irruption du Chasseur dans le jardin ?

— Je n'ai pas d'autre choix, souffla Hermeline.

Shirley était tiraillée : d'un côté, elle comprenait la position d'Hermeline. Une Maîtresse de Maison se devait d'obéir à Noble en premier. Une obéissance absolue, aveugle. Même s'il s'agissait de dénoncer son propre fils. D'un autre côté… Elle se souvint du visage d'Arnaut. De l'apparition du Chasseur, qui l'avait tant terrifiée. Ainsi donc Peter avait raison, ce maudit fé était toujours en vie. Au-dehors, elle pouvait entendre Hersent donner des ordres à ses subordonnés. Depuis qu'elle avait découvert le meurtre de ses garous, la louve ne désarmait pas. Pour le moment, elle demeurait trop préoccupée par le massacre perpétré par le Chasseur pour s'étonner de l'absence de Peter. Pour le moment. Shirley se décida. Tant pis si elle torturait davantage Hermeline avec ses paroles, elle ne pouvait pas se taire.

— Vous allez lui parler d'Arnaut ?

Hermeline soupira. Dans son esprit aussi, il ne subsistait plus aucun doute sur le fait que le jeune homme et le fauve ne formaient qu'un seul et même être.

— Là aussi, je n'ai pas le choix. (Sa voix se durcit.) De plus, c'est un criminel.

— Je ne le conteste pas, mais… Vous avez vu son visage ? Vous savez que c'est Arnaut, non ?

— Illusions, rétorqua Hermeline. Un masque endossé pour mieux vous tromper. Veux-tu que je prenne la responsabilité pour avoir laissé le Chasseur en liberté dans Londres ? Et quand ses victimes seront découvertes, pourrai-je encore dormir la conscience tranquille ?

Elle repoussa une mèche rousse, où se mêlaient quelques fils d'argent.

— Quel autre choix ai-je ? murmura-t-elle, plus pour elle-même que pour Shirley. Si Noble apprend que je me suis tue sur Peter, sur son implication…

Elle dévisagea la jeune fille.

— Nous y passerons toutes les deux.

Shirley n'entretenait aucun doute là-dessus. Elle se souvenait encore de la punition infligée pour son retard au dîner organisé dans la Banqueting House.

— Noble n'est pas immortel, souffla-t-elle.

Hermeline éclata d'un rire bref.

— Bien vu ! Et qui va le défier ? Toi ?

Shirley ne répliqua pas.

— Nous tournons en rond, poursuivit Hermeline. J'ai espéré toute la nuit que Peter revienne, que je puisse m'arranger avec les kitsune plus tard… Emiko aurait respecté ce secret, je le sais. Mais il demeure absent. Je dois prendre une décision.

Dans ses yeux bruns perçait une angoisse dévorante, celle de la mère condamnant son enfant. Et malgré ses paroles, elle ne prenait toujours pas en main ce fichu téléphone. Shirley tenta une autre approche :

— Et si Peter avait été enchanté ? Victime d'un sort ? Ce n'est pas de sa faute !

— Toi-même, tu n'y crois pas, répondit Hermeline sans décrocher son regard du téléphone portable, posé sur la table basse. Tu l'as vu comme moi. Il est parti de son propre chef. Lui aussi a choisi de ne pas devenir un Outrepasseur.

Shirley demeura interloquée par cette confession. De qui parlait Hermeline ? D'elle-même ? Comme si elle avait lu dans ses pensées, Hermeline poursuivit :

— Le père de Peter s'est enfui cinq jours avant notre mariage. Comme ça, sur un coup de tête. Il a pris le premier billet d'avion disponible et est parti.

Shirley n'en croyait pas ses oreilles. Hermeline ne parlait jamais de son défunt époux, Peter lui-même n'arrivait pas à lui arracher des informations sur son géniteur. Qu'elle se confie ainsi… Elle devait être à bout, déchirée entre sa loyauté pour Noble et l'amour qu'elle portait à son fils. Essayait-elle de retarder le moment où elle devrait décrocher le téléphone ? Espérait-elle encore le retour de Peter ? Hermeline désigna les deux haches qui avaient retrouvé leur place au-dessus de la cheminée.

— Elles lui appartenaient, il me les a léguées dans ses dernières volontés.

Elle esquissa un sourire ironique. Une attitude qui ne dura qu'un instant, avant qu'Hermeline n'adopte un visage de granit.

— Il savait que je ne quitterais jamais ce combat. Cette vie. Lui n'était pas fait pour elle. Il refusait de se salir les mains, selon son expression. Il voulait être libre de ses gestes et de ses opinions.

La curiosité l'emporta et Shirley demanda :

— Que s'est-il passé ?

— Il a atterri à San Francisco. Je ne sais pas s'il comptait y vivre ou si cette ville ne représentait qu'une étape sur sa route. Il ne s'est jamais vraiment confié à moi sur cet épisode.

— Comment le savez-vous alors ?

— Noble s'est fait une joie de me raconter ce qu'il savait, chuchota Hermeline, comme si elle craignait de troubler le silence pesant qui s'était abattu sur le salon. Il estimait que j'avais le droit d'être informée de ce qui s'était passé. Aussi, il m'a tout raconté : comment mon futur époux s'était retrouvé à San Francisco, comment il y avait rencontré un artiste nommé Andrew.

Un pli amer déforma sa bouche.

— Comment ils étaient devenus amants.

Shirley s'efforça de demeurer impassible. Il y avait là une blessure qui ne s'était jamais refermée, en dépit du passage des années. Une plaie infligée par Noble, pour son pur plaisir, et qu'Hermeline traînait avec elle. En cet instant, elle détesta la cruauté du vieux lion, son envie de tout contrôler, même les sentiments de ses sujets.

— J'ignore pendant combien de temps ils ont eu droit à leur… bonheur.

Sa voix se fêla sur ce dernier mot.

— En revanche, je connais la suite de l'histoire.

Un moment, Shirley crut qu'elle ne saurait jamais le fin mot de l'histoire et peut-être était-ce mieux ainsi. Même si sa curiosité la pressait de relancer le récit d'Hermeline. Cette dernière finit par murmurer :

— Ils étaient à la plage, un après-midi. Seuls, selon Noble. Ils se baignaient quand un *capaill uisce* les a attaqués.

Shirley apposa sa main sur sa bouche, empêchant un cri de sortir. Un *capaill uisce*, créature mythique, un cheval marin, qui ne ressemblait pourtant en rien aux équidés. La jeune fille avait eu l'occasion de voir des portraits de cette créature sous-marine, dont la vélocité n'avait d'égale que la férocité. Sa tactique préférée était de se saisir de ses victimes sous l'eau, les entraînant dans les profondeurs, de les noyer et de les dévorer ensuite à son aise. Parfois même, il n'attendait pas que sa victime soit morte avant de déchiqueter sa chair. Son invisibilité aux yeux des hommes ordinaires demeurait son principal atout, comme pour bon nombre de fés. Le prédateur idéal, en somme.

— Il a attaqué le père de Peter, bien entendu, attiré par son sang d'Outrepasseur et la marque du Chasseur dans ses veines. Andrew s'est interposé. (Hermeline secoua la tête.) Stupide mortel, qui ne pouvait même pas voir le danger ! Il a été saisi par la créature. Emporté. Noble a saisi l'opportunité, a ramené mon *fiancé* (elle appuya sur le terme avec ironie) auprès de moi.

Elle releva la tête, fixa Shirley.

— Il m'a rendu une loque. Quelqu'un dont le cœur était brisé, un homme qui avait goûté à la liberté pendant quelques précieux jours et qui s'en voyait privé. Quelqu'un qui avait perdu un être cher. Et moi… Je ne pouvais pas compatir. Je ne pouvais pas comprendre. Et je n'en avais aucune envie, d'ailleurs. J'ai espéré pendant un bref moment à la naissance de Peter, mais ce répit a été passager. Il n'a jamais vraiment été l'un des nôtres. J'ai toujours su, quelque part, que son accident de voiture était un suicide. Même ça, il n'a pas été capable de le faire tout seul.

— Que voulez-vous dire ?

— L'époux d'Hersent se trouvait dans le véhicule, il n'en a pas réchappé. La louve ne lui a jamais pardonné et comme c'était plus pratique que de haïr un mort, elle me hait, moi. Comme si c'était de ma faute !

Elle se saisit soudain du téléphone, ouvrit le clapet du portable. Shirley, sous le choc de ses révélations, fut surprise par la rapidité du geste. Hermeline tapait rageusement sur les touches composant le numéro de Noble. Avant de composer l'appel, elle dévisagea la jeune fille, des larmes dans les yeux.

— Je suis désolée. J'avais espéré que tu aurais plus de chance.

Elle esquissa un sourire triste, puis appuya sur la touche verte. Quelques secondes plus tard, Shirley l'entendit parler dans le couloir.

— Monseigneur, j'ai…

Hermeline avait laissé branché le haut-parleur, aussi Shirley put-elle entendre la réplique de Noble :

— Votre rejeton vient de briser le lien qui le retenait à moi ! Une explication, Hermeline ?

Noble ne décolérait pas. Au petit matin, il avait découvert que le cœur de Fière avait cessé de battre pendant la nuit. Heureusement, lui avait affirmé le professeur, l'équipe était intervenue à temps. La malade se portait bien. Tu parles, gronda le vieux lion. Rien n'irait plus jamais *bien* pour son épouse. Il se raccrochait au lien qui l'unissait à elle, à ces battements de cœur juste à côté des siens. Son instinct lui soufflait qu'il la perdrait bientôt. La seconde surprise, aussi désagréable que la première, avait eu lieu pendant qu'il prenait son petit déjeuner. Soudain, un froid impénétrable l'avait saisi. Une absence, un manque. Un fil brisé, qui s'effilochait en silence dans son âme. Le lion avait rugi de détresse. Noble en était demeuré estomaqué. Que s'était-il passé ? Qui avait osé rompre le lien qui l'unissait à un de ses Outrepasseurs ? Il ne lui avait pas fallu longtemps pour découvrir avec lequel d'entre eux il avait perdu le contact.

Sale petit goupil.

Le renardeau le paierait cher. Très cher.

J'aurais dû l'empoisonner quand j'en avais l'occasion ! songea-t-il. Le vieux lion tenta de se tranquilliser : ce n'était que partie remise, il mettrait bientôt la patte sur Peter. Et se ferait une joie immense de le transformer en esclave docile.

Il avait convoqué une réunion d'urgence. Dans la salle froide, où la flambée dans l'énorme cheminée de pierre n'arrivait pas à chasser les premiers frimas de l'hiver, ses sujets l'attendaient. À l'exception de la Maison du Goupil – Noble avait ordonné que Shirley et Hermeline soient détenues dans la demeure de cette dernière – tous avaient répondu présent. Chacun occupait sa place : des trônes de pierre, inconfortables au possible, et sur les frontons desquels était gravé l'emblème de la Maison. Quatre sièges par Maison pour le couple de Maîtres et celui des Héritiers.

— Je déclare la session ouverte. Hersent, expliquez donc les faits.

La louve ne se fit pas prier. Ses yeux cernés par sa longue nuit, la rage au cœur après le meurtre de ses garous, elle conta par le menu les événements : l'irruption du meurtrier de Ian chez Hermeline, sa transformation en Premier-Né (Noble avait choisi de ne pas dévoiler l'identité exacte de ce dernier) et la fuite du lion noir, qu'un mortel inconscient avait filmé depuis sa fenêtre. Un imprudent dont Stephen se chargeait en ce moment même.

Un silence ébahi régnait dans la salle, avant que Chloé, la veuve de Ian, ne se décide à le briser :

— Pourquoi s'est-il rendu chez Hermeline ? Je ne comprends pas.

Hersent s'était rassise, près de son fils et de Sania, sa future belle-fille. Tous fixèrent Noble du regard. Ce dernier avait espéré cette question, il n'était pas déçu.

— Parce que j'ai l'immense tristesse de vous apprendre que l'un des nôtres a trahi le serment qu'il m'avait prêté.

Des cris résonnèrent aussitôt sous la haute voûte. L'ouïe fine du vieux lion saisit, parmi le tumulte, l'exclamation de Félix :

— Ce sale petit morpion de Peter !

— Exactement, monsieur Félix. Monsieur Peter a décidé de se ranger aux côtés d'un assassin. Au lieu de nous aider à le démasquer, il nous a non seulement égarés sur une fausse piste, mais de plus a décidé de s'enfuir avec lui.

Seconde explosion de l'assemblée offensée et choquée. Noble guetta les réactions : la Maison du Blaireau semblait atterrée. Jack, son Héritier, discutait à voix basse avec sa mère, Aude. Edwin baissait le nez. Le vieux lion n'ignorait pas les liens d'amitié entre lui et Hermeline. Ces deux-là s'étaient toujours soutenus.

De l'autre côté de la pièce, la Maison du Chat criait vengeance. Félix, les yeux verts dilatés, la bave aux commissures de sa bouche, feulait son indignation, rejoint par Chloé, sa fiancée, ainsi que par William et Léonard, les Héritiers respectifs du Chien et de l'Ours.

— Nous le traquerons !

Il fallut un certain moment avant que le silence soit assez rétabli pour que Noble puisse entendre l'interrogation de Cairn, le Maître de la Maison du Chien :

— Monseigneur, ne pouvez-vous le repérer grâce au lien de Morgane ?

La question jeta un froid dans l'âme de Noble. La logique était implacable cependant : nul n'ignorait les puissants effets du sortilège qui reliait chaque Outrepasseur au Noble. Le vieux lion grinça des dents. Comment expliquer l'inexplicable ? Qui avait pu mettre fin au lien de Morgane établi entre lui et Peter de manière si définitive ? Qui ?

« Qui, sinon ton Héritier ? » lui murmura une petite voix.

Non. Il se refusait à envisager cette hypothèse.

— Monseigneur ? souffla Cairn.

Tous attendaient une réponse de sa part. Noble soupira. Il était seul sur son trône. Seul, toujours seul.

— Le lien est brisé, avoua-t-il. J'ignore où se trouve monsieur Peter en ce moment.

L'aveu de son impuissance augmenta encore sa colère. Cairn se tut, ainsi que les autres Maîtres et Maîtresses de Maison. Cependant, dans leurs regards, Noble put lire de la peur. De l'incompréhension. Et chez certains, de la spéculation.

Qu'importe. Il était leur chef incontesté et il le resterait. Jusqu'à sa mort.

Chapitre 24

« Apparus en même temps que la Révolution industrielle, les Ferreux ont toujours constitué un mystère, aussi bien pour les Outrepasseurs que pour les fés eux-mêmes. Animés d'une insatiable curiosité pour les inventions mécaniques, ils aiment manier le métal et ne possèdent qu'un faible niveau de magie. Les individus les plus doués ne récoltent qu'un pitoyable 3 sur l'échelle de Glenn. De plus, en raison de leur physique apte au camouflage – tout est gris chez eux – et de leur goût pour la société des hommes, ils se fondent aisément dans le décor. Aussi a-t-il fallu aux Outrepasseurs de l'époque quelques années avant qu'ils ne se rendent compte de l'existence de ces êtres d'un genre nouveau. »

Chronique des Outrepasseurs – *Révolution industrielle et découverte des Ferreux – auteur anonyme*

Arnaut était perdu. De quel Héritier parlait Peter ? De ces Outrepasseurs, qui semblaient le pourchasser ? Pour quelle raison ? Et surtout : qu'étaient devenus les siens ?

Des questions auxquelles seul Peter pouvait répondre. Il observa le jeune homme qui se remettait peu à peu de l'attaque du renard. Un renard qu'il avait libéré du lien qui le retenait prisonnier. Ça avait été si facile. Un vrai jeu d'enfant. Des gestes instinctifs, la magie chantant à son oreille, l'appelant. La magie, qui disparaissait dans les profondeurs du Tombeau. Arnaut secoua la tête : il ne voulait pas y penser.

— Qu'est devenu mon peuple ? demandait le Chasseur, encore et toujours. Qu'est-ce qui est arrivé aux miens ?

Lui non plus ne comprenait plus ce monde gouverné par les machines et le bruit. Lui aussi cherchait à comprendre pourquoi il ne retrouvait plus sa famille.

Sur ce plan-là, songea Arnaut, ils se ressemblaient. Les frontières entre prédateur et proie, entre le captif et le bourreau, s'estompaient dans son esprit, réalisa le jeune homme. Un rapprochement qui le terrifiait autant qu'il l'apaisait, quelque part. Qu'allait-il devenir si le Chasseur mêlait son âme à la sienne ? Si leurs deux personnalités fusionnaient ? Se détruiraient-ils mutuellement ? Ou, au contraire, trouveraient-ils une harmonie, comme celle que le Tombeau avait créée en leur offrant un seul et même corps ?

— Nous devons partir, ceux que tu as endormis ne vont pas tarder à se réveiller !

Arnaut haussa les épaules : il ne repartirait pas sans des réponses.

— Pas avant que tu ne m'aies livré ce que tu sais.

Peter poussa un profond soupir.

— Est-ce que tu réalises que nous sommes en fuite ou non ? Bon sang, Arnaut !

— Je me fiche de ces gens ! répliqua-t-il en désignant le docteur et sa famille. Comment connais-tu mon nom ? Qui te l'a appris ?

Il ne transigerait pas sur ce point. Il voulait savoir. Il ne s'était pas échappé du Tombeau, il n'avait pas regagné la surface pour demeurer dans les ténèbres de l'ignorance ! Et son compagnon pouvait l'éclairer à ce sujet, il le pressentait. Le Chasseur murmura son approbation.

— Quant à ceux qui me traquent, j'en fais mon affaire s'ils viennent jusqu'ici.

Le fé autant que le lion rugirent de plaisir anticipé. Que ces mystérieux ennemis les poursuivent donc ! Ils se feraient une joie de les accueillir. Le Chasseur hurlait déjà son appétit. Peter dut voir qu'il n'aboutirait à rien s'il refusait de répondre. Il se rassit donc à la table.

— Je te connais, commença-t-il d'une voix hésitante, parce que ceux qui se nomment les Outrepasseurs ont gardé la mémoire de ce qui s'était passé quand…

— … le Chasseur m'a capturé, conclut Arnaut à sa place. N'est-ce pas ?

Peter hocha la tête. Il tremblait, constata le jeune homme. Sans nul doute craignait-il de voir ressurgir le fé.

— Te souviens-tu de Pierre ?

Pierre. L'image d'un paysan aux cheveux blond-roux lui revint en mémoire. Pierre, avec son épouse et ses trois enfants. Arnaut se laissa submerger par ses souvenirs, si proches et si lointains à la fois. Des images d'une autre époque, d'un autre monde. Glenn. Fière. Niels. Sa famille.

— Tu te souviens de lui ? insista Peter.

Arnaut souffla un « oui », trop brisé par l'émotion pour parler plus longtemps.

— Il s'agit de mon ancêtre. Les familles touchées par la malédiction du… Chasseur se sont perpétuées.

Arnaut sentit l'intérêt du Premier-Né, réfugié pour le moment en son âme, croître à chaque mot de son interlocuteur. Ces révélations confirmaient donc son intuition : non seulement ceux qu'il avait marqués avaient survécu, mais leurs descendants vivaient bel et bien ici, dans cette cité. Le jeune homme eut le tournis à l'idée que, génération après génération, la malédiction avait frappé. Des vies entières passées sous le sceau du secret et de la métamorphose.

— Que sont devenus les miens ? demanda le Chasseur, d'une voix pressante.

— Et les fés dans tout ça ? répéta Arnaut.

C'était l'autre face de la malédiction : non seulement, elle transformait les hommes en animaux, mais elle attirait également l'attention des fés. Le Chasseur l'avait voulu de cette manière, afin que les siens ne cessent jamais de traquer les paysans qui avaient osé le défier. Qu'était-il advenu de cette lutte au cours des siècles, pendant que lui et le Premier-Né étaient emprisonnés dans le Tombeau ? Un mauvais pressentiment le titilla en voyant Peter changer de couleur. Le jeune homme ouvrit la bouche à plusieurs reprises, sans qu'aucun son n'en sorte. Dans l'esprit d'Arnaut, le Chasseur s'impatientait. Et ce qu'il avait observé dans ces souterrains vides et froids, où plus aucune vie ne subsistait, lui revint en mémoire : Féerie était détruite. La vision envoyée par l'araignée, ces vastes couloirs où les dames des cours féeriques devisaient entre elles, où les destriers aux ailes repliées dans le dos galopaient de retour de la chasse, ces sols éclatants d'or et d'argent…

— Ils ont disparu, souffla Arnaut en réponse.

— Ils n'ont pas disparu, protesta Peter, qui n'avait pas suivi le cours de ses pensées.

Il prit une profonde inspiration, tel un plongeur qui s'apprête à pénétrer sous la surface de l'eau, et déclara :

— Les Outrepasseurs les ont capturés. Ils les ont emprisonnés et… exploités. Ce sont leurs esclaves.

Arnaut demeura un instant sans réaction. Le hurlement du Chasseur, un cri primitif, qui révélait tout son désespoir et toute sa rage face à ces nouvelles, le rugissement du lion noir, tout se mêla en son cœur. Il ouvrit la bouche. Le son qui en sortit n'avait rien d'humain. Peter recula, surpris.

— Tu mens ! Tu mens !

Vaine tentative.

Peter secoua la tête.

— Je le voudrais bien. Je n'ai jamais désiré…

Le reste se perdit en un gargouillis. Arnaut avait agi sans réfléchir. Sa main aux ongles effilés – ceux du Chasseur – empoigna Peter par le cou, telle une plume, et le plaqua au mur.

— Tu ne l'as jamais désiré ? Ce sont les Outrepasseurs qui ont capturé les fés ! Les tiens qui les ont emprisonnés !

Il le secoua.

— Tu es aussi coupable qu'eux !

Peter griffait sa peau en tentant de se dégager. En pure perte.

— Lâche-le, lui conseilla le Chasseur. Si tu le tues maintenant, nous ne pourrons plus rien savoir.

Arnaut obéit. Peter s'effondra au sol, toussant et crachant. Face à ce spectacle aussi pitoyable, le jeune homme conçut aussi bien du remords que de la satisfaction.

Remords d'avoir traité de cette manière celui qui lui avait accordé sa confiance, satisfaction de l'avoir puni pour avoir osé s'en prendre aux fés. Il prit sa tête entre ses mains, complètement dérouté par ces pensées contradictoires. Comme si, en dépit de ses efforts, des parties de lui-même menaient une lutte à mort les unes envers les autres. Comme s'il ne serait plus jamais un être entier. Il crut percevoir le rire narquois du Tombeau. La flamme de la vengeance s'alluma dans son cœur. Un jour, il reviendrait près du sarcophage. Et il le réduirait à néant : il briserait les pierres, il dévorerait les enchantements et les sortilèges que contenaient les runes gravées sur le Tombeau.

— C'est une promesse, murmura le Chasseur.

Il releva Peter, le remit d'autorité sur ses pieds. Le jeune homme le considérait avec crainte à présent. Un regard qui blessa Arnaut plus qu'il ne voulait bien se l'avouer.

— Pourquoi m'as-tu suivi ? lui souffla-t-il. Que pouvais-tu gagner en m'aidant comme tu l'as fait ? Dans le métro, en me défendant contre les tiens… Pourquoi ?

Peter récupéra son souffle. Le fixa droit dans les yeux.

— Je veux que cette malédiction cesse.

Le Chasseur éclata d'un rire agressif qui écorcha l'ouïe d'Arnaut.

— Jamais !

— Te rends-tu compte que c'est de ta faute ? répliqua Arnaut. Tout est de ta faute ! Si tu ne m'avais pas désiré, si tu n'avais pas jeté cette malédiction…

— Et que serais-je devenu si je ne t'avais pas connu ? chuchota le fé. Une bête malfaisante, qui continuerait à enlever des innocents et à les anéantir, saison après saison ? Un être sans âme, au cœur mort, régi par ses seuls désirs ?

— Et moi, que serais-je devenu si je ne t'avais pas connu ? souffla Arnaut.

Il avait dû le dire à voix haute, car Peter le considérait d'un air alarmé. Il était trop tard dorénavant pour faire marche arrière. Il devait aller de l'avant, trouver sa place dans ce monde. Rassembler les morceaux épars de son âme, faire cesser le combat qui les opposait. Il y parviendrait, se jura-t-il. Il trouverait qui il était.

— Que faisons-nous maintenant ? demanda Peter. Nous ne pouvons pas rester ici !

— Et comment comptais-tu agir ?

— J'avais en tête un refuge parmi les Ferreux.

Arnaut tiqua sur ce nom. Un nom qui lui rappelait les heures passées à la forge, avec son souffle brûlant, son parfum de métal chauffé à blanc, la lutte incessante du marteau modelant le fer.

— Ce sont des fés, expliqua Peter. Rien à voir cependant avec le Chasseur, se hâta-t-il d'ajouter. Ils ne possèdent qu'une faible magie et adorent manier le métal.

Arnaut retint un sourire face à l'incrédulité du Chasseur. Le Premier-Né ne pouvait pas croire que de tels êtres existaient et encore moins qu'il s'agisse de fés.

— Mène-moi à eux. Je veux les voir.

Peter parut soulagé, comme si un poids s'effaçait de ses épaules.

— Bien ! Ne perdons pas de temps et allons-y.

Peter remercia toutes les divinités possibles et imaginables pour l'extraordinaire coïncidence qui voulait que le domicile de Livingstone se trouve près de Camden Lock, où l'essaim des Ferreux se situait. Entraînant Arnaut à sa suite, il évita au maximum les caméras C.C.T.V.[1] postées aux carrefours et intersections – nul doute que les espions à la solde des Outrepasseurs surveillaient le réseau – ainsi que les axes surpeuplés, où les Métamorphes et Changepeaux pouvaient se cacher parmi les passants. Tous ses sens aux aguets – à ce moment, il regretta amèrement l'absence de Scrooge, qui devait toujours folâtrer dans sa forêt imaginaire – Peter choisit les ruelles les plus désertes pour arriver à Camden Lock. L'essaim se situait dans une bâtisse industrielle désaffectée, comme la plupart des communautés de Ferreux. Ces derniers vivaient en larges groupes sous la houlette d'un chef. Avant que les Outrepasseurs ne les exploitent dans leurs ateliers clandestins, ils aimaient se mêler aux hommes. Leur curiosité pour les nouvelles inventions, leur goût pour les innovations technologiques qui florissaient lors de la Révolution industrielle, leur peau aussi grise que le fog londonien où ils aimaient à disparaître, tout les portait vers la fréquentation des mortels. Selon les archives que Peter avait lues, ils avaient même apporté leur collaboration pour plusieurs trouvailles industrielles. D'autres Ferreux préféraient se tourner vers l'art : le métal devenait la matière avec laquelle ils s'exprimaient, leurs sculptures, leur cri de liberté. Peter avait vu plusieurs photos de ces œuvres, que bien entendu, les Outrepasseurs n'avaient pas manqué de revendiquer et de vendre, comme si elles leur appartenaient. Généralement, elles ne laissaient personne indifférent et plus d'un acheteur avait essayé d'entrer en contact

1. Caméras de vidéosurveillance disséminées dans tout Londres.

avec le mystérieux collectif d'artistes. Bien entendu, nul ne l'avait jamais vu. Noble n'aurait pas permis que sa ruse soit éventée.

Peter s'arrêta si brusquement qu'Arnaut faillit lui rentrer dedans.

— Qu'est-ce qu'il y a ? lui demanda ce dernier.

Le souffle chaud du jeune homme taquina l'oreille de Peter, qui, en retour, lui imposa le silence.

Deux énormes camions, peints aux couleurs d'une entreprise de déménagement bien connue, stationnaient devant le bâtiment où, selon les documents qu'il avait dérobés, se situait l'essaim. Une entreprise totalement factice, puisqu'elle servait de paravent aux Outrepasseurs pour emmener les cadavres des fés morts au combat vers les incinérateurs. Peter le savait pour l'avoir lu quelque part. Pour mieux renforcer ses soupçons, une barrière magique englobait toute la zone où les camions étaient garés. Les Outrepasseurs avaient envahi l'essaim.

— Nous devons nous en aller, l'endroit n'est pas sûr.

Mais Arnaut ne recula pas. Il fixait la barrière magique d'un œil d'aigle.

— Regarde, chuchota-t-il à Peter.

Ce dernier réprima avec difficulté son impatience.

— Que…

Et puis il les vit. Les fluctuations de la barrière. Cette dernière s'éclipsait, revenait, pour disparaître l'instant suivant. Peter écarquilla les yeux. À quoi rimait cette nouvelle invention ? Pourquoi créer une protection aussi peu fiable que celle-ci ? Il ne comprenait pas.

Dans son dos, il entendit Arnaut murmurer :

— Ça a donc commencé.

Il lui aurait volontiers demandé une explication, mais à cet instant, trois silhouettes sortirent de la bâtisse et s'arrêtèrent sur le trottoir.

Deux d'entre elles étaient des Métamorphes. Peter reconnut en eux des *tanuki*[1] à leurs cheveux en broussaille, leurs nez pointus et leurs carrures trapues. D'origine asiatique, ils servaient avec fidélité et férocité les ordres de la Maison du Blaireau. À côté d'eux, le troisième comparse ressemblait à un enfant perdu parmi des adultes. Il se retourna et Peter faillit se mordre la joue jusqu'au sang. Il avait reconnu Edwin.

1. Esprits de la forêt dans la mythologie japonaise.

Chapitre 25

« […] Quand les Outrepasseurs apprirent l'existence des Ferreux, ils comprirent aussitôt qu'ils ne pourraient les traiter de la même manière que les Premiers-Nés. Que faire de ces créatures au faible potentiel magique et qui, de plus, aimaient à manier le fer, un métal toxique pour les autres fés ? Ce fut l'habileté manuelle des Ferreux qui leur apporta la réponse : Noble décida de les convertir en travailleurs à la chaîne dans des ateliers clandestins. Dans cette ère industrielle, il ne manquait pas de main-d'œuvre, mais aucune n'était aussi avantageuse que les Ferreux. Et pour éviter qu'ils ne se rebellent – voir à ce sujet la note en bas de page sur les différentes révoltes Ferreuses – les Outrepasseurs créèrent le soma, drogue liquide spécialement conçue pour ces fés. »

Chronique des Outrepasseurs – *Révolution industrielle et découverte des Ferreux – auteur anonyme*

— OK, filons de là ! pressa Peter.

De nouveau, Arnaut fit la sourde oreille. En raison de la barrière défectueuse, des bribes de conversation parvenaient aux jeunes gens.

— … soma ne fonctionne plus !

Peter en resta saisi. La drogue conçue spécialement pour les Ferreux n'avait-elle plus d'effet sur ces fés ? C'était impossible ! Puis il se rappela que celle-ci agissait principalement sur le cœur magique des Ferreux. Les Outrepasseurs avaient ciblé cette partie de leur organisme, plutôt que toute autre. Principalement car ils voulaient s'assurer que les Ferreux conservent un minimum de conscience afin d'exécuter leur travail dans les ateliers. Les transformer en zombies ne favorisait pas les intérêts de Noble et de sa cour. Un frisson courut le long de l'échine de Peter. Les éléments nouveaux s'additionnaient dans son esprit : la protection magique qui vacillait. Le soma qui ne fonctionnait plus. Cela signifiait-il que… Non, impossible !

— Approchons-nous ! souffla Arnaut.

Peter se tourna vers lui, stupéfait.

— As-tu oublié par hasard que ce sont ces mêmes personnes qui nous recherchent ? S'ils nous voient, ils n'hésiteront pas à donner l'alerte !

Edwin avait beau être l'ami d'Hermeline, il obéissait avant tout à Monseigneur. Arnaut haussa un sourcil.

— Et que veux-tu faire ? Continuer à fuir ? Menacer des innocents et profiter de leur hospitalité forcée, avant de reprendre la cavale ? Je pensais que tu voulais te poser quelque part. De plus…

Ses pupilles se dilatèrent jusqu'à obscurcir sa prunelle tout entière. Peter dévisagea cette face inhumaine, mélange aussi monstrueux que surprenant, suspendu entre la fragilité d'Arnaut et la perfection irréelle du Chasseur.

— Si je suis leur Héritier, comme tu le dis, ils devront apprendre à me connaître. À me respecter.

Et avant que Peter ne puisse réagir, Arnaut fondit sur ses proies.

Les tanuki ne réagirent à sa présence que lorsqu'il franchit le cercle de protection et, à ce moment, il était déjà trop tard. Il désarma le premier Métamorphe d'un coup de poing, lui enleva son couteau. Il taillada son compagnon avec vivacité, le mettant hors d'état de nuire. Le combat n'avait duré que quelques secondes. Il pouvait percevoir toute la satisfaction du Chasseur. La loi du plus fort prévalait toujours, même dans ce monde devenu si étrange. Il se tourna vers le troisième larron, bien plus frêle que les autres. Ses yeux bleus exorbités derrière le verre de ses lunettes, il s'était réfugié près du camion de déménagement. Il avait sorti de sa poche un appareil – un téléphone, lui souffla Naste Estsan – et appuyait sur les touches avec fébrilité.

— Lâche ça, lui ordonna Arnaut.

Sa cible émit une plainte terrifiée avant de s'exécuter et de balancer le téléphone sur le trottoir.

— Arnaut !

Peter arriva près de lui, l'air paniqué.

— Peter, souffla l'homme.

— Edwin, je…

— Bon, à présent que les présentations sont faites, l'interrompit Arnaut sur un ton indolent que démentait son sourire, allons droit au but. Que fais-tu avec ces camions et où les achemines-tu ?

Sur sa suggestion, tous trois pénétrèrent à l'intérieur de la bâtisse. Cette dernière présentait un triste aspect : sol de béton, escaliers métalliques, où quelques taches de rouille fleurissaient, peinture écaillée sur les murs. Pour compléter le tableau, des courants d'air glacés se faufilaient dans les couloirs. Peter frissonna. Dire que les Ferreux vivaient dans un tel endroit... Une plainte d'Edwin le ramena à la réalité.

— Je vous en supplie, ne me faites pas de mal !

— Parle dans ce cas, répliqua Arnaut.

Il se tenait près d'Edwin, le couteau toujours dans sa main. Les deux tanuki assommés par ses soins gisaient sur le sol, près de l'entrée. Peter se demanda si Arnaut comptait les laisser dans cet état ou s'il envisageait de les mettre définitivement hors d'état de nuire. Une partie de lui-même, déjà horrifiée par le fait qu'il ait tiré sur Yuna, se refusait à se salir davantage les mains. Une autre partie était déjà résignée à ce propos. Comme si verser le sang de ceux qu'il avait côtoyés auparavant devenait une étape obligée. Et si, en face de lui, il apercevait Hermeline ? Shirley ? Jack ? Richard ? Aurait-il le cran pour leur tirer dessus ? De les viser en sachant que la balle pouvait les tuer ?

« Tu ressembles au Chasseur », lui souffla une petite voix.

Il la chassa sans ménagement.

Agenouillé, Maître Blaireau cessa sa supplique et releva le menton.

— Je ne vous dirai rien !

Une déclaration aussi pathétique que vaine. Avant qu'Arnaut ne puisse réagir, Peter intervint :

— Edwin, que se passe-t-il ? Où sont les Ferreux ?

Presque malgré lui, Edwin jeta un coup d'œil vers les camions. Le jeune homme comprit aussitôt.

— Ils se trouvent dans les camions ? Mais pourquoi, bon sang ?

Furieux d'être percé à jour, Maître Blaireau se tut. Un silence qui ne dura pas longtemps. Avec la rapidité d'un serpent se faufilant dans l'herbe, Arnaut s'agenouilla à ses côtés et plaça sa lame sous la gorge blanche de sa cible.

— Parle ou je te dessine un second sourire.

— Arrête ! cria Peter.

Mais quand son compagnon releva la tête, il ne vit plus, dans son regard, que le dédain amusé du Chasseur. Ce dernier dominait-il entièrement Arnaut ? L'apparence du jeune homme n'était-elle plus qu'une coquille dénuée d'âme ? Il recula, horrifié. Face à ce mouvement de sa part, Arnaut soupira. Lâcha Edwin, qui s'effondra au sol en gémissant. Et se releva, les mains tendues en un geste d'apaisement. Il n'avait pas pour autant lâché son couteau, nota Peter.

Un silence tendu régna entre les protagonistes. Peter ignorait de quelle manière manœuvrer à présent qu'ils avaient révélé leur présence à Edwin. Et cette histoire des Ferreux emprisonnés dans les véhicules… À quoi cela rimait-il donc ?

À moins que les signes qu'il n'avait pas manqué de relever depuis son arrivée sur les lieux ne concordent en une terrifiante conclusion. Peter jeta un coup d'œil à l'extérieur. La barrière magique avait disparu.

— Bon sang… souffla-t-il.

Le soma devenu inutile. La protection magique s'évanouissant dans les airs. Il revint vers Edwin, l'esprit fébrile, pour lui demander :

— La magie disparaît-elle ?

Maître Blaireau ne répondit rien. Il n'en avait pas besoin d'ailleurs. L'air catastrophé sur son fin visage, le désespoir qu'il pouvait lire dans son regard et sa posture, tout lui disait assez que son hypothèse était juste.

— Le Tombeau, souffla Arnaut.

À ce moment, avec une souplesse qu'il n'aurait jamais soupçonnée chez lui, Edwin sortit de sa poche un petit boîtier noir et appuya sur l'unique touche qu'il comportait. Peter reconnut trop tard un mouchard. Il l'envoya voler d'un coup de pied hors de portée de Maître Blaireau. Ce dernier voulut s'enfuir, profitant de la surprise générale. Il n'aperçut pas le poignard qui vola à sa rencontre. Qui s'enfonça entre ses omoplates. Edwin s'écroua au sol. Mort.

Peter demeura stupéfait. Tout s'était enchaîné si vite : le mouchard, la riposte d'Arnaut, qui à présent, reprenait son arme d'un air calme. Comme s'il ne venait pas d'ôter la vie à quelqu'un. Comme si rien d'extraordinaire ne s'était déroulé à l'instant même.

« Et toi, tu es complice. Jusqu'au bout des ongles. »

Peter combattit son envie de vomir. Yuna. Les tanuki. Et à présent, Edwin. Des ombres sanglantes dansaient devant ses yeux en une ronde effrénée. Toutes les désignaient du doigt en chantant :

— Meurtrier ! Meurtrier !

Dire qu'il avait refusé d'appartenir aux Outrepasseurs pour cette même raison. Il ne valait pas mieux qu'eux au fond. On le secoua avec vigueur.

— Peter ? Ça va ?

Il repoussa Arnaut.

— Non, ça ne va pas ! Rien ne va !

Il désigna le cadavre d'Edwin, sous lequel une mare de sang s'élargissait.

— Il nous avait dénoncés, se justifia Arnaut d'un ton sifflant.

— Je m'en fiche, il ne méritait pas de mourir pour autant ! Tu sais depuis combien de temps je le connaissais ? Ce n'était pas un étranger, une proie ou une cible pour moi ! Mais ça, tu n'en as rien à foutre, n'est-ce pas !

Il se fichait de savoir si oui ou non, on pouvait l'entendre. Ses cris prenaient un tour hystérique. Jamais ne s'était-il senti aussi impuissant. Même quand il s'était retrouvé bouclé dans la prison des Élémentaires, en compagnie de Shirley, il avait résisté.

Arnaut se tint silencieux, immobile, telle une statue. Bon sang, qu'avait-il cru voir en cet être multiple, qui ne savait sans doute même pas lui-même ce qu'il voulait ? Ce qu'il était ? Il n'était certainement pas son sauveur. Et Peter avait tout abandonné pour l'aider. La belle erreur !

Il devait quitter les lieux au plus vite. Le mouchard était certainement relié à Noble, il ne manquerait pas de localiser le signal envoyé par Edwin. Il fallait fuir. Encore et toujours. À cet instant, Arnaut releva la tête.

— Tu entends ?

— Quoi ?

Il avait beau prêter l'oreille, il ne percevait pas d'autre son que le vent qui s'engouffrait dans les larges couloirs de l'ancienne industrie. Ou était-ce une autre ruse de son compagnon ?

— Là !

Arnaut sortit, s'approcha d'un des camions. Il colla son oreille à la tôle.

— Qu'est-ce que…

— J'entends quelqu'un gémir. Ils sont toujours vivants !

Peter n'hésita pas. Il sortit le pistolet, qu'il avait suspendu à sa taille grâce à sa ceinture, et visa le verrou. Ce dernier vola en éclats. Arnaut repoussa les battants. Et demeura muet de saisissement.

Des volutes blanches s'évaporèrent dans l'air ambiant. Un gaz soporifique, reconnut Peter, qui recula de quelques pas, entraînant Arnaut avec lui. Et, en guise de chargement, des corps émaciés, à la peau grise, aux membres presque décharnés tant ils se révélaient maigres. Les Ferreux de l'essaim. Endormis, prêts à être livrés à une adresse inconnue. Peter jeta un coup d'œil dans la rue. Heureusement, elle était toujours déserte, ce qui s'expliquait en partie par le nombre d'immeubles abandonnés qu'elle comportait. Néanmoins, il ne se faisait aucune illusion : à présent que la barrière magique ne les protégeait plus, ils étaient visibles pour n'importe quel quidam s'aventurant dans leur direction. Eux et les fés, bien entendu.

Un mouvement d'Arnaut attira son attention : il avait sauté à l'intérieur du camion.

— Qu'est-ce que tu fais ? cria Peter.

Le jeune homme ne lui prêta aucune attention. Peter le vit se pencher sur un des corps, entendit un gémissement. Arnaut revint vers lui, un Ferreux dans les bras. Il avait dû être un colosse autrefois, avant que la faim et le soma ne le dévorent de l'intérieur. Larges épaules, de longs cheveux gris emmêlés, un tatouage d'oiseau écarlate aux ailes déployées sur sa poitrine. C'étaient ses plaintes qui avaient attiré l'attention d'Arnaut. Ce dernier demeura penché sur le Ferreux. Il l'examinait avec la plus grande attention. Comme s'il désirait graver ses traits dans son esprit.

— Arnaut, on ne peut pas rester ici…

— C'est ça ? gronda ce dernier.

Il releva la tête, la haine inscrite dans ses prunelles vertes.

— C'est ça que les tiens infligent aux fés ?

Peter ne trouva rien à répondre. Que pouvait-il dire, d'ailleurs ?

Il hocha la tête, piteux tel un chien battu.

— Va-t'en, si tu le veux. Moi, je reste avec eux.

Et il disparut à l'intérieur du bâtiment. Peter resta seul sur la passerelle du camion. Il considéra les Ferreux inconscients. Examina les alentours. Toujours déserts. Que faire, à présent ? Soudain, il reconnut le corps le plus proche : celui de la Ferreuse qu'il avait assommée lors du dernier stage de survie. La cible que lui et Shirley avaient capturée en Écosse. La nausée lui vrilla le ventre. Il s'approcha d'elle, prenant garde à ne piétiner aucune victime. Il posa ses doigts sur sa jugulaire. Elle était vivante. Bien vivante. Peter éprouva un soulagement, aussi surprenant que profond.

« C'est ça que les tiens ont infligé aux fés ? »

Il ne pouvait changer le passé. Ce qui était fait était fait. En revanche, songea-t-il en remontant ses manches et en hissant la Ferreuse sur son dos, il pouvait toujours modeler l'avenir.

Chapitre 26

« Les Ferreux sont renommés pour leur habileté artistique. Encore aujourd'hui, de nombreux musées abritent sans le savoir des œuvres de ces fés, cédées ou vendues par les Outrepasseurs. Chacune d'entre elles est reconnaissable grâce à la flamme gravée ou peinte à leur surface. Nul ne sait vraiment sa signification : pour certains, c'est un symbole de liberté ; pour d'autres, une simple marque attestant son origine. Quelques-uns prétendent même qu'il s'agit de l'emblème de Ferenusia, cité mythique au même titre que l'Atlantide, la ville d'Ys ou celle de Gwrageld Annun, qui furent englouties par les eaux. »

Chronique des Outrepasseurs – *Révolution industrielle et découverte des Ferreux – auteur anonyme*

L'enterrement de Ian se déroula dans la plus grande discrétion. La partie la plus ancienne du cimetière de Highgate, où se dressait le mausolée bâti par l'ancêtre du Maître Chat, demeurait fermée au public. Seuls les Outrepasseurs y étaient présents. Eux, le pasteur qui récitait l'office et des centaines de *Cat People* réunis pour un dernier hommage au disparu. Leurs miaulements lugubres, accompagnés de grondements et de feulements, noyaient les paroles de l'officiant religieux. Ce dernier avait bien du mal à se faire entendre dans le concert félin. Les *Cat People* n'oubliaient pas que le meurtrier de Ian restait introuvable. Impuni. Noble non plus, d'ailleurs. Dès que cet office serait terminé et le cercueil mis en terre, lui, Hersent, et d'autres Maîtres de Maison patrouilleraient dans Londres. Il fallait trouver cet assassin. Et si à l'occasion, ils pouvaient mettre la patte sur ce maudit goupil, Noble ne cracherait pas dessus. Autour de lui, parmi les anges de pierre et autres décorations excentriques encadrés par une végétation luxuriante, les Outrepasseurs se recueillaient. À l'exception d'Edwin, qui supervisait en ce moment même le transfert des Ferreux vers les centres de prélèvement afin d'extraire leur ichor, et les représentantes de la Maison du Goupil, toujours détenues dans la demeure d'Hermeline, tous étaient réunis. Vêtus de noir, voilettes attachées aux chapeaux, tailleurs et costumes stricts, ils entouraient Chloé et son fils, Félix. Noble se demanda pendant un instant s'ils en feraient autant pour lui, quand Fière aurait cessé de vivre. Ses battements de cœur demeuraient irréguliers et faibles. En voyant le professeur s'affairer au chevet de la malade, il avait eu envie de le secouer et de lui hurler au visage :

— Vous m'aviez promis trois mois !

Trois mois. Quelle blague. Fière lui échappait, petit à petit, sans qu'il puisse la rattraper. Noble ferma les yeux. Essaya de puiser de la force dans la présence de ses sujets. En vain. Entre la trahison de ce maudit goupil, la fuite de Snezhkaïa, la destruction du centre de prélèvement londonien et l'assassin qui courait toujours, il lui semblait que de nouvelles catastrophes l'attendaient au détour du chemin, s'empilant sur ses robustes épaules. Tels des dominos, qui en entraînaient d'autres dans leur chute. Pour couronner le tout, Edwin avait réussi à le joindre avant qu'il pénètre dans le cimetière, pour lui annoncer que certains partenaires industriels se posaient déjà des questions quant aux retards dans la livraison de leurs commandes. L'ichor commençait à manquer. Pour la première fois depuis que la méthode d'extraction du précieux liquide avait été créée, les réserves de magie étaient en baisse. Et si la production des composants à livrer aux industriels suivait la cadence, la touche finale, si précieuse, à savoir l'insertion de l'ichor dans ces composants, devenait peu à peu impossible. Noble soupira. Le découragement le guettait, il le savait. Le désespoir également. Et son aveu d'impuissance envers ses sujets quant au lien de Morgane rompu entre lui et Peter n'arrangeait pas les choses. Comment avait-il été brisé ? Et par qui ? Pour la première fois depuis que Stephen avait osé émettre cette hypothèse, il imagina le lion noir, cet immense fauve, en tant que son Héritier. Était-ce possible ? En lui, la bête protesta.

Perdu dans ses pensées, il ne remarqua pas tout de suite la lueur rouge, qui, à travers le tissu de sa veste, pulsait. Un éclat pourpre. Le mouchard ! Il comprit aussitôt qu'il venait d'Edwin. Qui d'autre aurait pu l'utiliser ? Il se détourna en toute hâte de la cérémonie funèbre et s'éloigna de quelques pas. Il consulta les données G.P.S. de l'appareil, Edwin aurait été fier de lui. Camden Lock. L'essaim des Ferreux. Et cet appel à l'aide de la part du Maître Blaireau. Noble se retint de pulvériser le mouchard niché dans son poing. Tant pis pour le respect dû aux morts, Ian aurait compris de toute manière. D'une voix rauque, qui réduisit le malheureux pasteur au silence, il appela ses fidèles adjoints. La chasse était ouverte.

Le Ferreux tatoué s'appelait Red Wing. Il était le chef de l'essaim de Camden Lock.

— Du moins jusqu'à ce que ce sale blaireau me prenne en traître ! gronda-t-il, en décochant un regard venimeux à Peter.

Ce dernier ne réagit pas. Si le Ferreux avait perçu sa nature de Métamorphe, il ignorait en revanche son statut d'Héritier. Arnaut ne lui en avait rien dit. Il reporta son attention sur sa patiente, une Ferreuse plus âgée et trop faible pour relever sa tête. Il l'aida à boire quelques gorgées d'eau. Tous avaient été sortis des camions où on les avait jetés et endormis, grâce à l'action du gaz soporifique. Si certains récupéraient de manière rapide, tel Red Wing qui arpentait la salle à larges foulées, d'autres peinaient à retrouver leurs forces. La chance voulait que les Ferreux aient été surpris en plein dîner. Il demeurait donc pas mal de provisions et d'eau sur la table bancale. La pièce unique où les membres de l'essaim logeaient s'avérait misérable. Un sol de béton, des hautes fenêtres qui isolaient à peine du froid, des chaînes rouillées qui pendaient du plafond, des machines inutilisées depuis longtemps et reléguées dans un coin : l'ensemble donnait la chair de poule. Les seuls signes de présence ferreuse étaient la forge, dont les flammes couvaient sous la cendre, et une immense colonne de métal tordu. Peter avait eu le temps de remarquer, entre deux aller-retour pour déposer les Ferreux dans leur salle commune, que la base de l'œuvre d'art était marquée d'une flamme. Et que tout autour s'enroulait une inscription : Ferenusia.

Il aurait volontiers laissé libre cours à sa curiosité et demander à Red Wing ce que « Ferenusia » signifiait, mais l'hostilité du Ferreux à son égard l'en avait vite dissuadé.

— Ce que je ne pige toujours pas, c'est ce que vous faites ici. Pourquoi nous avez-vous sauvés ?

Red Wing s'exprimait d'un ton badin, mais Peter ne s'y fiait pas. Il dévisagea Arnaut, auquel la question du Ferreux s'adressait.

— Ton copain, là (il désigna Peter), il pue la bête à cent pas. Tous les Métamorphes obéissent au doigt et à l'œil du grand Manitou, tout le monde le sait. Vous êtes qui d'abord ?

Arnaut ne répondit pas tout de suite, achevant de se laver les mains dans le bassin commun. Quand il releva la tête, il semblait calme. Mais Peter retint tout de même son souffle. Il n'avait pas oublié le décès d'Edwin, ni l'agression des tanuki.

— Je suis celui qui t'a libéré. Celui qui vous a libérés, tous autant que vous êtes.

Il s'essuya avec une vieille serviette et poursuivit :

— Tu as le choix : soit tu te satisfais de ce que je te dis et tu arrêtes de poser des questions. Soit tu continues à insulter mon ami et je te ferme ton clapet. Est-ce assez clair ?

Les yeux du Ferreux luirent d'un éclat carnassier.

— Tu parles haut et fort pour un mec tout seul.

Arnaut émit un rire sauvage, où Peter reconnut sans peine le Chasseur.

— Toi et les tiens vous trouvez dans un sale état. Je ne pense pas que vous constituiez une grande menace. Quant à moi, je ne suis jamais seul.

À en juger par la tête de Red Wing, il était visible qu'il ne comprenait pas. Peter sut ce qu'il allait se passer avant même qu'Arnaut ne ferme les yeux et que la transformation ne le happe dans ses mâchoires. Il posa la main sur son pistolet. S'il pouvait éviter un nouveau drame…

Le Chasseur s'avança vers Red Wing et se tint nez à nez avec le Ferreux. Tous deux possédaient la même taille, mais là s'arrêtait la comparaison : peau pâle contre peau grise, cheveux noirs contre cheveux gris. Et surtout, crocs et griffes de prédateur contre la silhouette d'un travailleur épuisé. Épouvanté, Red Wing recula et se cogna contre la table dans sa précipitation. Des cris fusèrent.

— Un Premier-Né, murmura Red Wing. Je pensais que vous vous trouviez tous sous les verrous.

— Tu fais erreur, répliqua le Chasseur. Veille à ne pas l'oublier.

Il laissa la place à Arnaut. Même s'il ne subsistait plus guère de différences entre eux, songea Peter, qui lâcha la crosse de son pistolet. Comme s'il avait senti son intention à son égard, le jeune homme vint à ses côtés.

— Penses-tu que le mouchard a bel et bien fonctionné ? Depuis le temps, les Outrepasseurs devraient déjà être intervenus, non ?

Peter secoua la tête. Il avait surveillé de manière constante les abords du bâtiment. Personne. Mais cela ne voulait rien dire. Connaissant l'esprit tordu de Noble, il pouvait fort bien mijoter un coup en douce et désirer les surprendre plus tard, au moment où ils s'y attendraient le moins.

— S'ils débarquent maintenant, avec des renforts de Métamorphes et de Changepeaux…

Arnaut lui jeta un coup d'œil et acheva à sa place :

— Ce sera un massacre.

De toute évidence. Encore empoisonnés par les effets du gaz, les Ferreux ne pourraient pas opposer de résistance aux Outrepasseurs et à leurs alliés.

— Il faut les faire évacuer.

— Où ? Tu as une idée ?

Avant que Peter ne puisse répondre, Red Wing intervint :

— Moi, j'en ai une.

Bras croisés sur le torse, le Ferreux avait visiblement espionné leur conversation. Agacé, Peter se tourna vers lui.

— Laquelle ? Vous disposez peut-être d'un tunnel secret ?

— Tout juste, répliqua son interlocuteur, qui ne se donna pas la peine de relever le sarcasme. Le bâtiment, tel qu'il est construit, comprend quatre étages : le dernier, qui donne sur le toit, nous n'y allons pas. Nous nous trouvons sur le deuxième étage.

Il hésita avant de poursuivre :

— Au premier se situe l'atelier où nous avons été exploités comme du bétail.

Des grognements résonnèrent dans la vaste salle. Les Ferreux ressemblèrent soudain à des animaux sauvages, féroces, avec leurs lèvres retroussées sur des dents jaunies, une des conséquences de l'ingestion du soma.

— Et au rez-de-chaussée ? demanda Peter.

— Il nous était interdit d'y pénétrer. Une barrière magique s'élevait dans l'escalier.

— Mais elle ne fonctionne plus, devina le jeune homme.

Red Wing sourit.

— Si ce que vous affirmez sur la magie est vrai…

— Et quoi ? poursuivit Arnaut. Qu'y a-t-il à cet endroit ?

— Ce n'est pas l'étage en lui-même qui est intéressant, mais l'accès qu'il donne au sous-sol. Et au canal souterrain qui traverse une bonne partie de Camden, avant de se jeter dans le Regent's Canal.

Le Regent's Canal. Une des voies d'accès vers Londres. Et bien sûr, pour en sortir également. Peter vacilla sur ses jambes, autant en raison des efforts qu'il avait produits que pour la vision qui s'offrait à lui.

— Je vous montre, si vous voulez, offrit Red Wing. Il me semble que cela pourrait vous servir également.

Et sur cette note ironique, le Ferreux leur ouvrit la voie.

L'escalier vers l'atelier était dérobé, derrière une porte branlante. Les marches ne valaient guère mieux : en bois, elles craquaient de manière sinistre sous le poids de leurs occupants. Une obscurité humide montait du trou noir où ils s'enfonçaient. Nulle lumière ne pénétrait ces ténèbres, nul souffle de vent entre les pierres humides, qui suintaient une eau sale, croupie. Peter frissonna. Il aurait pu se croire dans un tombeau. Il jeta un coup d'œil en arrière, vers Arnaut. Ce dernier avait pâli en apercevant l'escalier. Il esquissa un pâle sourire vers Peter. Le jeune homme lui tendit la main, en un geste de soutien. En comparaison, Red Wing se sentait visiblement chez lui. Peter se demanda depuis combien de temps il vivait dans cet essaim. Depuis combien de temps il était forcé de travailler dans les ateliers des Outrepasseurs. Depuis combien de temps il avait été drogué au soma avant que les effets de la drogue ne deviennent inopérants sur les siens. Peter avait observé chez certains des tremblements compulsifs. Une conséquence du sevrage brutal qu'ils enduraient, sans doute. Après une descente qui parut interminable, ils arrivèrent finalement devant une porte d'acier. Celle-ci s'avérait beaucoup plus récente que le reste du bâtiment et était solide. Peter devina que la barrière magique, qui autrefois protégeait l'accès au sous-sol, devait se situer ici. Il poussa sur la paroi de métal qui s'ouvrit d'une simple poussée. Il reçut une bouffée humide et froide en pleine figure. Le canal ne devait pas se situer loin.

— Et ensuite, demanda Peter, que ferez-vous ? Vous longerez les berges du canal ou vous emprunterez une embarcation ?

Une péniche plutôt qu'une barque, vu le nombre de Ferreux.

Red Wing haussa les épaules.

— Je n'en sais rien.

Ses yeux luirent dans l'obscurité.

— Je viens juste de retrouver la liberté et tu m'abrutis de questions ! Je ne sais pas ce que je ferai. Ce que je sais en revanche, c'est ce que je ne ferai plus jamais, à savoir servir d'esclave pour toi et les tiens.

— Ce ne sont pas les miens ! protesta Peter. C'est fini !

— Tiens donc, murmura le Ferreux, on dirait que je ne suis pas le seul rebelle dans le coin. Intéressant.

Peter aurait volontiers répliqué, mais au même moment, un hurlement lui glaça le sang. Un hurlement de loup. Dans cette nuit, où il aurait pu se croire à nouveau à la merci des Élémentaires, le son lui fit l'effet d'une décharge électrique. Il se tourna vers Arnaut, qui avait revêtu le regard du Chasseur. Il prit en un battement de cœur sa décision.

— Vous devez fuir, toi et ton peuple, déclara-t-il à Red Wing.

— Je viens avec toi, répliqua Arnaut, qui s'apprêtait à remonter l'escalier.

— Non ! cria Peter. De nous deux, tu es le plus précieux.

À tâtons, il trouva la main d'Arnaut, la serra entre les siennes.

— N'oublie pas que tu es l'Héritier, lui souffla-t-il. En aucun cas, ils ne peuvent mettre la main sur toi.

— Cessez votre conciliabule, les apostropha Red Wing, je dois revenir vers les miens !

— Pas la peine, déclara Peter. Je remonte et je les emmènerai jusqu'à cet escalier. Tenez-vous prêts à les recueillir et à fuir au plus vite.

— Peter ! souffla Arnaut. Non !

Il refusa de se laisser distraire.

— Je refermerai la porte quand le dernier Ferreux aura emprunté cet accès.

— Et après ? demanda Red Wing, d'un ton ironique. Tu nous donneras assez de temps pour que les Outrepasseurs ne nous mettent pas le grappin dessus ?

Le fé avait posé cette question de manière rhétorique, il ne croyait pas un instant que Peter eut cette intention. Ce dernier lui décocha un grand sourire.

— C'est exactement ce que je vais faire.

CHAPITRE 27

« Nous sommes assaillis. Nous nous sommes enfermés dans cette salle, mais déjà l'ennemi est à notre porte. Nous ne pouvons pas sortir, ils sont trop nombreux. Nous ne pouvons pas sortir. »

Dernière entrée du journal de Ferus Piedefer, Maître de la Maison de l'Ours, en mission aux Amériques – Printemps 1774

Un crépuscule gris tombait sur Londres quand Noble et les siens parvinrent à Camden Lock. Le vent avait redoublé de volume, arrachant des frissons au vieux lion. Il considéra l'entrée de l'essaim, toujours bloquée par les deux camions qui devaient emmener les Ferreux vers le centre de prélèvement de Canterbury. Leurs coffres étaient vides. Nulle âme qui vive aux environs. Que s'était-il passé ? Le vieux lion se doutait qu'Edwin n'aurait pas donné l'alerte sans une excellente raison. Et pour quel autre motif aurait-il dérangé Noble, sinon pour lui signaler la présence du Métamorphe qu'ils traquaient depuis des jours, l'assassin de Ian ?

« Ton Héritier », souffla une petite voix.

Le lion s'empressa de la museler.

En quittant Highgate, Hersent avait été appelée dans le quartier de King's Cross, où avait l'habitude de dormir la dernière victime de Snezhkaïa. Depuis qu'elle s'était enfuie, la Reine des Neiges prolongeait sa vie en s'attaquant à des proies faciles tels que les S.D.F. qui peuplaient Londres. Dommage, il aurait aimé compter sur l'appui de la louve. En son absence, il avait délégué le commandement des opérations à Cairn et Ferus.

— Monseigneur ! l'appela Cairn.

Un cercle de Limiers, ses fidèles Métamorphes, entourait le Maître de la Maison du Chien alors que ce dernier examinait quelque chose au sol. À voir la tristesse qui se peignit soudain sur les traits du molosse, Noble sut d'avance ce qu'il allait trouver. Cela n'empêcha pas le chagrin de le submerger quand il considéra le cadavre d'Edwin. Le sang autour de son corps s'avérait encore frais.

— Tué il y a moins d'une heure, souffla Cairn.

D'un coup de couteau dans le dos. Les lâches. Le vieux lion rugit en silence.

— Bouclez le quartier, ordonna Noble. N'oubliez pas que je les veux vivants.

Les Limiers s'éparpillèrent sous la direction de Cairn et de son fils, William.

— Et pour les Ferreux, Monseigneur ? grogna Ferus, Maître de la Maison de l'Ours.

Aux côtés de l'imposant colosse, Léonard, son Héritier, ainsi que Félix, ouvrirent grand leurs oreilles.

L'Héritier du Chat avait insisté pour venir et Noble n'avait pas eu le cœur de le lui refuser.

— Dans la mesure du possible, ne les blessez pas.

Si les fés pouvaient toujours être transférés vers le centre de prélèvement, afin que leur ichor soit extrait, la journée ne serait pas totalement perdue.

— En revanche, s'ils opposent une résistance… Vous avez carte blanche.

Un rictus hideux à contempler s'épanouit sur le museau de Ferus, avant que ce dernier n'appelle Léonard à ses côtés. Félix demeura seul à la droite de Noble. Ce dernier avait promis à Chloé qu'on ne toucherait pas à un cheveu de son fils et il entendait respecter son serment.

— Reste près de moi, lui ordonna-t-il.

Félix ne se fit pas prier.

Si ses proies se trouvaient bel et bien dans ce bâtiment, elles n'avaient aucune chance de leur échapper.

Arnaut avait insisté pour remonter au deuxième étage, où se trouvaient les Ferreux, et Peter n'avait pas voulu perdre de temps en argumentant avec lui. De plus, grâce à son intervention, l'évacuation des fés à la peau grise s'en trouvait facilitée. Personne n'avait protesté quand Peter leur avait ordonné de rejoindre leur chef au sous-sol. Les Ferreux avaient beau être libres, l'habitude d'obéir au doigt et à l'œil aux consignes données ne les quitterait pas de sitôt. Les plus valides aidèrent ceux qui se remettaient avec difficulté des effets du gaz soporifique, et petit à petit, tout ce petit monde s'engouffra dans l'escalier. Un silence mâtiné d'une tension croissante planait dans la grande salle. Peter ne cessait de jeter des coups d'œil sur le palier. Il craignait à tout moment d'y apercevoir le

Balafré. Ou ceux qui le secondaient avec tant de fidélité : Hersent, Cairn ou Ferus, avec le soutien des Métamorphes et Changepeaux qui les servaient.

— Vite, dépêchez-vous ! déclara-t-il aux Ferreux.

Les Outrepasseurs et leurs sbires ne feraient qu'une bouchée d'eux.

Bon sang, où se trouvaient-ils à présent ? Montaient-ils à pas de loup par l'escalier principal ? Avaient-ils déjà envahi le sous-sol, y coinçant ainsi ceux que Peter se démenait de sauver ? Ou attendaient-ils encore à l'extérieur, prenant leur temps pour tendre le filet, qui ne manquerait pas de se refermer sur lui et Arnaut ? Il jeta un coup d'œil au jeune homme, qui tentait de raisonner une jeune Ferreuse. Cette dernière le suppliait de lui donner du soma d'une voix déchirante. Arnaut avait beau lui expliquer que la drogue avait cessé de fonctionner, elle ne voulait rien entendre. Ses plaintes parvenaient à Peter :

— S'il te plaît… S'il te plaît !

Peter se détourna. Un spectacle qui alimentait encore un peu plus sa rage contre le Balafré et sa clique. Et qui nourrissait sa détermination à rester le dernier sur les lieux. Il sortit le pistolet, examina le chargeur. Il lui restait quatre balles. Elles ne pesaient guère lourd face à l'armée de fourrure et de crocs qui s'apprêtait à déferler sur lui. Il repoussa sa peur. Il n'y avait pas d'autre solution, de toute manière. Il avait pris sa décision quand il avait choisi de rester aux côtés d'Arnaut, en sortant les Ferreux de ces maudits camions au lieu de s'enfuir. Peter sentit une joie froide à cette pensée : quelle que soit l'issue de cette journée, il n'entretenait aucun regret. Il espérait simplement que ceux qu'il aimait soient épargnés : Hermeline. Shirley. Et Arnaut. Un être aussi étrange que déroutant, qui l'avait pourtant appelé son ami. Le seul espoir de mettre fin à ce carnage, qui durait depuis bien trop longtemps.

— Peter, viens ! l'appela ce dernier.

L'inquiétude régnait dans ses yeux verts. Un si joli regard, si pur, à présent que l'influence du Chasseur ne le ternissait plus. Peter se demanda brièvement pour quelle raison le fé ne se manifestait pas davantage face au danger qui les menaçait tous les deux.

— Allons-y, chuchota-t-il.

Des pas lourds résonnèrent soudain dans l'escalier principal. Peter en conçut du soulagement : enfin ! Enfin, il n'avait plus à attendre l'ennemi. Il était là. Il fit mine de suivre Arnaut dans le trou noir, comme ce dernier s'engouffrait à la suite des Ferreux. Heureusement que la porte qui donnait sur cet accès pouvait être verrouillée. Il s'avança encore de quelques pas, saisit la poignée dans sa main. Comme s'il avait pressenti ce que Peter s'apprêtait à faire, Arnaut se retourna. Maintenant. Le cri d'Arnaut fut étouffé par le bruit de la porte se refermant derrière lui. Peter ne perdit pas de temps : il actionna le verrou et, par mesure de sécurité, traîna un ancien bureau en fonte devant la seule voie donnant sur l'escalier. De l'autre côté, des coups de poing rageurs se firent entendre.

— Fous le camp ! cria Peter.

Fuis avec les Ferreux, songea-t-il. Fuis.

Les coups de poing cessèrent, le silence se fit. Peter put respirer plus librement. Il était seul. Seul face à ceux qu'il avait reniés. Il serra plus fort la crosse de son arme, et empoigna dans sa main restée libre une lourde barre en fonte. Des armes dérisoires, mais c'était tout ce dont ils disposaient. Son cœur battait à cent à l'heure et des tremblements irrépressibles le secouaient. Le jeune homme s'adossa au bureau et attendit.

— Fous le camp !

Noble reconnut aussitôt la voix de Peter. La satisfaction réconforta son âme, un sourire carnassier releva ses babines. Au moins un pigeon se trouvait donc au nid. Et Noble devina sans peine que sa seconde proie n'était pas loin. Le cri du jeune homme parlait de lui-même.

Tu n'auras pas le temps de fuir, songea le vieux lion avant de s'élancer dans l'escalier.

La rage lui brûlait le cœur, alors qu'entraîné par la poigne de Red Wing, Arnaut dévalait les marches vers le refuge du sous-sol. Comment Peter avait-il osé le piéger de cette manière ? Comment avait-il pu l'exclure de la bataille qui allait se jouer au-dessus de sa tête ?

— Lâche-moi ! gronda-t-il à l'adresse du Ferreux.

— Ton ami nous fait gagner du temps, répliqua ce dernier.

— Il va se faire massacrer !

— C'est son choix ! Et…

Il n'eut pas le temps d'en dire plus. Des hurlements retentirent en dessous d'eux et les Ferreux, terrifiés, refluèrent en masse dans l'escalier. Arnaut et Red Wing manquèrent se faire écraser par les fuyards. Ce dernier pâlit.

— Les Limiers ! souffla-t-il. Bon sang, nous sommes faits comme des rats !

— Oh non, souffla Arnaut.

Le Chasseur lui sourit intérieurement, une tendresse incongrue dans ses prunelles de nuit.

— Je ne laisserai personne te faire du mal.

S'agissait-il d'une illusion ou percevait-il réellement de la faiblesse dans la voix du Premier-Né ? Cependant, avant qu'il ait le temps de l'interroger à ce sujet, Arnaut sentit son corps se transformer. Plus agile, plus fort, plus souple. Ses canines s'allongèrent de même que ses griffes et soudain, sa vue perça les ténèbres. Le Chasseur grimpa sur la rampe d'escalier et éclata d'un rire primal face aux ennemis qui l'attendaient en contrebas. Alertés, ces derniers relevèrent la tête. Le fé s'élança dans le vide, à leur rencontre. Le Massacreur était de retour.

Au second étage, Peter n'en menait pas large. Des ombres dansaient sur le palier. Il avait déjà tiré une balle en guise d'avertissement et depuis lors, personne ne se risquait dans sa ligne de mire. Ce n'était là qu'un répit temporaire. Dès que ses adversaires comprendraient sa situation désespérée, ils le submergeraient sous leur nombre. Peter déglutit avec difficulté. Sa main tremblait tant qu'il doutait de parvenir à toucher qui que ce soit. Et soudain, une idée le frappa. Une idée aussi géniale que démente. Mais, si elle fonctionnait, elle lui ferait gagner un temps précieux. Il pria toutes les divinités possibles et imaginables pour que ce plan marche. Il se mit à hurler de toute la force de ses poumons :

— Je te défie, Monseigneur ! Viens donc seul, immonde Balafré !

L'annonce prit Noble par surprise. Il ne s'était pas attendu à un tel geste de la part de ce sale petit goupil. Et « immonde Balafré » lui fit grincer des dents. L'insulte le renvoyait au combat de l'hydre, dans lequel il avait tant perdu. Il s'efforça de chasser ce souvenir. Ferus ainsi que Félix se tournèrent vers lui, l'indécision dans leurs regards.

— Monseigneur, vous n'êtes pas obligé d'y aller, gronda en sourdine le Maître Ours. Je veux dire, ce n'est qu'un gosse…

— Un gosse qui vient de me lancer un défi. Félix, tiens-moi ça.

Il remit sa veste à l'Héritier du Chat. Les Métamorphes s'écartèrent pour le laisser passer.

— Réglons donc cette affaire une bonne fois pour toutes !

Le coup de feu frôla sa joue, traça un trait de feu sur sa peau granuleuse. Noble pressa ses doigts dessus, les examina : ils étaient tachés de sang. Une simple estafilade, rien de plus. Le geste le mit cependant en fureur. Le vieux lion le supplia silencieusement de le libérer. Il ne ferait qu'une bouchée de ce jeune présomptueux.

Bientôt, lui promit Noble. Bientôt. En attendant, il ne se priverait pas du plaisir de jouer avec les nerfs de son adversaire. Il lui fit face, une expression narquoise comme seul bouclier. Le jeune homme blêmit à sa vue, mais le visa de nouveau avec son arme. De combien de balles pouvait-il encore disposer ? Cinq au grand maximum. Un jeu d'enfant, estima Noble.

— Aucun sens de l'honneur, à ce que je vois. Tu ne veux pas d'un duel, tu tiens juste à m'assassiner le plus rapidement possible.

— Exactement, grogna Peter.

Noble put distinguer sans souci le tremblement qui agitait sa main.

— Pitoyable. Tu joues au caïd mais tu n'as aucune idée du courage qu'il faut pour abattre quelqu'un. Tu n'es qu'un petit garçon et tu vas mourir en tant que tel.

Le second coup de feu retentit à ce moment, comme Noble l'avait prévu, et il s'aplatit au sol. Il entendit la balle passer au-dessus de lui et ricocher contre le mur. Du coin de l'œil, il distingua soudain un mouvement au-dessus de lui. Il jura en reconnaissant Félix. Ce dernier avait profité du coup de feu pour se percher, dans sa forme féline, sur les poutrelles qui traversaient la salle de part en part. Un bond prodigieux. Et une très mauvaise surprise pour Peter. Noble se releva.

— Alors, petit garçon, tu ne parviens pas à m'assassiner ? N'en as-tu pas envie ? Tu seras peut-être plus motivé si je te dis qu'hier, Hermeline se trouvait à genoux devant moi. Tu devines pourquoi, non ?

— Espèce de salaud, gronda Peter.

— Je peux t'assurer qu'elle va bien. Je prendrai soin d'elle. Après tout, ceux qui sont sous l'influence de la potion de Thomas le Rimeur sont…

Il ne s'écarta pas assez vite cette fois-ci et la balle se logea dans son bras. Noble poussa un cri, son lion n'attendit pas : il prit possession de son corps. Ses vêtements se déchirèrent, la douleur si familière de la transformation inonda son être. Le fauve se précipita sur sa proie, toutes griffes dehors.

— Ne le tue pas, je le veux vivant ! lui intima Noble, avant de lui laisser la place.

Le lion ne daigna pas lui répondre et fonça. Il vit Peter lâcher son arme et se saisir d'une barre de fer. Le coup sur son crâne lui fit voir trente-six chandelles. Le vieux lion rugit. Un feulement aigu lui répondit depuis le plafond.

Une ombre fondit sur Peter qui s'effondra au sol sous le choc de la collision. Le chat mordait, griffait, tailladait son ennemi en menus lambeaux. Le lion s'ébroua, encore sonné. Du coin de l'œil, il vit Peter, la face ensanglantée, saisir Félix à la gorge et serrer.

— Tu ne m'auras pas !

Le fauve se rua sur lui, l'écrasa de son poids. Son adversaire, menacé d'étouffement, lâcha le chat. Le lion ouvrit ses mâchoires, saisit Peter par le crâne. La tentation de le faire éclater telle une coquille d'œuf était grande, mais il se contenta de le maîtriser. Il entendit le chuintement d'un silencieux et le jeune homme tressaillit, avant de s'effondrer tel un pantin et de demeurer immobile. Vaincu.

Chapitre 28

« Yuki-Onna personnifie l'Hiver. Elle apparaît souvent aux voyageurs égarés dans des tempêtes de neige, jeune femme sublime, qui peut les remettre sur le droit chemin. D'autres prétendent pourtant qu'elle n'hésite pas à entrer dans des maisons et à souffler sur les habitants endormis, afin de leur voler leur énergie et de les tuer par ce même geste. »

Légendes japonaises – *Collection privée des Outrepasseurs*

L'esplanade devant la gare de King's Cross était plus encombrée que jamais. S'ajoutant à l'habituel trafic de navetteurs, taxis et autres piétons, un énorme camion s'était garé en double file. De son ventre gigantesque, des manutentionnaires déchargeaient à grand-peine plusieurs chariots montés sur roulettes, chargés à ras bord et qui portaient sur leur flanc l'inscription « The Great Christmas Revel ». Hersent observait ce manège d'un œil dédaigneux : ces idiots avaient bien choisi leur moment, en pleine heure de pointe, à la grande exaspération des conducteurs bloqués à leur suite. Elle leur souhaitait bonne chance pour mener ces chariots à bon port dans la gare bondée. Debout sur la plateforme de déchargement, un homme s'égosillait :

— Allez, les gars, magnez-vous ! On est en retard !

Hersent se détourna de ce spectacle navrant. Elle reprit sa ronde. La trace de Snezhkaïa l'avait menée dans les environs immédiats de la gare. Sa dernière victime en date avait été tuée ici.

Ce décès remontait à deux heures, selon les légistes. La Reine des Neiges se terrait dans les environs, la louve en possédait la certitude.

— Madame ?

Elle se retourna. Grand et brun, son long imperméable soulignant sa musculature, Michaël faisait tourner nombre de têtes. Un groupe de jeunes femmes le dévisageait ouvertement, l'envie se lisant dans leurs yeux. Hersent se permit un petit sourire : ces petites dindes ne glousseraient pas autant si elles apercevaient Michaël sous son autre forme. Le garou s'approcha d'elle, son regard chocolat baissé vers le sol, en l'attitude habituelle des soumis.

— Que se passe-t-il ?

— Élisabeth ne se sent pas bien, elle demande la permission de rentrer chez elle.

La louve gronda. Hersent répliqua d'un ton acide :

— Et depuis quand t'envoie-t-elle parler à sa place ? Qu'elle se présente devant moi et me le demande elle-même !

Michaël supporta le reproche sans broncher, ses joues rougies par la bise. En dépit des circonstances, Hersent le détailla avec plaisir. Peut-être devrait-elle faire de ce jeune loup son quatre heures un de ces jours…

— Je le lui ai dit, Madame, mais… Elle ne peut plus se tenir debout.

Hersent soupira, excédée.

— Mène-moi à elle, grogna-t-elle.

Et gare à sa peau si elle m'a menti, songea-t-elle. Sa louve montrait déjà les dents.

À son grand désappointement, Hersent s'aperçut vite qu'Élisabeth ne simulait pas. Prostrée sur elle-même, la jeune femme gémissait en continu, sur un ton plaintif. Face à sa chef de meute, elle fit un effort et chuchota :

— Je n'arrive plus… à la joindre. Je ne l'entends plus.

Hersent toucha la peau brûlante de la jeune femme. Une banale poussée de fièvre, songea-t-elle. Elle changea vite d'avis quand sa louve voulut entrer en contact avec l'Hôte d'Élisabeth… et ne rencontra que du néant. Une sensation dérangeante, qui lui donna l'impression de se retrouver face à une personne mutilée, amputée d'une partie d'elle-même. Hersent fronça les sourcils : jamais ne s'était-elle trouvée face à ce genre de cas. Elle remit son gant avec précipitation et frissonna de dégoût.

— Tu vas la conduire chez le doc. Qu'il me tienne au courant dès qu'il a du nouveau.

Expert en points de suture et en infections, le « doc », comme l'appelaient les garous, était révéré dans la communauté londonienne. Heureusement, pensa Hersent, il n'habitait guère loin. Elle observa Michaël soulever la jeune femme dans ses bras et disparaître avec elle dans la nuit glaciale de novembre. Elle rendrait visite à la jeune femme le lendemain, songea-t-elle. Hersent resta seule dans ce coin désert, situé à l'arrière de la gare de King's Cross. Avec Michaël et Élisabeth indisponibles, il ne lui restait plus que deux garous sur place. Elle aurait aimé renforcer son équipe, mais, à la suite de l'ordre donné par Noble pour surveiller les gares et aéroports, ses adjoints étaient parsemés aux quatre coins de la cité. Et les renforts attendus n'arriveraient qu'en fin de semaine. Elle songea à l'alerte donnée par Edwin à Camden Lock. Vivement qu'elle puisse participer, elle aussi, à la traque de l'assassin de Ian ! En attendant, elle devait mettre la main sur cette garce de Snezhkaïa. Noble était persuadé qu'elle cherchait à s'échapper vers le nord, vers l'Écosse, là où l'hiver serait plus rigoureux, lui redonnerait plus de forces. Hersent partageait cette opinion. Elle s'engagea dans une ruelle peu attrayante. L'ampoule du plus proche réverbère était brisée, la venelle était plongée dans l'ombre. L'odorat de la louve fut saturé d'un mélange de bière renversée, de curry et de détritus. Elle fit la grimace. Ce tour était le dernier, décida-t-elle. Ensuite, elle rentrerait à sa maison, qu'elle n'avait pas vue depuis vingt-quatre heures, se ferait couler un bon bain et…

— Alors, beauté, on s'est perdue ? On ne retrouve plus son chemin ?

Hersent se retourna. Sa louve, dérangée dans sa traque, dévisagea les intrus. Ils étaient quatre. Jusque-là dissimulés dans l'ombre, ils s'approchèrent d'elle. Hersent plissa le nez face aux relents d'alcool qui émanaient des lascars. Leur chef, celui qui l'avait apostrophée, s'exclama :

— Ouh là, les gars, visez donc ! C'est une dame que nous avons là !

Ses comparses éclatèrent d'un rire gras. Hersent évalua d'un coup d'œil la situation : ces hommes n'auraient même pas osé l'aborder s'ils avaient été seuls, ils se seraient contentés de la reluquer sous toutes ses coutures. Encouragés par leur nombre et par la bière qui saturait leurs veines, ils ne la lâcheraient pas de sitôt. Elle songea à s'échapper. La louve courait plus vite qu'eux.

— Allez, ma jolie, viens nous faire un câlin, poursuivit le chef de la bande. C'est bientôt Noël, on a droit à un cadeau à l'avance, non ?

À ce moment, sa décision fut prise. Elle éclata d'un rire bref qui surprit ses adversaires. D'un mouvement ample, elle ôta son long manteau noir, le laissa glisser à terre. Surpris par son geste, les hommes reprirent vite contenance. Ils sifflèrent d'enthousiasme, n'osant croire à leur chance. La louve pouvait sentir leur excitation croissante. Elle retroussa ses babines en un sourire carnassier. Avec nonchalance, Hersent s'adossa au mur, replia une jambe. Le talon aiguille de son escarpin crissa contre la brique crasseuse.

— Avancez, messieurs, chuchota-t-elle. Ne soyez pas timides.

Ils n'avaient guère besoin d'un encouragement. Ils se ruèrent d'un même élan vers elle, se gênant mutuellement. Finalement, c'est le beau parleur qui eut le dessus et décocha un sourire brunâtre à la louve.

— Moi en premier !

— Chacun son tour, rétorqua Hersent d'un ton aguicheur.

Il se trouvait à trois pas d'elle, aussi frétillant qu'un gardon hors de l'eau, quand elle se pencha sur le côté et se déchaussa. La suite se passa si vite qu'aucun de ses harceleurs n'eut le temps d'esquisser un geste. Hersent se saisit de sa chaussure, pointe en avant. L'homme, qui tendait des mains avides vers elle, s'arrêta, les yeux écarquillés.

— Mais…

Elle enfonça de toutes ses forces le talon effilé dans une de ses orbites. Il hurla, voulut se dégager, ne réussit qu'à se cogner tête la première contre le mur.

— Tu pars déjà ? poursuivit Hersent avec une moue boudeuse. Reviens, je n'en ai pas fini avec toi.

Elle dégaina le couteau à cran d'arrêt, dissimulé dans son étui et en fit sortir la lame d'une simple pression. Face aux trois autres gaillards éberlués, elle enlaça sa victime d'un geste tendre et l'égorgea. L'homme émit un dernier gargouillis, puis s'effondra à terre. Hersent vérifia que son manteau n'était pas souillé. Aucune tache à l'horizon. Satisfaite, elle mit les mains sur ses hanches et demanda :

— Alors, messieurs, toujours volontaires ?

Ils refluèrent en toute hâte vers la sortie de l'allée, lui laissant ce pauvre trophée dans les mains. Hersent essuya la lame sur la chemise du cadavre.

— On dirait bien que je ne suis plus au goût de tes copains.

Elle récupéra sa chaussure, se rechaussa.

— Madame ? Tout va bien ?

Attiré par l'odeur du sang, un de ses adjoints contemplait la scène d'un air inquiet.

— Tout va bien. Tu peux te charger de ça ?

Il hocha la tête. Hersent s'apprêtait à reprendre sa ronde quand elle revint sur ses pas.

— Une dernière chose, Ray. Trois hommes accompagnaient cette pourriture, déclara-t-elle en désignant le corps. Il me déplairait fortement qu'ils soient toujours en vie au lever du soleil.

— Comptez sur moi, Madame.

Elle lui tapota la joue en guise de remerciement avant de s'éloigner.

Elle n'avait pas fait dix pas quand l'odeur qu'elle recherchait en vain depuis des heures la prit par surprise. Ce n'était guère plus qu'une ombre, la promesse d'un parfum qui s'évaporait déjà dans les ténèbres. Mais Hersent l'aurait reconnue entre mille : le gel qui piquait la peau, l'humidité des flocons recouvrant la terre, la morsure du blizzard, tous ces éléments caractérisaient Snezhkaïa. Hersent retint de justesse le hurlement victorieux qui emplissait sa gorge. La louve jubilait. La traque avait enfin commencé !

Elle s'accrocha à l'odeur de toutes ses forces. Ses pas la menèrent de nouveau sur l'esplanade, où l'énorme camion du « Great Christmas Revel » avait enfin disparu. Un instant, elle craignit d'être désorientée, de perdre la trace noyée sous les milliers d'effluves qui l'assaillaient. Les senteurs florales des parfums se mêlaient aux effluves de transpiration et de nicotine, sans compter les gaz d'échappement des voitures. Hersent se planta sur le seuil de la gare, au risque d'être renversée par la marée humaine, qui dans son flux et reflux, pénétrait et sortait de la gare en un flot perpétuel. Là ! Ça y est, elle l'avait sentie ! Elle se précipita dans le hall d'entrée, essayant de repérer Snezhkaïa.

— Où te caches-tu donc, garce ? grogna-t-elle, ce qui lui valut un regard offusqué de la part d'un vieux monsieur.

Hersent ne s'en formalisa pas. Là-bas, en haut d'un escalator, elle avait aperçu, dévoilée par la lumière des néons, une chevelure couleur de neige.

— Je te tiens !

Elle monta quatre à quatre l'escalator, bouscula sans ménagement travailleurs en route vers leur demeure et touristes bavardant dans des langues inconnues. Des protestations et des insultes fleurirent sur son passage, elle les fit taire d'un regard enflammé. Ah, si seulement elle avait coincé Snezhkaïa dans un coin plus désert, songea-t-elle en courant dans une des allées qui surplombait le hall central, elle se serait fait une joie de la prendre à la gorge, de l'entraîner dans un coin sombre pour la dévorer à son aise ! Dans cet endroit, elle ne pouvait guère songer à se transformer. La chevelure blanche emprunta un autre escalator et Hersent sentit son sang se glacer. Si cette garce prenait le métro, avec la cohue ambiante, elle la perdrait à coup sûr ! Elle redoubla d'efforts, joua des coudes, distribua coups de pied et claquements de dents menaçants dans son sillage. Elle se rapprochait de sa cible, qui ne se doutait de rien. Vite, vite, encore quelques pas… Elle empoigna Snezhkaïa par l'épaule, la plaqua contre le mur. Des yeux d'un bleu pervenche emplis de surprise soutinrent son regard. Aussitôt une alarme se déclencha dans l'esprit d'Hersent. Le parfum qui l'avait guidée jusque-là s'était dissipé.

— Lâchez-moi ! Qu'est-ce que…

L'adolescente, ses écouteurs vissés sur les oreilles, demeura pétrifiée alors qu'Hersent, penchée sur elle, flairait sa peau. Elle comprit la ruse de Snezhkaïa en un éclair : cette dernière avait choisi sa diversion à dessein. Elle avait transféré son odeur sur cette jeune fille, lançant la louve et ses acolytes sur une fausse piste. Hersent abattit un poing rageur sur le carrelage de porcelaine qui recouvrait le mur, arrachant un glapissement effrayé à l'adolescente.

— Il y a un problème ?

Un agent de sécurité s'avançait vers elles. La jeune fille saisit sa chance :

— Bien sûr ! Je…

Elle n'eut pas le temps d'en dire davantage. Hersent la fit taire en embrassant les lèvres roses, qui s'ouvrirent sous la pression exercée par la louve.

De quoi te fermer le clapet, chérie ! songea-t-elle.

Hersent rompit le baiser après quelques secondes. Comme elle l'avait escompté, le vigile cligna des yeux d'un air stupide face aux deux femmes.

— J'avais oublié de lui dire au revoir, murmura Hersent d'un air suave.

Elle caressa la joue enflammée de l'adolescente avant de disparaître aussi vite qu'elle était venue. La rage bouillait en elle. Elle s'était fait avoir comme une bleusaille ! Snezhkaïa était loin à présent. Accoudée à la balustrade, elle cherchait en vain parmi la foule qui se pressait dans le hall en contrebas quand elle posa les yeux sur une affiche.

« The Great Christmas Revel en tournée dans tout le Royaume-Uni ! La parade prendra son départ à Inverness à la date du… »

Hersent recula, comme si on venait de la gifler. Inverness, perdue au nord de l'Écosse. Une des villes les plus septentrionales du Royaume-Uni. Stupide, stupide ! Dire qu'elle l'avait eue sous les yeux ! Elle repartit dans sa course folle, redescendit l'escalator et s'élança en direction des quais. Quel meilleur déguisement offrir à une Reine des Neiges qu'une parade de Noël ?

La louve gémissait pour qu'Hersent la laisse sortir. Elle pourrait bondir, courir bien plus vite que sa Compagne ! Hersent la tint fermement en laisse. Pas la peine de provoquer un nouveau scandale, les Outrepasseurs n'en avaient guère besoin. Elle s'arrêta un instant pour scruter le tableau d'affichage des départs.

Le « Great Christmas Revel » partait du quai n° 3 dans trois minutes.

Elle se trouvait face au quai n° 20. Elle poussa un gémissement de désespoir. Elle n'y arriverait jamais !

Laisse-moi sortir !

Pas le temps d'avertir les autres via son oreillette. Hersent reprit sa course. En dépit de sa forme physique, les muscles de ses jambes protestèrent. Ses talons, si utiles face à ses agresseurs, la ralentissaient. Lancée à pleine allure, elle commençait pourtant à ralentir. Elle arriva finalement devant le quai n° 3 à bout de souffle. Le parfum de Snezhkaïa lui fouetta les sens, comme pour mieux se moquer d'elle. Hersent gronda : elle ne s'était pas trompée cette fois-ci. Plus qu'une vingtaine de mètres ! Elle aperçut le train, habillé aux couleurs du « Great Christmas Revel ». Elle n'était pas la seule à assister au départ : de nombreux badauds restaient sur le quai, la mine ébahie ou réjouie devant la locomotive et ses wagons. Hersent renversa plusieurs personnes. Plus que quelques mètres… La sonnerie signalant la fermeture des portes retentit.

Noooooooooooooon !

La louve hurla. Hersent tenta le tout pour le tout, bondit vers la porte qui se fermait… et se heurta violemment à la carlingue. Des exclamations stupéfaites résonnèrent autour d'elle alors que sonnée, elle reprenait son souffle, allongée sur le quai.

— Madame, vous allez bien ? Madame ?

— … totalement dingue, jamais vu une telle hystérique !

Après un dernier sifflement du chef du train, ce dernier se mit en marche. Hersent n'eut d'autre choix que de voir son ennemie lui échapper, à l'abri dans la carlingue du train. Cette garce devait bien rigoler à présent ! Elle repoussa ceux qui tentaient de lui venir en aide. La douleur pulsait dans son crâne et un liquide chaud lui dégoulina dans l'œil. Hersent pressa la paume de sa main le plus fort qu'elle put sur sa blessure, retint un cri de pure frustration. Un agent de gare insistait pour la conduire à la station de premiers soins de King's Cross. Il la prit d'autorité par le coude.

— Venez, vous ne pouvez pas rester dans cet état !

Hersent faillit se dégager et lui rétorquer qu'elle avait vu pire comme situation. Néanmoins, elle renonça à causer un esclandre. L'opportunité était manquée. Mieux valait jouer le jeu et ne pas attirer les soupçons.

— Je... Je ne sais pas ce qu'il m'a pris. Vraiment... Je suis désolée !

— Quand même, vous devez vous rendre compte que ce que vous venez de faire représente un danger pour tous et...

Les larmes de crocodile qui coulaient sur les joues d'Hersent stoppèrent net le discours moralisateur de son « sauveur ». Il s'adoucit à son égard. Alors qu'elle se laissait guider par ses soins dans le dédale de King's Cross, elle jeta un dernier regard vers le « Great Christmas Revel », qui s'éloignait vers le nord.

— Je te retrouverai, grogna-t-elle, sois-en sûre !

CHAPITRE 29

« [...] Entre ici, avec ton terrible cortège ! Avec ceux qui sont morts dans les caves sans avoir parlé, comme toi [...] Avec le dernier corps trébuchant des affreuses files de Nuit et Brouillard, enfin tombé sous les crosses ; Entre, avec le peuple né de l'ombre et disparu avec elle – nos frères dans l'ordre de la Nuit... »

Extrait du discours d'André Malraux prononcé le 19 décembre 1964 en hommage à Jean Moulin.

— Où es-tu, petite âme ? Où es-tu ?

Il se trouvait à nouveau sur la banquise, cette plaque de glace ballottée par les courants furieux de l'océan Arctique. Peter claqua des dents. Il ne voulait pas rester ici, dans ce milieu si hostile, où le froid le dévorerait vivant. Ses doigts s'engourdissaient, sa peau devenait bleue et son souffle se cristallisa en morceaux de givre. Ceux-ci retombèrent à ses pieds.

Soudain, devant lui apparurent Hermeline et Shirley. La jeune fille soutenait son aînée, qui arborait un sourire idiot sur ses traits. La bave lui coulait des lèvres et se répandait sur son menton. Mais ce qui heurta le plus Peter fut le vide dans ses prunelles noisette. L'intolérable absence.

— Regarde ce que tu as fait ! C'est de ta faute ! lui hurla Shirley.

— Regarde ce que les tiens m'ont fait.

Arnaut s'avançait vers lui. Son visage seul demeurait intact. Le sang recouvrait la moindre parcelle de sa peau, sa chair était à vif.

— … De ta faute, murmura-t-il, avant de s'écrouler, face contre terre.

— Non, non, non !

Peter se réveilla au son de ses propres cris.

Quand il ouvrit les yeux, une obscurité impénétrable l'entourait. Peter frissonna : cela ne lui était plus arrivé depuis que Scrooge l'accompagnait. Où était-il passé d'ailleurs ?

— Il y a quelqu'un ? chuchota-t-il.

Les murs renvoyèrent son écho tout autour de lui.

« Quelqu'un… Qu'un… »

Au même moment, il prit conscience que quelque chose pesait sur ses poignets. Un cliquetis de chaînes heurta son oreille.

— Que…

Il était menotté. De l'argent, dont le contact toxique avec sa peau lui arracha une plainte. Peter tâtonna, trouva une surface rugueuse et froide où s'appuyer. Ses souvenirs lui revinrent : l'essaim des Ferreux, la porte se refermant sur Arnaut, le défi lancé à Noble, l'étau des mâchoires se refermant sur son crâne… L'horreur de sa situation le gifla en pleine face. Il était prisonnier. Il aurait préféré être mort. Puis il se reprit : plus aucune faiblesse de ce genre, il se l'était juré ! Où était Arnaut à cette heure ? Il se souvint de son cauchemar et pria pour qu'il ne soit rien d'autre qu'un mauvais rêve. Où se trouvait-il maintenant ? Il essaya de se repérer : il ne mit pas longtemps à effectuer le tour de sa cellule. Sa blessure à l'abdomen, où la balle, qui l'avait endormi, avait pénétré, se réveilla. Mais ce qui le terrorisait plus que tout était l'empoisonnement à l'argent, la lente brûlure qui chauffait sa chair. S'il demeurait exposé plus longtemps au métal toxique, il réduirait sa peau en cendres, atteindrait l'os. Les Outrepasseurs avaient beau se considérer supérieurs aux Métamorphes et aux Changepeaux, l'argent agissait de la même manière sur leurs organismes. Et de plus…

Scrooge ? Scrooge ?

Le néant. Là où il avait l'habitude de visualiser le renard dans sa tanière, la forêt environnante où Scrooge aimait à se réfugier et à chasser ses proies, ne subsistait plus qu'un brouillard épais, où ses cris s'étouffaient. Une brume aux reflets argentés, qui se moquait de lui.

Il glissa par terre, sur le sol froid et inhospitalier. Seul. Jamais ne s'était-il trouvé aussi seul depuis qu'il avait découvert l'existence de Scrooge, son alter ego. Si lui et le renard ne voyaient pas souvent les choses de la même manière, au moins constituait-il une présence constante, quelqu'un sur qui compter. Quelqu'un à qui parler, même quand tout allait mal. La perte de Scrooge lui pesait. Un vide, une absence, une blessure à vif. Comme si l'on avait extrait une partie essentielle de lui-même, dérobé quelque chose de vital. Ce traitement le renseignait aussi sur le lieu où il se trouvait : Lion House. Personne d'autre que Noble n'aurait pu ordonner qu'on l'emprisonne à l'aide de menottes d'argent. Il ricana en songeant qu'il se retrouvait à son point de départ. Encore et toujours ces fichus souterrains. S'il avait su auparavant… Peter secoua la tête. Entretenir des regrets futiles ne lui servait à rien. Surtout si, bientôt, il devrait faire face au Balafré. Peter serra les dents. Il ne l'appellerait plus jamais Monseigneur, décida-t-il, il ne courberait plus la tête devant lui.

— Qu'il aille se faire foutre !

Si le dire à voix haute ne lui apporta aucun réconfort, cela servit au moins à renforcer sa résolution. Peter ramena ses genoux contre son torse, les enserra de ses bras avant d'y appuyer sa tête. Il était seul. Personne ne lui viendrait en aide. Une vérité aussi froide que la pierre qui lui glaçait la peau, engourdissait ses membres. Jamais n'avait-il perçu à ce point que son existence ne tenait qu'à un fil. Un fil que le Balafré s'apprêterait à trancher avec grand plaisir, sans nul doute. Dans le vortex sombre de ses pensées, une seule lueur : le vieux lion ne pourrait plus l'atteindre grâce au lien de Morgane.

Bien sûr, il emploierait d'autres moyens. La lumière dans son esprit s'éteignit, mouchée par un vent cruel, où dominait le rire du Balafré. Peter ferma les yeux, dans une vaine tentative de se protéger.

Commença alors la longue attente, dans les ténèbres du cachot, dans le froid et le silence d'un tombeau. Peter ressentit à plusieurs reprises l'envie de crier, de hurler, de battre des poings et des pieds contre la porte de sa prison, contre les murs. Il était vivant, bordel ! Vivant ! Pourquoi l'oubliait-on ici ? Et si Monseigneur ne venait pas ? Si personne ne se pointait ? Si on le laissait mourir de faim, de froid, de soif, dans cette place puante, oubliée de la mémoire des hommes ? Ouvrirait-on jamais cette porte qui donnait vers l'extérieur ? Il imagina son corps jeté dans une décharge, son cadavre troué par les vers s'immisçant sous sa peau. Ou le brûlerait-on lui aussi avec un incinérateur ? Des pensées aussi répugnantes que des créatures aveugles sortant de marais immondes, dont Peter ne soupçonnait même pas l'existence, rampèrent dans son esprit. Le torturèrent avec leurs images, chacune plus désolée, plus horrifiante que l'autre. Arnaut attrapé en même temps que lui. Son corps sanguinolent, attaché par de cruelles chaînes, ses os rompus par les coups, sa peau déchiquetée avec soin, mise en lambeaux par des tenailles de fer. Son espoir mort. Les visions changèrent, lui montrèrent Hermeline réduite à l'état de zombie, Shirley soumise au pouvoir absolu de Noble. Seule, sans appui, sans soutien. Sans famille. Sa faute, encore et toujours. Nulle lumière au fond de cette nuit. Peter sentit ses larmes couler sur ses joues, où une barbe légère couvrait sa peau d'un éclat roux. Il se sentit sale. Souillé. Dénudé jusqu'à l'âme. Tous ses efforts pour s'en sortir ridiculisé, toutes ses erreurs défilant sous ses yeux jusqu'à ce qu'il en ait la nausée. De désespoir, il appela le lion noir, tâchant de retrouver le lien qui les avait unis. Mais le brouillard argenté régnait toujours dans son esprit, l'inondait chaque fois qu'il ouvrait la bouche, remplissait son âme de ce néant abject qui lui ôtait toutes ses forces. Il s'était si souvent dit que, dans pareille situation, il demeurerait fort. Il ne flancherait pas, ne se laisserait vaincre ni par l'angoisse ni par la peur. Il resterait debout. La tête haute, fier d'avoir résisté. Un rire fêlé, brisé, sortit de sa gorge. Mensonges ! Illusions ! En fin de compte, il était seul. Oublié.

Quand on ouvrit la porte de sa cellule, Peter ressentit un immense soulagement. Il cligna des yeux, aveugié par la lumière crue.

— Alors, tu apprécies ton séjour cinq étoiles ? Je suis venu voir si tu ne désirais pas quelque chose d'autre. Un petit cocktail, peut-être ?

Peter reconnut aussitôt la voix de Félix, ponctuée par les rires de William et de Léonard. Il tenta de se relever, on ne lui en donna pas le temps. Une main rude le saisit par ses cheveux, lui arrachant un gémissement de douleur. Il se retrouva tremblant contre le mur. Félix lui faisait face. Ses pupilles étaient dilatées. S'il avait pu communiquer avec Scrooge, le renard lui aurait aussitôt confirmé le parfum si distinctif de la valériane flottant autour de l'Héritier du Chat. Un puissant euphorisant pour les *Cat People*.

— Monseigneur ne peut pas se déplacer pour le moment, il m'a chargé de te faire passer un message.

Peter ne vit pas le coup venir. Le poing de William dans son abdomen, à l'endroit de sa blessure, lui coupa le souffle. Il ne put même pas gémir, expulsant la douleur qui le terrassait. Il tomba à genoux, vomit de la bile. Tout son corps tremblait sous l'effort.

— Léonard, relève-le.

L'ours le saisit à nouveau par les cheveux. Peter perdit son combat contre la tentation de supplier ses bourreaux.

— Non… S'il vous plaît…

— Espèce de petite loque, lui souffla Félix.

L'haleine du chat puait la valériane. Bon sang, quelle quantité avait-il prise ?

— T'as parié sur le mauvais cheval, poursuivit Félix. T'as choisi un meurtrier. Un assassin. Et vu que je ne peux pas me venger sur lui…

— Ta gueule, Félix !

Trop tard. Peter sourit. Ils ne détenaient pas Arnaut. Le lion noir était en liberté.

— Attends, salopard, je vais te faire passer l'envie de sourire, moi !

Un uppercut vicieux l'atteint à la mâchoire. Peter vacilla, mais ne tomba pas.

— Ne t'inquiète pas pour ta Shirley en tout cas. Je m'occuperai d'elle quand elle aura besoin de compagnie.

Peter avait beau savoir que Félix disait ces mots dans le seul but de le blesser, que jamais Shirley n'irait pleurer sur son épaule, un instinct bestial, primal, hurla sa rage en lui. Il se jeta sur le chat, le fit basculer à terre. Il pressa ses menottes d'argent sur les traits fins de Félix, qui hurla aussitôt. Peter riait comme un dément quand on le rejeta violemment en arrière. Il s'effondra contre le mur, voyant trente-six chandelles. Il entendit Félix dire aux autres en haletant :

— Amusez-vous, mais ne le brisez pas. Monseigneur le veut vivant pour demain.

Demain. Le mot s'inscrit en lettres de feu dans son esprit. Puis la douleur le tenailla à nouveau. Des coups de pied, des coups de poing plurent sur lui. Ses côtes, son dos, son crâne, ses jambes furent martelés, piétinés, heurtés sans aucune pitié. Peter se recroquevilla en boule, tenta de se protéger le mieux possible. L'odeur métallique du sang inonda sa prison. Son corps, une immense blessure à vif.

Arnaut, songea-t-il.

Puis il cessa de penser. Il cessa de réagir. La tempête l'avait englouti en son sein. Elle ne le rejetterait pas de sitôt.

— Elle s'est échappée.

Une compresse de glace contre sa joue, Hersent demeurait tête baissée. Noble martela du poing le matelas sur lequel il reposait depuis qu'il était rentré à Lion House. Dès qu'Hersent l'avait appelé, il avait mobilisé tous ses efforts pour faire stopper ce train. Hélas, cet arrêt n'était pas survenu avant que le train n'arrive à Édimbourg. Et bien entendu, quand ses contacts sur place avaient fouillé les wagons de fond en comble, Snezhkaïa ne s'y trouvait plus. Envolée, tel un flocon, porté par la bise qui soufflait sur le Royaume-Uni. Elle s'était repue de l'énergie des sept clochards découverts morts en deux jours, frappés en plein cœur par une aiguille si fine que même les légistes n'avaient pas découvert sa trace. Pour le moment, la presse demeurait muette à ce sujet. Les décès de sans-abris n'intéressaient personne, surtout quand les médecins concluaient à des crises cardiaques. Ce répit était temporaire, cependant. Que la Reine des Neiges s'en prenne à un honnête citoyen, un monsieur ou une madame tout le monde, qui payait ses taxes, et les chiens seraient lâchés. Les journaux se régaleraient de cette affaire, qui changeait de l'affreuse météo annoncée par les prévisionnistes. Ils propageraient les rumeurs les plus folles, agiteraient sous le nez d'un public affolé le spectre du *serial killer*, qui, depuis Jack l'Éventreur, n'avait jamais quitté le sol du Royaume-Uni. Le pire dans toute cette affaire, c'est qu'ils n'avaient pas tort, estima Noble.

Snezhkaïa était une tueuse de la pire espèce. Elle devait être retrouvée et mise sous les verrous. Le vieux lion goûta l'ironie du moment : dire que tous les autres Élémentaires lui claquaient entre les doigts, excepté cette garce de Snezhkaïa ! Bien entendu, l'arrivée de l'hiver la soutenait. Ses meurtres aussi.

— Dès demain soir, je partirai pour l'Écosse, annonça Hersent, anticipant ses ordres.

Il la fixa de son œil fauve.

— Je ne vous en ai pas encore donné l'ordre.

La louve baissa le museau davantage, si c'était possible.

Le silence fut rompu par les vibrations du téléphone portable de Noble. Il éprouva l'irrésistible tentation de le fracasser contre le mur le plus proche. Seul le souvenir d'Edwin retint sa main. Il était harcelé de toutes parts et les partenaires industriels, furieux de ne pas voir arriver leurs commandes, menaient la meute. Dans l'ensemble, c'était une catastrophe : une baisse de vingt pour cent dans la production d'ichor, les incinérateurs qui tournaient à plein régime pour brûler les cadavres des fés qui s'entassaient, couche après couche, dans les chambres froides. Un désastre de cette ampleur demeurait sans précédent dans l'histoire, pourtant tumultueuse, des Outrepasseurs.

Est-ce la fin ? songea Noble.

Tout en lui se rebellait à cette idée.

Seule la pensée de ce qu'il avait prévu pour le lendemain le rasséréna quelque peu. Enfin maîtriser quelque chose. Châtier les coupables – car nul doute que l'assassin de Ian pointerait enfin le bout de son nez, avec Peter emprisonné à Lion House – et exercer son pouvoir absolu. Noble se laissa aller contre ses oreillers. Il pourchasserait les Ferreux, dont plusieurs essaims, libérés du pouvoir du soma, s'étaient échappés ; il rattraperait Snezhkaïa ; il retrouverait la magie, où qu'elle soit, et l'enfermerait à double tour dans un coffre-fort dont elle ne pourrait se libérer. Demain. Alors que la nuit précoce d'hiver assombrissait les environs, le vieux lion s'endormit, serein.

CHAPITRE 30

« — C'est une révolte ?
— Non, Sire. C'est une révolution. »
Le duc de La Rochefoucauld au roi Louis XVI.

Réfugié dans l'ombre d'un taillis abrité des lumières faiblissantes des projecteurs face à l'aube grise qui se levait, Arnaut observait le manoir. Lion House, lui avait soufflé Naste Estsan dans son esprit. Un nom qui lui semblait de bon augure pour ce qu'il s'apprêtait à faire. Tapi dans ses entrailles, le lion noir rugit son approbation. C'était grâce à son énergie et à son flair qu'Arnaut avait pu pister la trace laissée par ceux qui avaient enlevé Peter. Quand le Chasseur s'était enfin débarrassé des Limiers dans le sous-sol de l'essaim, Arnaut avait aussitôt pris sa place. Il était temps : le Premier-Né s'était écroulé de fatigue et, depuis son combat, ne s'était plus réveillé. Une léthargie inhabituelle chez lui et qui inquiétait le jeune homme depuis lors. Mais à cet instant, il ne s'en était pas préoccupé : il voulait rejoindre Peter. Peter qui était seul et qui s'apprêtait à combattre ces mystérieux Outrepasseurs. Alors qu'il s'élançait déjà dans l'escalier, Red Wing l'avait retenu.

— Où vas-tu ?

— Rejoindre mon ami !

— Tu vas te faire tuer à ton tour.

Arnaut avait haussé les épaules face à l'incompréhension du Ferreux. Ce dernier avait soupiré et tiré de la poche de son pantalon rapiécé un morceau de fer. Une pièce de monnaie, avait réalisé le jeune homme. Dans la pénombre ambiante, alors que les Ferreux qui s'étaient réfugiés dans l'escalier durant le combat filaient par les souterrains, il ne put discerner qu'un motif de flamme.

— Conserve-la sur toi. Et si tu survis à ce qui t'attend en haut, il te suffira de lire l'inscription à voix haute pour me rejoindre.

Il n'avait pas eu le temps de remercier le Ferreux pour son cadeau inattendu. Il avait grimpé quatre à quatre les marches. Arrivé au second étage, il se heurta à la porte, toujours verrouillée. De l'autre côté lui parvinrent les cris de Peter, les rugissements d'un fauve en colère. Mort d'inquiétude, Arnaut s'était escrimé sur la porte. Il y avait perdu de précieux instants avant qu'il ne réussisse à briser le verrou et à repousser la table de fonte qui lui barrait la route. Quand il avait pénétré dans la salle, cette dernière était vide. Plus âme qui vive. Il avait couru jusqu'aux hautes fenêtres. Dans la rue, il y avait vu une scène, qui l'avait glacé d'horreur : Peter emporté par des inconnus, fourré sans ménagement dans un véhicule qui avait démarré en trombe. Et plus loin… Arnaut avait tout de suite repéré le lion, dont il avait entendu l'écho des rugissements. L'individu était horrible à contempler, avec sa face mutilée et son œil unique. Et au vu du sang qu'il perdait, il semblait sérieusement blessé. Tout cela n'avait pas empêché Arnaut de le reconnaître.

— Niels, avait-il soufflé.

Il ne s'agissait pas de son père, bien entendu, mais la ressemblance avec son ancêtre était frappante. Il s'était dissimulé à la vue de ses ennemis, avait attendu que les Métamorphes et Changepeaux abandonnent les lieux. Pourtant, ils avaient inspecté chaque mètre carré de l'ancien essaim. Arnaut avait dû jouer à cache-cache avec eux, évitant de justesse à plusieurs reprises de se faire voir. Enfin, quand il avait été libre de ses mouvements, il s'était lancé à la recherche de Peter.

Le lien qui les unissait, depuis que le lion noir avait délivré le renard, l'avait guidé pendant une bonne partie du trajet. Des visions lui parvenaient en des éclairs qui le laissaient nauséeux, mais plus déterminé que jamais à rejoindre celui qu'il considérait comme un ami : des menottes d'argent glissées à ses poignets ; Peter à terre, frappé et harcelé par des inconnus ; et ce nom sur ses lèvres, prononcé en un souffle :

— Arnaut…

— J'arrive, avait-il répondu à plusieurs reprises, même s'il doutait que Peter puisse l'entendre dans son état. J'arrive.

Il y était arrivé, effectivement. Les vastes jardins autour de la demeure grouillaient de gardes. Arnaut avait déjà dû tordre le cou de plusieurs et dissimulé leurs cadavres dans les buissons. Cependant, il savait qu'il ne pouvait continuer ce petit jeu. Il finirait par être repéré et c'en serait fini de la surprise, qui, pour le moment, jouait en sa faveur.

Il considéra l'objet qui était tombé de la poche d'une de ses victimes. Un briquet, lui révéla Naste Estsan, qui lui montra la manière dont l'employer. Arnaut sourit : il était temps de jouer la carte de la diversion. Pour ce faire, il choisit un pavillon, où il s'était réfugié quelque temps auparavant, afin d'échapper à la surveillance continue. Il observa les fines lignes du bâtiment, l'endroit où le fer forgé cédait la place au bois, où du lierre s'enrubannait. Cela devrait suffire. Quelques minutes plus tard, alors que les flammes grimpèrent le long de la plante persistante et que l'alerte se transmettait, Arnaut en profita pour pénétrer dans la demeure.

La chance lui sourit. Il tomba tout de suite sur un homme qui portait une livrée rouge et un collier de cuir de la même couleur autour du cou. Il détailla surtout l'emblème du lion dessus.

L'homme fronça les sourcils.

— Qui êtes-vous ? Hé !

Un simple mortel. Au service probablement de celui qu'il recherchait, réalisa Arnaut. Il tira son couteau de la ceinture de son pantalon et la plaça sous la gorge du domestique, qui s'immobilisa aussitôt.

— Tu vas me conduire à ton maître. Maintenant.

Il resserra son étreinte autour de lui.

— Et si tu cries…

L'affolement dans les prunelles du serviteur augmenta.

— Nous nous comprenons. Montre-moi le chemin.

William et Léonard avaient respecté l'ordre de Noble : ils ne l'avaient pas brisé. Mais pour le reste… Couché sur le sol, Peter n'essayait même plus de se lever. Mille douleurs pulsaient dans son corps, formaient une immense plaie à vif. De temps en temps, il crachait du sang. Il se demanda vaguement si le passage à tabac qu'il avait subi avait entraîné des profonds dommages, des dégâts irréversibles. Puis il se souvint que tout cela n'avait aucune importance : aujourd'hui, il allait mourir. Il ignorait de quelle manière le Balafré s'y prendrait, le moment exact où il déciderait de le traîner devant sa cour pour le mettre à mort. Il n'avait que cette certitude glaçante, aussi solide que la pierre contre laquelle il s'appuyait. Demain, avait dit Félix. Sans aucun moyen de mesurer le temps, plongeant de temps en temps dans une bienheureuse inconscience, Peter voulait croire que le moment de la délivrance arriverait bientôt. Dans les premiers temps, alors que ses bourreaux s'acharnaient encore sur lui, il avait essayé d'appeler Arnaut. Puis ce fut le tour de Shirley. Hermeline. Même Dieu en personne ! Mais rien ni personne n'avait arrêté William et Léonard. Ironie suprême, ce fut Félix qui stoppa le passage à tabac.

— Stop ! Vous allez l'abîmer et je ne tiens pas à subir le courroux de Monseigneur, avait-il déclaré en appuyant sur le titre honorifique du Balafré.

Peter avait alors commis l'erreur de desserrer l'étreinte de ses bras protégeant son visage. Léonard avait vu l'opportunité pour lui assener un dernier coup de poing. Peter avait sombré dans l'inconscience. Depuis, il attendait.

Privé de l'ouïe de Scrooge, il ne perçut pas tout de suite les bruits de pas dans l'escalier. Il releva avec difficulté sa paupière enflée quand la porte s'ouvrit. Était-ce enfin l'heure ? Il pria en son for intérieur pour que ses bourreaux ne reviennent plus. Il ne pourrait plus supporter le moindre choc. Il distingua une ombre sur le sol, grâce à la lumière du couloir. Qui était-ce ? Au fond, il s'en fichait. Pourvu qu'on le mène à l'endroit de son exécution et qu'il connaisse la paix. Il se serait volontiers abandonné à cette sensation si quelque chose ne l'avait pas perturbé. Quelque chose qu'avait divulgué Félix et qu'il n'aurait pas dû. Alors que des bras puissants le soulevaient de terre, lui arrachant une plainte, il s'en souvint : Arnaut leur avait échappé. Sourire provoquait une douleur intolérable. Peter s'accrocha à cette information et souhaita de toutes les forces qui lui restaient encore que le lion noir n'ait pas été fait prisonnier entre-temps.

L'inconnu, qui le portait dans ses bras, prenait grand soin de lui éviter d'autres chocs. Peter lui en fut reconnaissant. Le parcours dans les méandres de Lion House lui sembla durer une éternité. Quand un souffle d'air froid lui glaça le visage, il sut qu'il ne se trouvait plus très loin du Balafré. Il fit un effort, ouvrit de quelques millimètres sa paupière gauche. Un coin de ciel bleu l'accueillit. Un beau jour pour mourir, pensa-t-il.

— Posez-le là, Stephen.

La voix du Balafré suintait de satisfaction. Il se sentit installé dans un… fauteuil ? Peter ne comprenait plus : où se trouvait-il exactement ? Il s'était attendu à un poteau d'exécution, voire un billot de bois où poser sa tête. Noble se serait mué en bourreau médiéval, épée à la main. Il souleva avec effort sa paupière gauche. Ce qu'il avait pris pour un coin de ciel bleu se révélait un morceau de plafond peint. Du lapis lazuli. Qui représentait… Peter mit quelques secondes avant de comprendre ce qu'il voyait : un visage de femme. Ses yeux étaient bleus, si bleus…

— Alors, monsieur Peter, vous êtes avec nous ?

Il reporta toute son attention sur le Balafré. Autant qu'il était possible de le faire avec les paupières gonflées.

Des murmures attirèrent son attention. Les Outrepasseurs étaient réunis autour de lui. Bien entendu, quel que soit le sort décidé par Noble, il devait être annoncé de manière publique. Son cœur se mit à battre plus fort en songeant que, peut-être... Il tourna la tête en grimaçant. Parmi des regards hostiles – celui de Jack, en particulier, le blessa – des mines moqueuses et satisfaites – Félix, William et Léonard, reconnut-il avec un mélange de honte et de rage – il croisa enfin le regard qu'il cherchait. Celui d'Hermeline. Qui ne ressemblait en rien à celui d'un zombie privé d'émotion. Au contraire : ses prunelles noisette étaient noyées dans une tristesse si dévorante qu'il se sentit coupable. Le Balafré lui avait encore menti. Sa mère n'avait jamais ingéré la potion de Thomas le Rimeur. À ses côtés, il distingua Shirley, tout aussi immobile qu'Hermeline. Cette rigidité le titilla : peut-être le Balafré les avait-il immobilisées en utilisant le lien de Morgane ?

Salopard, songea-t-il. Même s'il était soulagé de constater qu'elles étaient toujours saines et sauves, son cœur saignait à la perspective d'être exécuté en face de ses proches. Et dire qu'il ne pouvait même plus faire payer le Balafré !

— Bien, je vois que vous êtes réveillé. C'est une bonne chose, poursuivit Noble, qui à présent lui tournait le dos.

Quelques rires s'élevèrent dans la salle. Peter y discernait des trônes de pierre, les emblèmes si familiers du loup, du blaireau et des autres animaux gravés dans le fronton. Il aurait tant voulu affronter son tourmenteur debout, la tête haute, le regard clair. Mais Félix et ses sbires l'avaient privé de cette possibilité. Une brève flambée de colère le soutint juste assez pour qu'il relève la tête contre le haut dossier de son siège.

— Une dernière chose à dire, monsieur Peter ? déclara Noble d'un ton ironique. Nous vous écoutons !

Peter le fixa avec toute la haine qu'il put transmettre dans son regard. Que voulait-il donc qu'il dise dans son état ? Et puis, une idée lui traversa l'esprit. Après tout, il avait bel et bien quelque chose à déclarer. À proclamer même. Il articula du mieux, ignorant la douleur dans sa bouche ensanglantée :

— Lien… brisé.

Noble perdit son sourire. Manifestement, il était au courant. Peter se réjouit de la colère qui enflait dans son œil unique. Il haussa la voix autant qu'il le put :

— Par… votre… Héritier !

Il avait crié ce dernier mot. Une chape de plomb recouvrit l'assemblée. Personne n'osait piper mot. Néanmoins, certains regards se révélaient éloquents.

Noble s'approcha de lui.

— Sale petit morveux, chuchota-t-il à son oreille. Quand tu seras à mon service, je me ferai un plaisir de t'exploiter. Jour et nuit.

Depuis qu'il était entré dans cette salle, Peter sentait des frissons lui traverser l'échine. Il ne pensait plus qu'il lui était encore possible de ressentir de la peur. Il s'était trompé. Ses yeux s'écarquillèrent en reconnaissant le flacon que le Balafré tenait dans sa main. Un liquide clair comme du cristal captait les lumières des lampes.

La potion de Thomas le Rimeur.

Ainsi donc, le Balafré n'avait jamais eu l'intention de le faire exécuter. Il comptait le transformer en son serviteur sans âme, dénué de tout sentiment, de toute capacité de réflexion. Taillable et corvéable à merci.

— Je vous ai dit que je ne comptais pas vous transformer en martyr, monsieur Peter.

Le jeune homme s'agita sur son siège. Il tenta de se rassurer en songeant à la disparition de la magie de ce monde. Si c'était le cas, la potion ne fonctionnerait pas. Noble dut lire dans ses pensées car il ajouta, d'un ton presque indolent :

— Vous savez l'avantage supplémentaire de cette mixture, monsieur Peter ? Si son potentiel magique n'agit pas, elle libère assez de poison naturel pour que vous vous retrouviez totalement incapable de bouger. Nos ancêtres l'ont conçue de cette manière après quelques… ratés. Bien sûr, vous empoisonner de cette manière s'avère beaucoup moins drôle pour moi.

La panique pétrifia Peter et son cœur s'emballa. Il essaya de se lever, mais ne réussit qu'à se tortiller sur son siège et à s'affaler contre le dossier. Il ne voulait pas être esclave ! Jamais ! Et surtout au service du Balafré. Il jeta un regard suppliant à la cantonade. N'y trouva aucun secours. Telle une bande de moutons, les Outrepasseurs suivaient leur chef. À ce moment, il voulut les traiter de toutes les insultes qu'il avait dû taire au fil des années.

Le Balafré l'arrêta :

— Ne vous inquiétez pas trop de votre état. Après la potion de Thomas le Rimeur, vous serez soigné. En attendant…

Il immobilisa la tête de Peter contre le dossier et le força à ouvrir la bouche. Des larmes d'impuissance noyaient le regard du jeune homme. Il voulait résister, mais son corps ne lui permettait plus. En désespoir de cause, il voulut mordre la main à sa portée, Noble esquiva le geste.

— Vous essayez encore, je vous ferai enlever les dents par la suite.

Il pensa à Arnaut. Hermeline. Shirley.

— Personne ne s'oppose à cette sentence, j'imagine ?

Noble faisait le fanfaron, il n'attendait aucune réponse. Il approcha le flacon de la bouche de Peter.

À ce moment, la porte s'ouvrit à la volée, rebondit contre le mur. Et une voix familière, qui fit bondir le cœur de Peter dans sa poitrine, déclara :

— Moi, je m'y oppose.

CHAPITRE 31

« Que sont les Outrepasseurs en fin de compte ? Des victimes d'une malédiction ? Des gens qui ont dompté leur destin et pris leur revanche ? Des exploiteurs d'autant plus féroces que personne ne connaît l'existence de leurs victimes ? Qui sommes-nous ? En fin de compte, si on oublie le luxe de nos Maisons et le poids de nos traditions, il ne nous reste qu'une double face : celle de l'homme et celle de la bête. Un être déchiré en deux, incapable de s'adapter dans le monde actuel, où il ne peut jouer qu'à faire semblant, tels les animaux du Roman de Renart, *qui singeaient les puissants en se prenant pour des hommes. »*

Fragment d'un journal retrouvé dans les archives de Lion House – auteur anonyme

Arnaut rejeta le serviteur loin de lui. L'homme se dépêcha de s'enfuir. Le jeune homme n'y prêta pas la moindre attention, fixant celui qu'il avait déjà surnommé Niels. En un bond, il fut sur lui et profitant de la stupéfaction générale, lui arracha le flacon des mains. La potion se brisa contre l'un des trônes de pierre et éclaboussa une femme, qui poussa un cri. Comme si elle avait rompu un enchantement, Noble se réveilla et rugit de désapprobation. Arnaut, qui avait déjà soulevé Peter dans ses bras, se retourna juste à temps pour éviter le coup. Ainsi donc, l'homme, quelle que soit son identité, avait décidé de l'affronter. Il posa son léger fardeau sur le sol et fit face à son adversaire. Ce dernier demeura surpris en le dévisageant. Comme s'il l'avait déjà vu quelque part.

— Arnaut, murmura quelqu'un dans le public médusé.

— C'est mon nom, rétorqua-t-il d'une voix calme.

— Impossible ! cria son ennemi. Il s'agit de quelque illusion, un masque qu'un fé aura endossé.

— Comment connaîtrais-je ton nom, alors ? répliqua Arnaut. Noble, n'est-ce pas ? Mais je préfère te nommer Niels. Tu lui ressembles en tout point. Un cœur de pierre, une âme noire, dévorée par le pouvoir !

L'explosion d'une bombe n'aurait pas eu plus d'effet, lui souffla Naste Estsan. L'homme demeura bouche bée alors qu'autour de lui, des exclamations fusaient de toutes parts.

— Qu'est-ce que cela veut dire ? Qui est-il ?

— Monseigneur, l'interpella une femme aux cheveux noirs, en laquelle il flaira de suite la louve, laissez-moi le remettre à sa place.

Arnaut éclata de rire.

— Qu'un seul d'entre vous se mette en travers de mon chemin et je le dévorerai. Laisse-moi sortir avec mon ami (il désigna Peter, qui essayait de se relever) et tu ne me reverras plus.

— Jamais de la vie, affirma Niels, qui avait repris ses esprits. Tu n'aurais jamais dû pénétrer dans mon territoire. Je ne ferai qu'une seule bouchée de toi, avorton !

La métamorphose prit Arnaut par surprise. L'espace d'un battement de cœur, l'homme disparut pour laisser la place à un lion. De belle taille, le fauve exhibait une fourrure dorée, couverte de cicatrices. Une de ses pattes avant était mutilée, remarqua Arnaut. Le lion feula, tenta de le happer d'une de ses griffes. En représailles, Arnaut dessina un sillon sanglant sur son museau à l'aide de sa lame.

— Pensais-tu qu'il serait aussi facile de m'impressionner ? se moqua-t-il.

Il avait sous-estimé la rapidité de son adversaire. L'animal fondit sur lui, le heurta de tout son poids. Arnaut lâcha son couteau, qui vola dans les airs, et se retrouva presque étouffé sous son ennemi. Des dents s'enfoncèrent dans sa jambe, il hurla. Et le fauve qu'il abritait lui répondit.

Noble cherchait l'artère fémorale, quand la chair sous ses crocs se transforma. Des muscles enflèrent, la peau changea, se couvrit d'une épaisse fourrure noire. Avant que le lion ne puisse réaliser ce qu'il se passait, son adversaire le projeta au loin. Dans sa chute, avant qu'il ne puisse se rétablir, il heurta le siège où il avait posé Peter et s'effondra dans un grand tumulte. Il entendit ses sujets crier. Il secoua la tête et se releva sur ses pattes, encore chancelantes. À deux pas de lui, un fauve noir, qui semblait craché tout droit de l'enfer, le fixait. Dans sa gueule sombre, des yeux verts brillaient d'un éclat homicide. Plus jeune, plus fort aussi. Un colosse félin, qui le surpassait d'une bonne demi-tête. Noble sentit la peur le gagner.

Du coin de l'œil, il surprit Hersent. Elle avait ramassé le couteau qu'avait laissé choir celui qui prétendait s'appeler Arnaut et se dirigeait droit vers Peter. Le fauve reprit courage. Tant pis pour le renard et tant pis aussi pour cet adversaire, qui avait osé le défier sur ses terres ! Il bondit à sa rencontre. Les corps s'entrechoquèrent en plein vol. Noble reprit vite contenance. Debout sur ses pattes arrière, il assena des coups formidables au fauve noir. Ses griffes tailladaient la chair, du sang s'écoulait sur les dalles de pierre. Ses crocs cherchaient la jugulaire, le point vulnérable. Le fauve répliqua de manière foudroyante : il déstabilisa Noble, le renversa sur le dos et le saisit à la gorge. Le souvenir de Ian, sa gorge arrachée, lui revint en mémoire. Non, il ne pouvait pas finir de cette manière ! Au prix d'un puissant effort, il parvint à échapper au piège mortel que lui tendait son ennemi. Où était Hersent ? Avait-elle déjà tranché la gorge de ce petit renégat ? Au milieu des cris d'encouragement des Outrepasseurs, qui hésitaient encore à intervenir dans ce duel, Noble perçut soudain quelque chose d'horrible : le lien avec Fière avait disparu. Il n'entendait plus ses battements de cœur. Cela ne pouvait signifier qu'une seule chose : elle était morte. Morte, seule dans ce si grand lit, alors que lui, misérable, se battait ici bas. Le lion se figea, submergé par la tristesse et les regrets. Il hurla contre la Mort, qui avait profité de sa distraction pour lui prendre un être qui lui était si précieux.

Ce moment d'absence lui coûta cher. Il se sentit soudain projeté dans les airs, retomba sur son flanc. Sa tête heurta le sol en un son mat. Des étoiles dansaient devant ses yeux.

Relève-toi, lui criait son humain, *bats-toi !*

Mais l'inconscience se montra la plus forte et l'emporta avec elle.

Arnaut rugit sa victoire. Il s'avançait vers son ennemi, prêt à lui donner le coup de grâce, à l'égorger et à se baigner dans son sang, quand un « non ! » heurta son oreille. Il se retourna. La louve de tantôt était penchée sur Peter. Dans sa main brillait un couteau. Arnaut vit rouge. Il bondit, bouscula la louve, qui cria de surprise. Il lui fallait sortir d'ici, retrouver forme humaine. S'il avait été seul, il aurait pu défier tous ceux qui avaient osé se dresser contre lui et ne pas reconnaître son autorité. Mais Peter était blessé. Vulnérable. Il hésita : la tentation de mettre à mort le lion à la fourrure sable était grande.

Tu ne peux pas abandonner ton ami !

Arnaut se décida en un tournemain. Il reprit forme humaine et soulevant Peter, le cala contre son torse. Un coup de feu résonna soudain à son oreille. Ils essayaient de le tuer. Il devait s'enfuir au plus vite. Soigner son ami. Il reviendrait plus tard et les achèverait tous.

Arrivé à la porte, il se retourna et fixant l'assemblée médusée, déclara en indiquant Peter :

— Il est à moi.

Puis s'enfuit.

Shirley cligna des yeux. Un geste qui fit retentir une alarme dans son esprit. Elle mobilisa toute sa volonté, chercha à bouger sa main, qui pendait, immobile, le long de son corps. Quand, ce matin, Noble était arrivé chez Hermeline, son œil pétillant d'une joie mauvaise, Shirley s'était imaginé les pires scénarios. Il les avait embarquées sans un mot à Lion House. Les pires craintes de

Shirley prenaient vie : Peter se trouvait à Lion House. Emprisonné, blessé, torturé même. Noble ne leur avait pas donné l'opportunité de poser des questions. Il les avait emmenées dans cette salle souterraine, que la jeune fille n'avait jamais vue, avec ces trônes de pierre. Aussitôt, le fil de fer que redoutait Shirley s'était noué autour de son cœur. La volonté implacable de Noble s'exerçait à travers le lien de Morgane.

— Vous ne bougerez pas, leur avait-il ordonné. Vous ne parlerez pas. Vous demeurerez immobiles. Ouvrez grand les yeux et respirez, c'est tout ce que je vous accorde.

Elle avait entendu Hermeline gémir à ses côtés, victime de la même torture qu'elle subissait au même moment. Toutes deux changées en statues de sel. Pétrifiées sur place, incapables de réagir. Spectatrices contre leur gré d'un macabre spectacle. Impuissante, Shirley avait donc assisté à l'apparition de Peter, porté par Stephen. Elle aurait voulu fermer les paupières. Ne plus les rouvrir. Chasser ces images insoutenables de son cerveau. Mieux encore, elle aurait tout donné pour se libérer des ordres de Noble. Tenir une des haches d'Hermeline dans sa main et la lui enfoncer dans le crâne. À ce moment précis, Shirley se dégoûta. Comment avait-elle pu choisir le parti de Noble ? Comment avait-elle pu croire que son avenir dépendait de cet homme-là ? Peter avait raison : c'était un monstre. Et il était trop tard pour le lui dire à présent. Elle ne pouvait même pas pleurer. Cela ne l'empêcha pas de ressentir une joie féroce quand elle l'entendit défier Noble.

— Lien… brisé par votre… Héritier !

Noble ne pouvait plus l'atteindre par le lien de Morgane. Comment était-ce seulement possible ? Shirley réfléchit à toute vitesse, la seule liberté dont elle disposait encore dans sa situation. On leur avait enseigné que ce lien, qui se créait lors du serment d'allégeance au Noble, ne pouvait être détruit, ni même altéré.

Sauf, songea-t-elle, quand l'Héritier écrasait le Maître.

Arnaut. Elle revit le jeune homme, incrédule.

Elle aurait tout donné pour tenir son arme entre ses mains en ce moment. Excellente tireuse, elle ne doutait pas d'atteindre Monseigneur en pleine tête. Lui faire éclater la cervelle. Être libre. Prendre son avenir en main. Retrouver Peter.

Incrédule, elle assista à la défaite du vieux lion. Assommé par la victoire de son adversaire. Plus loin, Hersent gémissait, incapable de se relever. Et à ce moment, Shirley cligna des yeux. Elle tenta de bouger sa main. Celle-ci eut un soubresaut. Le lien de fer qui ligotait son corps, qui l'empêchait de bouger, se desserrait peu à peu. Elle lutta contre son emprise, défit un à un les nœuds du fil barbelé qui la retenait prisonnière. La jeune fille ne réfléchit pas aux causes de cette soudaine libération. Était-ce parce que Noble demeurait inconscient ? Ou parce que, pour la première fois de sa vie, un autre l'avait vaincu ? Arnaut disparut, emmenant Peter avec lui. Et cette vue lui donna encore plus de forces pour se libérer. Elle se tourna vers sa voisine, articula son prénom :

— Her… Hermeline…

Celle-ci roula des yeux incrédules vers elle. N'avait-elle pas compris qu'elle aussi était libre ?

Shirley lui prit les mains, lui souffla :

— Libérez-vous ! Vite !

Autour d'elle, le chaos régnait. Revenus de leur surprise, les Outrepasseurs, Maîtres de Maison comme

Héritiers, se pressaient autour de Noble et d'Hersent. D'autres, tels que Félix, qu'elle avait entendu se vanter de la capture de Peter, s'agitaient, donnaient des ordres qui n'étaient pas écoutés. Cependant, Shirley n'entretenait aucune illusion : si le vieux lion survivait, l'ordre se rétablirait bientôt. Et tous se lanceraient à la poursuite de Peter. Cette fois-ci, elle n'aboierait pas au sein de la meute. Elle prendrait la tangente et se frayerait son propre chemin.

Hermeline secoua la tête. Des larmes roulaient sur ses joues.

— Je ne peux pas…

— Bien sûr que si, s'énerva Shirley. Regardez-le ! chuchota-t-elle en désignant le lion qui n'avait pas repris connaissance. Regardez-le vraiment !

Sa colère brisait un à un les maillons de ses chaînes.

— Il est vieux. Il est vaincu. Vous ne lui devez plus rien !

Mais Hermeline secouait la tête.

— Tu ne comprends pas, je suis Maîtresse de Maison et…

— Vous avez un nouveau Maître, répliqua Shirley.

Elles se dévisagèrent. Shirley sut en ce moment qu'Hermeline pensait la même chose qu'elle : si Peter avait su se libérer du lien imposé par Noble, si son Héritier l'avait bel et bien supprimé, elles aussi pouvaient échapper à sa vigilance.

Hermeline ferma les yeux. Afin de l'aider, Shirley chuchota :

— Vous ne lui devez plus rien. Il a pris votre fils. Il l'a torturé. Il était prêt à le tuer…

Un grondement s'échappa de la bouche de la renarde. Shirley hésita, à court d'arguments, puis poursuivit, au risque de blesser davantage Hermeline :

— Pensez à ce qu'il vous a raconté avant votre mariage, quand il vous a ramené votre futur…

Hermeline rouvrit les paupières. Ses prunelles avaient viré au jaune bestial. Ses dents aiguës – celles de la renarde – pointèrent quand elle grogna :

— Assez.

Shirley se tut, le cœur battant. Elle jeta un coup d'œil autour d'elle : tous semblaient les avoir oubliées. Un répit provisoire.

— Hermeline, vous…

Elle n'eut pas le temps d'achever. Un « clang » retentit dans son esprit : la dernière chaîne qui lui liait encore la patte se rompit. Libre !

Hermeline lui décocha un sourire carnassier.

— Filons.

Shirley hocha la tête, le cœur battant.

D'un même mouvement, elles disparurent. L'instant d'après, deux renardes s'enfuyaient à toute vitesse dans les couloirs de Lion House.

ÉPILOGUE

Should auld acquaintance be forgot
And never brought to mind ?
Sould auld acquaintance be forgot
And days of auld lang syne ?
For auld lang syne, my dear,
For auld lang syne
We'll take a cup o' kindness yet
For auld lang syne
Faut-il oublier les amis
Ne pas s'en souvenir ?
Faut-il oublier les amis
Les jours du temps passé
Les jours du temps passé, mon ami
Les jours du temps passé
Buvons ensemble à la tendresse
Aux jours du temps passé
Extrait de Auld Lang Syne, *ballade de Robert Burns, poète écossais, et chantée traditionnellement lors de la fête de* Hogmanay *(Saint-Sylvestre)*

— Bon sang de bonsoir !

Angus se rattrapa de justesse à un des piquets qui interdisaient l'accès aux voitures de la Royal Mile, l'artère principale de la vieille ville d'Édimbourg. Il pesta contre celui qui avait eu la bonne idée de revêtir l'avenue de pavés, qui, à la moindre averse, se révélaient aussi traîtres qu'une plaque de verglas. Un de ces satanés urbanistes, sans aucun doute ! Angus cracha par terre et reprit sa route. Heureusement, son appartement ne se situait guère loin. Ses parents avaient insisté, redoutant que dans la nouvelle ville, il y ait plus d'insécurité. L'étudiant aurait bien ri au nez de ses vieux, mais en fin de compte, la solution lui convenait bien. Situé dans un *close*, une de ces impasses propres à la vieille cité, son logis se trouvait près des commerces. Et surtout, près de son *pub* favori *The Snow Queen*. Drôle de nom pour un bar, avait-il dit au barman dès sa première visite. Ce dernier s'était contenté de hausser les épaules et de répliquer :

— Si ça te gêne, t'as qu'à aller voir ailleurs !

Angus se l'était tenu pour dit. De plus, si le nom était bizarre, le whisky, en revanche, y était excellent. Le jeune homme avait battu son record personnel et seul le manque de liquide dans son portefeuille l'avait forcé à arrêter là. La maison n'accordait pas de crédit, même aux fidèles clients. Une injustice dont Angus s'était déjà plaint à plus d'une reprise.

Concentré sur son équilibre chancelant, il ne prêta pas attention à la silhouette qui apparut derrière lui. Il glissa dans le caniveau et cette fois-ci, atterrit les quatre fers en l'air sur le sol.

Une belle bordée de jurons sortit de sa bouche. Il tentait de se remettre debout quand il réalisa la présence de la femme juste derrière lui. Enfin, il pensait bien que c'était une femme : son visage était voilé. Il esquissa un sourire qu'il espérait charmant.

— Hé, m'dame, aidez-moi !

Il voulut tendre la main vers elle, il n'en eut pas le temps. L'aiguille se ficha droit dans son cœur. Quand Angus retomba, inerte, sur les pavés, il était déjà mort.

Snezhkaïa se délecta avec volupté de la vie du jeune homme. Pour économiser ses forces, elle était entrée en hibernation, le temps du voyage. Le réveil lui avait coûté une précieuse énergie. De même que sa fuite dans les collines qui entouraient la cité d'Édimbourg. Elle avait attendu avec patience que ses ennemis abandonnent la traque, en se nourrissant de petits animaux : rats, lapins, souris. Aussi la présence inattendue de ce mortel avait constitué une véritable aubaine. Elle poussa le cadavre d'un pied négligent. L'hiver chantait dans son sang, la guidait vers l'extérieur. Vers le port de Leith, vers les eaux du Firth of Forth. Vers la pleine mer et ses eaux glaciales. Snezhkaïa releva le voile dont elle s'était affublée pour dissimuler ses traits et leva son visage vers le ciel nocturne, où brillaient les étoiles d'un éclat serein. Plus pour très longtemps. Là-haut, des courants d'air glacés, en provenance directe de sa chère Sibérie, s'engouffraient, amenaient les nuages, les chargeaient d'humidité. La Reine des Neiges sourit. Bientôt, les premiers flocons recouvriraient cette terre. Bientôt, l'Hiver réclamerait son dû. La fée observa de ses yeux noirs la ville ensommeillée. Les rares passants, qui ne lui prêtèrent aucune attention ; les lumières, qui illuminaient encore les fenêtres des maisons ; les enfants endormis dans leurs lits, le souffle paisible. Une vie totalement étrangère à Snezhkaïa et dont elle ne se souciait guère. Les mortels n'avaient pas d'importance à ses yeux : si elle les approchait, c'était pour mieux dérober cette étincelle de vie, si précieuse à ses yeux et qui retardait un peu plus son propre sursis. La Mort ne tarderait pas à venir pour elle, après tout. C'était le prix de la malédiction qu'elle avait lancée. Pour la libération des siens, pour Jul. Pour elle aussi. Elle mourrait libre. Debout, sans aucune chaîne pour l'entraver, sans caisson d'acier où elle serait enfermée, sans machine bourdonnant à ses oreilles et qui lui dérobait sa magie.

Cependant, avant que la Mort ne se présente sur son seuil et n'exige son dû, Snezhkaïa déclencherait l'Hiver. Elle examina de nouveau cette humanité insouciante, inconsciente du danger qu'elle courait. Ignorant quel sort lui réservait la Reine des Neiges.

— Ils ont oublié ce qu'était l'Hiver, murmura-t-elle. Ils ont oublié qui j'étais.

La bise siffla plus fort à ses oreilles, la berçant de sa chanson. La fée sourit. Puisque ce monde était celui des Outrepasseurs, elle le détruirait avec un immense plaisir.

Remerciements

Pour ce tome 2, j'aimerais remercier les personnes suivantes :

En premier lieu, mon Géo Trouvetout, à l'énergie inépuisable et à l'enthousiasme débordant, et qui ne cesse jamais de me pousser en avant. Merci, encore et toujours, d'être là.

Ensuite, à mes proches, Chouchou et Loulou, ainsi que Jean-Luc et Nelly, qui m'entourent et m'encouragent.

Mes lectrices de l'impossible, Silvie, Sophie, Agnès et Syven, qui ne renoncent devant aucune deadline. *You rock, ladies !*

Mes supportrices de choc et de charme, Pandora, Elisha Kay et Ioana, présences lumineuses et indispensables !

Mes lecteurs et lectrices, dont les yeux pleins d'étoiles et les avis ne cessent de m'encourager.

Mes pom-pom grenouilles de CoCyclics… et d'ailleurs !

Last but not least, toute l'équipe de Gulf Stream Éditeur et mon éditrice, Paola Grieco, pour la précieuse écoute !

TABLE

PAPIER À BASE DE FIBRES CERTIFIÉES

Le Livre de Poche s'engage pour l'environnement en réduisant l'empreinte carbone de ses livres. Celle de cet exemplaire est de :
300 g éq. CO_2
Rendez-vous sur www.livredepoche-durable.fr

« Pour l'éditeur, le principe est d'utiliser des papiers composés de fibres naturelles, renouvelables, recyclables et fabriquées à partir de bois issus de forêts qui adoptent un système d'aménagement durable. En outre, l'éditeur attend de ses fournisseurs de papier qu'ils s'inscrivent dans une démarche de certification environnementale reconnue. »

Édité par la Librairie Générale Française – LPJ
(58, rue Jean-Bleuzen, 92170 Vanves)

Composition PCA
Achevé d'imprimer en Espagne par Liberdúplex
Dépôt légal 1re publication : septembre 2019
28.791.29 / 01 – ISBN : 978-2-01-703802-3
Loi n° 49-956 du 16 juillet 1949 sur les publications destinées à la jeunesse
Dépôt légal : septembre 2019